더 비하인드

박희종
장편소설

더 비하인드

팩토리나인

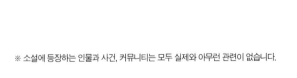

한 여자가 스타벅스에 앉아서 공부하고 있다. 질끈 묶은 머리에 검은색 뿔테를 끼고, 한쪽에는 책과 자료 들을 쌓아두고 노트북을 빤히 보며 무언가를 읽고 있었다. 옆에 놓인 커피잔은 이미 비어 바닥을 드러낸 지 오래지만, 그녀는 익숙하다는 듯 생수병의 물을 마시며 집중했다.

앞에는 남자 친구로 보이는 사람이 휴대폰을 하고 있다. 무엇이 그렇게 재미있는지 키득거리며 휴대폰만 쥐고 있는 모습이 여자와는 전혀 다른 분위기였다. 여자가 잠깐 목을 풀려고 고개를 들었을 때 맞은편의 남자 친구를 보고 한숨을 길게 내쉬었다. 그러고는 에어팟을 빼고 남자에게 한마디 했다.

"지금 뭐 해?"

"나? 비하인드."

"그게 뭔데?"

"직딩들만 아는 판타스틱한 곳이 있지."

"아, 뭔데? 또 이상한 데이트 앱 그런 거 아냐?"

"아니야. 그냥 같은 회사 사람들끼리 수다 떠는 곳이야. 뭐 다른 회사 사람들하고도 소통하기도 하지만……."

남자는 여자의 관심이 귀찮다는 듯이 여자에게 시선도 주지 않은 채, 성의 없이 대답했다. 그런 남자의 모습에 더 화가 난 여자는 짜증이 섞인 목소리로 남자에게 따지듯 말했다.

"뭐야, 왜 그렇게 대충 대꾸해? 너는 운 좋게 스펙 잘 쌓아서 쉽게 취업했다 그거지? 그래서 힘들게 취업 공부하는 내 앞에서 꼭 이러는 거지?"

"야! 무슨 소리야? 내가 얼마나 치열했는데. 그동안 내가 쌓은 스펙들이 쉬운 것 같아?"

남자도 화가 났다. 자신이 얻어낸 결과만 보고 과정은 모른다고 생각했다. 물론, 그녀의 잘못은 아니다. 지금까지 남자의 주변 사람들은 모두 그렇게 생각했다. 하지만 남자의 스펙은 그렇게 단순한 결과가 아니었다. 1등의 자리를 놓치지 않기 위해 치열하게 공부도 했지만, 대학에서는 노력만으로 안 되는 것들도 있었다. 그래서 남자는 자신이 이용할 수 있는 모든 수단을 동원해 왔다. 친인척은 기본이었고, 아버지 어머니의 친구도, 친구의 부모님도, 심지어 교수님의 조카에게 일부러 접근해서 사귄 적도 있었다. 그래서 남자는 치열한 삶의 결과를 가볍게 치부하는 사람들에게 화가 나곤 했었다.

"아. 몰라. 재수 없어. 지금 취업 준비하는 졸업반 여친 앞에서
그게 할 말이냐?"

남자는 생각했다. 자세히 말해주어도 어차피 고지식한 편인 여
자 친구는 자신을 이해할 수 없을 것이다. 무엇보다 남자가 쉽게
얻은 것처럼 보이는 결과물이 지금 여자에게 너무나 간절한 목표
라는 것은 명확했다. 싸움으로 에너지를 낭비하기 싫었던 남자는
이해하는 척하는 쪽으로 노선을 바꾸었다.

"민지야! 뭐가 걱정이야? 학교도 좋아. 학점도 좋아. 공인 영어
성적도 좋아. 인턴 경험도 있고, 공모전도 여러 번 먹었고, 스펙이
차고 넘치는구만. 심지어 이렇게 얼굴도 예쁜데 뭘 그리 졸았어.
그냥 내기만 하면 합격인데."

넉살 좋게 웃으며 말하는 남자의 말에, 여자는 너무 쉽게 마음이
풀렸다. 여자는 워낙 자존감이 높고, 성실한 타입이라 순간 열받아
성질을 부렸을 뿐 진심은 아니었다. 어쨌든 주변에서 다 부러워하
는 대기업에 취직한 남자 친구가 자신의 스펙을 하나하나 치켜세
워 주자 금세 자존심이 회복됐다. 마음이 풀린 여자는 장난기 섞인
말투로 짐짓 새침을 떨었다.

"진짜? 그래도 모르는 거잖아. 오빠 친구 중에도 자꾸 떨어지는
오빠들도 있고."

"아냐. 내가 보면 너는 딱 우리 회사 스타일이야. 내가 동기들 스

펙이랑 다 훑어봐도 우리 여친보다 나은 애가 없어요!"

"뭐야? 뭘 훑어봤다는 거지?"

"이력서나 이런저런 스펙들. 그러니까 너무 걱정 말고, 내년 봄에 우리 공채 뜨면 바로 들어와. 그럼 내가 2기수 위의 선배니까. 티 안 나게 챙겨주기 딱이다."

"진짜 말이나 못 하면. 그래서 그런 건 어디서 봤는데? 그 앱에서 그런 얘기도 해?"

여자는 마음이 풀리자, 남자가 집중하고 있는 앱에 호기심이 좀 생겼다.

"그런 것도 있고, 알아두면 쏠쏠한 회사 정보들도 있고."

"뭐야, 좀 구체적으로 얘기해 봐."

"글쎄? 회사 모집 요강이나, 검색 엔진에서는 절대 알 수 없는 우리 회사의 진짜 민낯들이 가득하지."

"진짜? 그럼 나 좀 줘봐. 내년에 들어갈 회사 미리 예습 좀 하게."

"어허! 여기는 현직자밖에 못 들어오는 곳이거든요? 물러서시죠? 감히 어디. 취업 예정자가."

"쳇. 그래봤자 다들 험담이나 하면서 시간 죽이는 데 아니야? 완전 시간 낭비!"

순간, 남자의 표정이 변했다. 이 앱을 고작 시간이나 때우는 곳 정도로 취급하는 여자의 태도가 가소로웠기 때문이다. 남자는 훨씬 더 거들먹거리는 표정과 태도로 말을 했다.

"똑같은 게임이라도 어떤 플레이어는 정신 못 차리는 게임 중독자가 되기도 하고, 어떤 플레이어는 연 수십억의 프로게이머가 되기도 하잖아?"

"뭐야? 그럼 오빠가 하면 다르다고 말하고 싶은 거야?"

"다르지. 나니까."

"자신감이 좀 과한 거 같은데……."

여자는 감정이 상했다. 자신은 들어갈 수 없는 곳이 존재하는 게. 심지어 그곳이 자신이 입사하고 싶어 하는 회사 직원들만의 공간이라는 것도. 그리고 잘나신 남자 친구가 건방지게 거들먹거리는 태도도. 그래서 더 각오를 다졌다. 꼭 제힘으로 합격해서 저기를 뒤져보고야 말겠다고. 남자가 무엇을 하는지도 확인하고 말겠다고. 여자는 다시 에어팟을 끼고 공부를 시작했고, 남자는 여전히 휴대폰을 보며 키득거렸다.

1

오 과 장

안정적인 궤도에 올랐다고 생각했다. 운 좋게도 대학교를 졸업하자마자 탄탄한 중소기업에서 직장 생활을 시작했다. 처음 몇 년간은 그야말로 '눈코 뜰 새 없는' 나날이었지만 경력을 쌓아 내로라하는 대기업으로 이직도 했고, 빠르지도 느리지도 않게 과장을 달았다. 그사이에 사랑하는 사람을 만나 결혼도 하고, 떡두꺼비 같은 아들도 낳았다. 이직하고 5년 동안 입지를 잘 다져, 이제는 크게 눈치 보지 않고 업무를 추진할 수 있을 정도는 됐다.

가정에서도 이래도 되나 싶을 정도로 문제는 없었다. 맞벌이하는 아내와 나는 결혼 초기에 흔하게 겪는 생활 습관으로 인한 다툼도 없이, 서로를 적당히 배려하고, 눈치껏 도와가며 육아도 집안일도 무사히 해내고 있었다. 서울은 아니어도 수도권에 마련한 34평초품아 아파트*는 내년에 학교에 들어갈 아들을 위한 우리의 최선이었다. 물론 대출을 꽤 많이 받았지만, 아내도 나도 검소한 편이어서 월급을 잘 모아간다면 문제 될 것도 없었다.

모든 것이 무난했고, 더없이 완벽했다. 그 우유 1리터가 내 삶을 통째로 흔들어놓기 전까지는.

...

"과장님, 비하인드 봤어요?"

"비하인드가 뭔데?"

"과장님, 직장인이 비하인드를 몰라요?"

"처음 듣는데……. 왜? 알아야 하는 거야?"

"와, 내가 지금 여기서 비하인드를 설명하게 될 줄이야. 직장인 커뮤니티예요. 가입할 때 회사 메일로 인증해야 해서 현직자들만 글을 쓸 수 있게 만들어놓은 게시판 앱. 이게 인증은 해도 글을 쓰는 건 익명이라, 진짜 살벌한 게 많이 올라오거든요. 왜 지난번에 경영 본부장 징계 건으로 정말 난리도 아니었는데. 그때도 몰랐다고요?"

나는 사내 정치가 싫다. 아니 솔직히 말하면 자신이 없었다. 흡

---

* '초등학교를 품은 아파트 단지라는 뜻의 신조어.

연자들끼리 끈끈한 유대를 만드는 무리에는 비흡연자라 낄 수가 없었고, 매일 밤 이어지는 직원들의 끼리끼리 술자리는 처음에 몇 번 거절하고 나니, 아무도 불러주지 않았다.

　보통 사내 정치라는 것이 그런 곳에서 쏠쏠한 정보들을 서로 공유하며 시작되는 것인데, 앞선 이유로 나는 자의로도 타의로도 끼지 못했다. 사무실에서 같이 근무하고 있는 팀원들이 아니면 회사에서 딱히 소통하는 사람도 없었고, 경력직으로 입사한 터라 밀어주고 끌어줄 동기들도 없었다. 그러다 보니 나는 회사에서 사내 소식에 가장 둔감한 사람이 되어 있었다. 그 사실을 인식하자 자존심이 상해, 할 수 없었던 게 아니라 하지 않은 것이라고 자신을 위안해 왔다.

　반면 직속 후배인 김 대리는 이런 데 누구보다 빠삭하고 오지랖도 넓어서, 내가 그나마 회사 소식을 전해 듣는 유일한 창구나 다름없었다.

　"아. 진짜 과장님 이러면 안 된다니까요? 차장 달고, 부장 달고, 팀장도 하려면 이제라도 회사의 파도에 몸을 실어야 한다니까. 언제까지 이렇게 먼바다에서 둥둥 떠다니실 거예요?"

　"뭘 또 그렇게까지 말을 해. 그냥 열심히 하다 보면 다 알아서 되겠지. 내가 많이는 아니어도 회사를 몇 군데 옮겨보니까 라인 타고 타잔 놀이 하는 사람들보다 그냥 안내선 잡고 천천히 가는 사람들이 더 오래가더라."

이미 몇 번이나 풀어낸 나의 개똥철학은 김 대리에게는 더 이상 들을 가치가 없는 이야기였다. 김 대리는 내 이야기를 끊으며, 자신이 하고자 하는 말을 이어갔다.

"아 됐고요. 그보다 요즘 비하인드 진짜 웃긴다니까요. 이 글 한 번 봐요."

[카페테리아 우유는 진짜 아니지 않아요?]

김 대리는 화면을 몇 번 터치하더니 게시 글을 하나 보여주었다. 글 제목을 처음 봤을 때 별다른 생각은 들지 않았다. 그러나 왠지 모를 불안감에 심장이 두근거리기 시작했다. 그때는 그저 익명의 게시판에서 회사 동료의 속마음을 들여다보는 것 같아 그런 줄 알았다.

제가 야근을 하고 가는 길에 피곤해서 커피나 한잔 타 가려고 카페테리아에 갔거든요. 근데 누가 커피 머신 밑에 있는 냉장고에서 우유를 하나 꺼내더라고요. 그래서 '아, 라테를 드시나' 했는데, 참나. 그걸 본인 가방에 넣어서 가시더라고요. 그러고는 본인도 찔리는지 뒤도 안 돌아보고 도망치듯이 나가는데, 진짜 같은 회사 직원으로 너무 쪽팔렸어요.

두 번째 줄을 읽어 내려가는 순간, 나는 알았다. 이것이 내 얘기라는 것을.

순간 당황해서 아무것도 할 수가 없었다. 그러나 글을 읽었으니 무슨 반응이라도 보여줘야 한다, 그래야 이상하지 않다는 생각이 들자 갑자기 손바닥에 땀이 나기 시작했다. 그런 상황을 전혀 눈치채지 못한 김 대리는 재미있다는 듯이 신이 나서 화면을 올리며 글 밑에 달린 댓글들도 하나씩 보여줬다.

"이게 또 댓글 보는 재미가 있거든요. 보세요. 대박이야 진짜."

Sdgsdfg : 우와. 우유는 진짜 너무 찌질한 거 아냐? 혹시 기숙사에 사나?

432342 : 아니에요.

Df52sd52f : 아, 님은 누군지 아시는구나. 그럼 그냥 까자. 그런 찌질이는.

7yhu : 너무 폭주는 하지 맙시다. 그래도 같은 회사 직원인데.

63rfu52df6 : 그래서 더 쪽팔린 거잖아요. 차라리 몇억 횡령이면 대단하다 능력이라도 인정하는데……,

Dfg4sdg : 우와. 막 나가는 것 봐. 우유보다 몇억 횡령이 낫대.

63rfu52df6 : 그게 아니라, 차라리 그게 덜 쪽팔리다는 거죠. 이렇게 된 거 그냥 깝시다. 다.

432342 : 에이 그래도 그건, 좀.

Df52sd52f : 형! 그럼 힌트라도 줘. 우리가 알아서 찾아낼게.

432342 : 6층? ㅎㅎㅎㅎㅎ

마지막 댓글을 읽은 순간 너무 놀라 딸꾹질이 났다. 김 대리는 그런 내 반응을 보며 해맑게 웃었다. 내가 저 글의 주인공이라는 건 짐작도 못 한 그는 비하인드가 그렇게 놀랍냐며 장난스레 물었다.

입으로 대충 대꾸하는 동안 머리는 빠르게 굴러갔다. 그럴 수밖에 없었다. 내가 근무하는 곳이 6층이었으니까. 1층 로비에 있는 카페테리아에서 본 사람을, 6층에서 일하는 직원이라고 콕 집어 말한 것으로 보아 글을 쓴 사람은 정말 내가 한 짓을 모두 아는 듯했다.

그나마 6층에는 네 개 팀이 있어서 용의선상에 오른 후보는 많았지만, 글을 올린 사람이 마음만 먹으면 나라는 게 밝혀지는 건 시간문제였다. 머리로는 별거 아니라고 생각하면서도 심장은 미친 듯이 뛰기 시작했다.

"과장님. 6층이래요. 지금 이 안에 그 찌질이가 있는 거라고요. 뭔가 스릴 있지 않아요?"

나는 김 대리의 농담에 아무런 반응도 할 수 없었다. 김 대리가 말하는 그 찌질이나 바로 나니까. 지금 내가 하는 모든 행동이 범인이 나라는 것을 알려주는 힌트가 될 것만 같았다. 나는 아무런 말도 못 하고, 김 대리의 눈에 띄지 않을 다리만 덜덜 떨었다. 그때, 팀장의 목소리가 들렸다.

"또, 또 잡담하고 있지? 할 얘기가 그렇게 많으면 차라리 나가서 하라니까. 그러라고 회사에서 돈 들여 카페테리아까지 만들어줬잖아. 제발 사무실에서는 일만 하라고, 좀!"

"예, 알겠습니다. 죄송합니다."

김 대리는 팀장의 말에 잔뜩 몸을 움츠리며 의자를 끌고 자기 자리로 돌아갔다. 그러고는 팀장이 못 보게 고개를 돌린 뒤 '미친놈'이라며 표정만으로 욕을 했다. 평소였다면, 김 대리의 우스꽝스러운 표정을 보고 웃어주었겠지만 지금 나는 아무런 표정도 지을 수 없었다. 머릿속이 온통 우유 생각뿐이었다.

[오는 길에 우유나 하나 사 와. 시원이가 시리얼 먹고 싶은데, 우유가 없대.]

[어디서 사지? 오늘 금요일이라 마트 들어가는 길부터 막힐 텐데.]

[그래? 그럼 그냥 와. 내일 아침에 사지 뭐.]

지난주 금요일. 퇴근 준비를 하며 아내와 카톡을 했다. 금요일 퇴근길에 서울에서 수도권으로 나가려면 항상 각오해야 한다. 심지어 그 중간에 잠깐 마트에 들러 우유를 사야 한다면 미션의 난도가 달라진다. 어떻게 할지 고민하던 그때, 문득 1층의 카페테리아가 생각났다. 우리 회사는 직원들의 복지를 위해 1층에 커피 머신을 설치해 놓았는데 단순히 아메리카노만 먹을 수 있는 것이 아니라, 라테 음료도 먹을 수 있도록 항상 냉장고에 우유를 채워 놓곤 했었다. 금요일이라 다들 칼같이 퇴근했던 터라 이미 건물에는 사람들도 거의 없었다. 어차피 직원 복지를 위해 넣어둔 것이다. 그러니 직원인 내가 우유 한 통을 슬쩍 가지고 가는 건 전혀 문제가 되지 않을 것으로 생각했다. 그래서 그날 나는 우유 한 통을 가방에 넣었다.

Df52sd52f : 현재 네 개 팀 56명으로 용의자가 좁혀졌습니다. 자, 다음 힌트는 뭔가요?

나는 어느새 앱을 깔고, 회사 메일로 승인받고 있었다. 비하인드에 들어가 보니 다른 게시물들과 다르게 유독 우유 게시물에만 댓글이 50개나 넘게 달려 있었다. 당장 내일까지 마무리해야 하는 보고서가 있는데도 불구하고 그 50개의 댓글을 읽고 또 읽었다. 마지막에 힌트를 더 달라는 댓글에 또 어떤 댓글이 달릴지가 너무 걱정되어서 일이 하나도 손에 잡히지 않았다. 계속해서 의미 없이 페이지 새로 고침만 하던 중에 새 댓글이 달렸다.

7yhu : 와, 이 형님 완전 선수네. 쪼는 것 봐. 지금 다들 일 못 하고 있다고. 특히 6층은.

나도 모르게 천천히 파티션 위로 고개를 들었다. 저 사람의 말처럼 파티션 너머에 앉아 있는 사람들 대부분이 이 앱에 가입해 있고, 실시간으로 댓글을 확인하고 있을까? 그렇다면 지금 6층 사람들은 어떤 모습일지 너무 궁금했다.

살짝 고개를 들고 바라본 다른 팀 직원들의 모습에 크게 어색한 것은 없었다. 그러나 상황이 이렇다 보니 사람들의 작은 행동들도 하나하나 눈에 거슬리기 시작했다. 이 주임은 왜 저렇게 웃고 있지? 김 대리는 저거 휴대폰 보고 있는 거 맞나? 강 차장은 왜 갑자기 박 차장한테 갔지? 무슨 얘기를 하는 거지? 설마 저 공채 신입도 일하는 척하면서 비하인드 보고 있는 거 아냐? 팀장도 뭔가 표정이 안 좋은데? 작은 것도 그냥 넘길 수가 없었다. 지금 6층에 있는 사람들이 모두 비하인드에서 힌트만 기다리고 있는 것 같았다. 어차피 나는 아니니까 하는 생각으로 빨리 범인이 밝혀지기를 바라는 건 아닐까. 심장이 미친 듯이 뛰었다. 아마 셔츠 안에 따로 내의를 입지 않았다면 내가 진땀을 흘리고 있다는 사실을 모두 알아볼 만큼 셔츠의 색이 진하게 변했을 것이다.

432342 : 에이, 한 번에 까면 재미없잖아.

432342 : to be continued······.

"후와······."

하마터면 입 밖으로 소리가 나올 뻔했다. 직접 본 것도 아닌데, 내 눈앞에서 그 사람이 타자를 치는 것처럼 댓글이 한 글자 한 글자 순차적으로 눈에 들어왔다. 어느새 몸이 굳어서 밀랍 인형이 된 느낌이었다. 그 어느 관절 하나 자연스럽게 움직일 수 없었다. 시선을 들면 모두가 나를 바라보고 있을 것만 같았다. 너무 어색하게 행동해서 다들 나라는 걸 눈치챈 건 아닐까.

6층은 일을 못 하고 있다던 사람이 새로 쓴 댓글을 보고 긴장은 더 심해졌다.

7yhu : 근데 웃어넘기기에는 꽤 중대한 문제 아닌가요? 엄연히 회사 재산의 사적 사용이잖아요. 이거 엄격히 따지면 횡령이랑 같은 죄 아닌가? 기본적인 윤리 의식의 문제잖아요. 우유를 집에 가지고 갈 수 있는 직원이라면, 집에 못 가져갈 게 있을까요? 바늘 도둑이 소도둑 된다. 모래알이든 바위든 물에 가라앉는 건 똑같다. 우리가 다 아는 얘기잖아요.

그래도 아까까지는 머리 한구석에 '그게 뭐라고. 3천 원도 안 하는 우유 하나 아냐. 밝혀져도 사과하면 되지. 별문제 아니야.' 하는 생각이 있었다. 그러나 이 댓글을 읽자, 지난주 금요일에 있었던 월례 조회 때 대표님이 한 말이 떠올랐다.

"아시다시피 지금은 시장 상황이 별로 좋지 않습니다. 그래서 우리 회사는 오늘부로 비상 경영 체제로 전환합니다. 현시점에서의 비상 경영 체제는 단순히 비용을 절감하고, 우리의 허리띠를 졸라매는 수준이 아닙니다. 각자의 마음속에 있는 비윤리적이고, 비양심적인 행동과 태도부터 바꿔나가야 할 것입니다. 따라서 비용을 절감하고 매출을 증대하는 것은 물론이고, 전반적인 회사의 경영 환경을 위협하는 아주 작은 부정행위도 용납될 수 없음을 미리 말씀드립니다."

하필이면 시점이 그랬다. 회사는 지난주 금요일부터 비상 경영 체제에 돌입했고, 나는 하필이면 그날, 집에 우유를 가지고 갔다. 이 사실이 회사에 알려진다면 고작 3천 원짜리 잘못이라도, 그 파장은 결코 3천 원짜리가 아닐 것이다.

나는 가만히 앉아 휴대폰만 꽉 쥐고 있었다. 그때였다.

"오 과장!"

"오 과장!"

"예?"

두 번 만에 팀장이 부르는 소리를 겨우 들은 나는 떨리는 다리를 끌고 팀장의 책상으로 다가갔다.

"오 과장 왜 그래? 어디 아파?"

잔뜩 긴장해 식은땀까지 흘리며 이상한 자세로 걷는 나를 본 팀장이 걱정하는 눈빛을 보냈다.

"아, 아닙니다……."

"몸 안 좋으면 연차 쓰고 들어가."

"아닙니다. 괜찮습니다."

팀장은 말실수한 것이 아니다. 이미 오후 3시가 지났지만, 중간에 갑자기 집에 가야 하는 일이 생기면 팀장은 항상 연차를 쓰라고 한다. 반차가 아니라. 부서별로 팀원들의 연차 소진율이 팀장의 평가에 포함되기 때문에 최대한 연차를 많이 소진하게 하기 위해서다. 평소라면 속으로 엄청 욕을 하고, 나중에 김 대리와 추가로 1시간은 더 욕을 할 만한 일이었지만, 지금은 팀장의 또라이 짓 따위가 머릿속에 들어올 상황이 아니었다.

"아. 들어갈 거면 비서실부터 갔다 와서."

"예? 비서실이요?"

"몰라. 대표님께서 찾으신대. 우선 갔다 와. 그리고 연차를 쓰든가."

"왜 저를요?"

"나도 몰라. 그걸 왜 나한테 물어?"

나는 손에 들고 있던 휴대폰을 더 꽉 쥐었다. 비서실, 대표님. 그 단어들 자체가 나에게 너무 생소했다. 나는 입사 이래 한 번도 비서실에 불려 가 본 적이 없었다. 심지어 나 같은 일개 과장은 대표님에게 승진 인사를 하러 갈 때도 팀장이 보호자로 따라붙어야 한다. 그런데 비서실에서 나를 찾는다고? 대표님이 비상 경영 체제를 말하자마자 내가 우유를 훔쳤고, 그 일이 비하인드에서 폭발적인 반응을 받는 지금, 하필이면 나만 콕 집어 불러들였다……. 긍정적으로 생각하려 해도 자꾸만 생각은 그쪽으로 흘러갔다.

"뭐 해? 빨리 올라갔다 와."

대표실로 올라가는 계단이 마치 천국으로 향하는 계단처럼 보였다. 처음 가보는 곳은 아니었지만, 오늘따라 계단이 더 가파르게 느껴졌고, 왠지 공간도 더 환한 듯했다. 하지만 나는 곧 내 생각이 잘못됐음을 알았다.

"맞아. 나는 지금 천국이 아니라 지옥으로 가는 거지. 그래, 지옥이 꼭 지하에 있으라는 법은 없으니까."

넋이 나가 대표실로 올라가는 계단에서 무슨 말인지도 모를 것들을 중얼거리던 나는, 어느새 지옥의 문 앞에 서 있었다.

그곳에서 펼쳐질 나의 미래가 어떤 것일지 조금도 예측하지 못한 채 말이다.

　늘 생각하는 것이지만 대표실에서 근무하는 정 비서의 표정은 정말 속을 알 수가 없다. 언제나 밝고 반듯한 표정과 흔들림 없는 눈빛. 그녀도 내가 이곳에 온 이유를 알고 있을까. 내가 걱정하는 그 이유가 맞는다면, 그녀가 나를 대하는 표정이 평소와 다를 수도 있다고 생각해 유심히 바라보았다. 하지만 모르는 것인지, 모르는 척을 하는지 정 비서는 아무런 내색 없이 인사를 건넸다.

　"오셨어요? 잠시만요. 대표님께 말씀드리겠습니다."

　정 비서는 잠시 대기해 달라는 말과 함께 대표실로 들어갔다. 대표실로 들어간 그녀는 의외로 바로 나오지 않았다. 얼마의 시간이 지난 걸까? 초조한 마음을 억누르지 못해 어색하게 진땀이 밴 손바닥을 바지에 닦고 있을 즈음, 정 비서가 나와서 대표실로 안내했다.

"들어가시면 됩니다."

대표님은 내가 들어가자마자 제 자리에서 일어나서 인사를 하며 앞에 있는 회의 테이블에 앉으라고 손짓했다. 자연스러워 보이려 해도 긴장한 탓에 걸음도 잘 걷지 못했지만, 다행히도 그는 내가 긴장한 이유가 자신 때문이라고 생각하는 듯했다.

"왜 이렇게 긴장했어요? 오 과장님, 뭐 잘못한 거라도 있어요?"

"예?"

대표님의 농담도 나는 가볍게 넘기지 못하고 예민하게 반응했다. 그런 나의 모습이 재미있는지 대표님은 너그러운 웃음으로 긴장을 풀어주려고 했다.

"뭘 그렇게 깜짝 놀라고 그래요. 농담인데."

"아…… 죄송합니다. 제가 이런 상황이 워낙 익숙하지 않아서요."

"하하하. 그럴 수 있죠."

"죄송합니다."

"아니에요. 음……, 오 과장님은 이 회사에 온 지 얼마나 됐죠?"

대표님은 긴장할 것 없다는 듯 사람 좋은 표정을 지어 보였다. 하지만 나는 대표님의 그런 모습이 더 무섭고 두려웠다. 대표님이 이 회사에 오는 날부터 직원들 사이에선 그의 이야기가 유명했다. 대표님은 이곳에 오기 전에 있던 다른 회사에서 이미 어마어마한 구조조정을 했던 인사 관련 전문가였고, 당시 살벌한 구조조정을 준비하면서도 항상 온화한 표정으로 모든 직원을 대했다고 한다. 심지어 자신이 자른 사람들에게도 직접 찾아가서 웃으며 마지막 인사를 했다는 이야기도 이미 들은 터라 대표님의 표정이 밝으면 밝을수록 더 긴장되고 두려웠다.

"5년 차입니다."

대표님은 나의 연차를 듣고 무엇인가 생각하는 듯했다. 그러고는 무표정하게 나를 바라보며 낮은 목소리로 물었다.

"내가 오 과장님을 왜 불렀을 것 같아요?"

"예?"

이번에는 장난이 아니었다. 나를 똑바로 바라보는 시선에 내 심장은 서서히 쪼그라들어 분명히 탁구공만 해졌을 거라고 생각했다. 선문답 같은 그의 질문도 어떤 의도인지 전혀 파악할 수가 없었다.

"글쎄요……."

"오 과장님도 지난달에 월례 회의 들어왔었죠?"

월례 회의. 나의 예상이 맞았다. 대표님이 취임한 지 1년 만에 비장하게 선포한 비상 경영 체제. 그리고 하필이면 그날 우유를 훔친 나. 어쩌면 대표님은 자신의 야심 찬 계획이 고작 우유 때문에 얼룩졌다는 걸 아는 게 아닐까. 나는 순간, 절망했다.

"죄송합니다."

나도 모르게 죄송하다는 말이 먼저 나왔다. 그리고 바로 고개를 떨어뜨렸다. 무엇인가 핑계를 찾고, 적당한 말을 가져다가 급하게 수습하는 행위는 아무런 도움이 되지 않을 뿐만 아니라, 오히려 독이 될 수도 있다는 사실을 직장 생활의 경험으로 자연스럽게 체득했다.

"그래요. 잘못했죠."

대표님의 말은 내 머릿속에 남아 있던 0.001퍼센트의 가능성도 모두 날려버렸다. 그는 분명히 알고 있었다. 지금 비하인드를 소란스럽게 만든 이 모든 사건의 전말을. 나는 내게 내려질 처분에 대한 생각들로 머릿속이 가득 찼다. 대표님이 직접 부를 정도의 사안이라면, 당연히 감봉이나 정직 정도의 징계는 아니겠지? 그렇다면 설마 해직이나 권고사직까지 갈까? 지금 내가 회사에서 잘리면 우리 집은 어떻게 되는 거지? 내가 쉽게 이직할 수 있을까? 그래도 권고사직이면 실업 급여는 받을 수 있겠지? 우리 집 대출이자가 한 달에 얼마였더라? 실업 급여는 몇 달이나 나오지? 그렇다 해도…… 내가 다시 이런 대기업에서 지금 같은 연봉을 받고 일할 수 있을까?

그 짧은 순간에 많은 생각들이 머릿속을 지나갔다. 당연히 불안해하는 모습이 그의 눈에도 보였을 것이다.

"그런데, 내 잘못이 제일 크죠."

"예?"

나는 그의 말에 아무런 반응도 할 수 없었다. 지금 무슨 말을 하는 거지? 내가 우유를 가지고 간 게 왜 대표님의 잘못이지? 자기가 비상 경영 체제를 괜히 선포했다고 말하는 건가? 고작 나 때문에? 생각이 갈피를 못 잡는 와중에도 너무 말이 안 된다는 건 알 수 있었다.

"저도 벌써 이 회사에 온 지 1년이 넘어가는데, 지나고 보니 제대로 한 게 하나도 없는 것 같아요. 물론 회사의 경영 상황을 파악할 시간도 필요했고, 직원들의 업무 환경이나 역량들을 파악하는 데도 많은 시간이 필요하기 때문에 어쩔 수 없었다고 핑계를 댈 수도 있지만. 그건 온전히 제 생각이고. 결국 중요한 건 매출이잖아요. 결정적으로 1년 사이에 우리 회사 매출이 참 많이 빠졌으니까……."

"예……."

"제가 월례 회의 때, 했던 말 기억하죠?"

그의 말을 조금 더 들어보니, 내가 생각한 것과는 전혀 다른 이야기를 하고 있었다. 비하인드 게시물의 주인공이 나란 걸 알고 부르진 않은 듯한데, 도통 대표님의 의도와 목적을 읽을 수 없었다. 다만 훨씬 거시적인 이야기를 시작하리란 건 눈치챌 수 있었다.

"저……."

"비상 경영 체제요. 저 그거 빈말 아닙니다. 제대로 하고 싶어요. 그러기 위해서 저에게 오 과장님 같은 존재가 필요합니다."

"예?"

도무지 정신을 차릴 수가 없었다. 비상 경영 체제 이야기를 하더니, 지금은 내가 왜 필요하다는 거지? 왜 갑자기 나 같은 사람을 불러서 이런 이야기를 하는 건가, 하는 생각들을 하고 있는데, 대표는 그런 내 머릿속을 들여다보는 것처럼 말을 이어갔다.

"지금, 머리가 복잡하죠? 이 사람은 왜 나를 불러다가 이런 말을 하고 있지 싶을 텐데 조금만 더 들어봐요, 금방 이해시켜 줄 테니까. 우선 이 회사는 정말 공채의 파워가 막강하더라고요. 그렇죠? 이번에 들어온 기수가 45기던가?"

"예."

"벌써 45년이나 이어온 공채 시스템이 진짜 이 회사를 움직이고 있더라고요. 이 회사의 동기 문화는 참 남다르고 특별하기는 한데, 그 동기 파워라는 게 과하게 강력해서 좀 문제가 생기기도 하고요. 그렇죠? 예를 들면 동기들이 부탁하는 일이라면 부서의 업무 우선순위랑은 상관없이 먼저 쉽게 처리해 주고, 유독 잘나가는 기수들은 자기 기수의 힘자랑을 하고 싶어서 여기저기 압력을 넣기도 하고요. 심지어 무슨 문제가 생겼을 때도 그 끈끈한 유대감과 파워를 이용해서 묻고 넘어가기도 하잖아요. 그렇죠?"

대표님의 말이 맞았다. 경력직으로 이 회사에 입사한 내가 제일 부러웠던 게 바로 동기가 있는 공채 직원들이었으니까. 우리 팀에 있는 김 대리만 하더라도 업무 대부분을 동기들을 통해서 진행한다. 그럴 수밖에 없는 것이, 같은 시기에 입사해 기수가 같은 동기들은 각 부서에서 차지하고 있는 위치나 입지도 비슷하다. 물론 그 입지가 사원이나 주임일 때는 워낙 미비하니 힘이 될 수는 없겠지만, 대리만 달아도 말은 달라진다. 보통 대리쯤 되면 어느 부서든, 그 부서 내의 실무를 가장 많이 한다. 그래서 타 부서와 함께 업무를 하려고 하면 해당 부서 대리들의 벽을 넘어야 한다. 그들에게는 이미 수많은 업무가 주어져 있고, 각자 부서의 계획에 따라 우선순위들이 정해져 있기 때문이다.

그런데 내가 협업해야 하는 부서에 동기가 있다면 상황이 달라졌다. 엄두도 못 낼 요청은 가벼운 농담처럼 전하고, 몇 달은 걸릴 일이 30분 만에 해결되기도 했다. 그래서 우리 회사의 동기 문화가 유별나다는 말도 나오고, 노트북 없이는 일해도 동기 없이는 일 못 한다는 농담도 도는 것이다. 이게 당연하다 보니 동기가 없는 나는 입사 초반엔 높은 벽을 마주한 기분이었다. 지금은 같은 부서의 김 대리나 강 과장이 자기 동기들을 소개해 주어 문제없지만, 당시 느꼈던 절망감은 아직도 선명하다. 그래서 대표님이 무엇을 말하는지는 쉽게 알아챘다.

"그런데 그게 너무 심해. 그렇죠?"

"조금은…… 그런 편인 것 같습니다."

"솔직히 나도 공채 출신이에요. 그래서 알지. 동기들이 직장 생활에서 얼마나 든든한 존재인지. 동기들이 서로 도와주면 일이 얼마나 술술 풀리는지. 저는 아직도 동기들한테 전화해서 막 부탁하고 그래요. 회사가 달라도 말이에요. 뭐 어떻게 해? 필요하면 하는 거지. 근데 여기는 해도 해도 너무하잖아."

"아……."

"썩은 거예요, 다. 동기니까 봐주고, 잘나가는 기수니까 못 건들고. 그렇게 모른 척해주고, 덮어주고, 넘어가고, 도와주다 보니까 구석구석까지 모조리 다 썩어가고 있는 거라고요. 나는 이제 더 이상 그 꼴을 못 보겠어요."

표정 관리하기가 힘들었다. 누구보다 내가 동의할 만한 이야기였지만, 그 사실을 인지하자 대표님이 왜 하필 나를 지목해 불렀는지 감이 잡히기 시작했다. 나는 쉽사리 동의의 말도, 부정의 말도 할 수 없었다. 평소였다면 좀 더 유연하게 넘어갔을 테지만, 비하인드 글이 아직 머리 한편에 남아 있어서 적절한 대처법을 찾기 어려웠다. 그래서 차라리 침묵했다.

"그래서 오 과장님같이 이 회사에서 경력도 좀 되고. 경력직 입사라 동기 문화에 포함되어 있지도 않고, 그 와중에 꽤 묵묵하게 자신의 성과들을 만들어가고 있는 그런 사람이 필요하다는 거죠. 이번 비상 경영 체제에서는요."

나는 바보가 아니다. 지금 대표님이 나에게 주는 메시지는 아주 분명했다. 자신의 라인을 타라. 위험한 일이었다. 그는 자기 말처럼 공채 문화가 공고한 이 기업에, 외부에서 갑자기 발탁된 전문 경영인이다. 이미 언론이나 업계에서 충분히 능력을 인정받은 혁신 리더라고는 하지만, 그 말은 반대로 그만큼 그가 이 조직에서는 기반이 약하다는 뜻이기도 했다. 그런 대표님의 라인을 타는 것은, 가늘고 길게 가는 것이 최고라고 생각하는 나 같은 안전 우선 직장인에게는 정말 말도 안 되게 위험한 일이었다.

문제는 이 제안을 거절하기엔 내가 지금 함정에 빠져 있어 마음이 조급했다는 점이다. 앞으로 내게 무슨 일이 일어날지 모르는데, 우선 보험 하나 드는 셈 치면 나쁘지 않은 선택이 아닐까. 생각이 많아질수록 사고는 더 단순해졌다.

"지금 무슨 생각하는 줄 알아요. 하늘에서 갑자기 뚝 떨어진 전문 경영인. 언제 잘릴지도 모르는 저 새끼 말을 내가 들어야 하나? 내가 지금 저 동아줄을 덥석 잡아도 되나 싶죠?"

"꼭 그렇다는 것이 아니라……."

"괜찮아요. 나도 다 지나왔잖아. 내가 다른 건 몰라도 회장님께 그건 미리 확답받았어요. 내가 이번에 칼춤을 좀 춰야 한다. 그런데 절대 나 혼자는 못한다. 그래서 내가 내 편을 좀 만들 건데, 혹여나 일이 잘못돼서 내가 잘리는 일이 있어도. 그들만은 꼭 지켜줘야 한다. 그 약속이 없으면 내가 절대 편을 못 만든다고요."

오래 회사에 다니고, 은은하게 벌어지는 파벌 싸움을 지켜보다 보면 자연스레 익히는 것들이 있다. 그중 가장 중요한 건, 회사에 비밀 따위 없다는 것과 아무리 공공연한 사실이라도 라인이나 편을 직접적으로 입에 담아선 안 된다는 것이다. 그게 정치였다. 그런데 지금 대표님의 말은, 회장님에게 직접 자신의 편을 만들겠다고 선언했다는 뜻이었다. 회장님의 대응이 어떨지는 지켜봐야겠으나, 대표님 역시 보통 대담한 게 아니었다. 속으로 기겁하고 있으니 그가 눈을 빛내며 나를 재촉했다.

"그러니까 나 도와줘요. 나도 연말에 과장님 좀 챙겨줄 테니."

"아, 네."

"그럼 동의하신 겁니다."

"예? 네……."

대표가 나의 심경을 몰랐을 리 없다. 당연히 내가 지금 한 대답이 동의가 아니라는 것도 알았을 것이다. 하지만, 대표는 내 입에서 나온 "예."라는 말에만 집중했다. 결국 자신이 듣고 싶었던 대답이었으니까. 그리고 나는 얼떨결에 다시 또 대답을 해버렸다. 그 순간에 바로 정정할 수도 있었겠지만, 굳이 반대할 이유도 여유도 없었다. 그렇게 나는 대표님의 라인을 타게 되었다. 잠시나마 마음이 좀 놓인 것도 사실이었다. 하지만 이내 새로운 걱정거리가 생긴 거 아닌가 하는 의문이 머릿속을 스쳐 지났다. 과연 그는 나에게 뭘 시키려고 이렇게까지 꾀는 것일까? 새로운 걱정은 나를 다시 긴장하게 했다.

"근데…… 그럼 제가 뭘 해야 하나요?"

"우선 저는 오늘 오 과장님의 마음을 사는 것이 첫 번째 미션이었습니다. 그 미션은 성공했으니, 앞으로 필요한 것들은 비서실 통해서 연락을 드릴게요. 뭐 사안에 따라서는 이렇게 또 직접 볼 수도 있고요."

"알겠습니다."

"아. 그런데 제일 중요한 건요."

"예?"

"눈치가 있으셔서 알겠지만, 이 모든 일에 보안을 꼭 지켜주세요. 이 부분만큼은 제안이 아니라, 경고입니다. 나는 지금부터 우리가 할 일들에 대한 그 어떤 정보도 내가 원하지 않는 사람들에게 공유되는 것을 바라지 않습니다. 혹시라도 그런 상황이 일어난다면 저는 아주 냉정하게 대처할 것이라는 점을 절대 잊지 마세요."

저 정도의 카리스마가 있어야 저 위치에 오를 수 있는 것일까? 아니면 저 위치에 가면 이런 카리스마가 생기는 것일까? 한순간 변한 대표의 눈빛과 표정은 엄청난 경각심을 만들어주었다. 그리고 경각심은 다시 불안감을 키우기 시작했다.

"그리고 특히, 지금부터 우리는 한배를 탄 거니까 오 과장님도 앞으로 처신을 잘해주셔야 합니다."

"네?"

"지금부터는 오 과장님의 흠이 내 흠이 될 수도 있다는 말이에요. 쉽잖아요. 이후에 제 계획대로 일이 진행되면, 나와 함께한 사람들의 평가도 냉정하게 이뤄질 겁니다. 그러니 혹시라도 문제가 될 만한 행동은 삼가주십시오. 뭐 워낙 알아서 잘하시겠지만요."

문제가 될 만한 행동. 잠시 미뤄뒀던 근심이 파도처럼 밀려와 머릿속이 다시 요동쳤다. 손과 다리는 점점 떨리고, 등줄기에 땀도 흥건해져서 흐르는 것이 느껴졌다. 머릿속에서는 대표님 입에서 나온 '문제가 될 만한 행동'이라는 단어만 계속 빙글빙글 도는 것만 같았다.

"제가 우유를 하나 가지고 갔습니다. 집에! 죄송합니다."

아까 말을 해야 했다. 나에게는 지금 이런 흠이 있다고, 그래서 그 우유 썩은 냄새가 대표님한테까지 옮겨 갈 수도 있다고, 그래도 나를 라인으로 잡아주실 거냐고. 그 자리에서 고백하고 양해를 구했어야 했다. 하지만 머릿속으로 백만 번쯤 떠올렸던 그 말은, 대표실을 나오는 순간까지도 입 밖으로 나오지 않았다. 나는 이마까지 땀이 송골송골 맺힌 채 뒷걸음질로 대표실에서 나왔다. 정 비서는 마치 그 모든 상황을 예상했다는 듯이 나에게 종이 타월을 내밀었다.

"여기요."

여전히 밝고 반듯한 표정으로 나를 지켜보던 비서는 내가 이마에 흐르는 땀을 다 닦고 나자, 말없이 서류 봉투 하나를 내밀었다.

"이건 대표님께서 주신 첫 번째 업무입니다. 확인하시고 다음 주 화요일 퇴근 전까지 주시면 됩니다. 앞으로 대표님과 진행하는 모든 업무는 사내 메일이나 메신저가 아닌, 제가 직접 서류를 전달하는 방식으로 이루어질 겁니다."

미소 짓고 있지만 따뜻하지는 않은 표정으로 정 비서는 나에게 서류 봉투를 내밀었고, 나는 그 봉투를 멍하게 바라보았다. 비서는 아무 말도 하지 않고 가만히 기다렸다. 나는 겨우 정신을 차리고 봉투를 받았다.

"팀장님께는 지난 달 출시된 신제품 관련 현장 반응을 물어보셨다고 하시면 됩니다."

"예?"

"그리고 왜 하필 오 과장님을 부른 거냐고 물으시면, 지난달 직급별 간담회 때 그 업무를 하고 있다고 말씀드렸었다고 하면 별말 없으실 겁니다."

나는 아무 말도 할 필요가 없었다. 비서는 내가 지금 무슨 생각을 하고 있는지, 나에게 앞으로 무슨 일이 벌어질지, 모두 알고 있는 것처럼 해야 할 말들을 정해주었다. 순간, FBI가 나오는 첩보 영화에서 갑자기 스파이가 된 주인공 역을 맡은 것 같다는 실없는 생각도 스쳐 지나갔다. 할 말을 모두 마친 정 비서는 내 대답은 처음부터 필요하지 않았는지 아무런 말도 없이 자신의 자리로 돌아갔고, 그 행동에서 이제 그만 너도 네 자리로 돌아가라는 목소리가 들렸다.

자리로 돌아온 나는 팀장에게 정 비서가 시킨 그대로 말했다. 팀장은 비서가 말한 대로 대수롭지 않게 넘어갔다. 다행히 비서실에서 받아 온 서류 봉투는 자연스럽게 내 자리에 두고 팀장에게 갔기 때문에 문제 될 건 없었다. 자리에 돌아온 나는 봉투를 챙겨 가방에 바로 넣었다. 그리고 그때, 사내 메신저가 울렸다. 김 대리였다.

[과장님!]
[왜?]
[비하인드! 비하인드!]

모니터에 떠오른 단어에 심장이 다시 요동치기 시작했다. 휴대폰을 켜 앱에 들어가는 와중에도 손이 얼마나 떨리는지 휴대폰에 진동이 오는 것 같았다. 바싹바싹 말라가는 입술을 혀로 축이며 눈으론 게시물 댓글을 좇았다.

그곳에선 두 번째 힌트가 공개되고 있었다.

432342 : 두 번째 힌트 나갑니다.

432342 : 남자.

댓글이 달리는 순간, 사무실에서 날카로운 비명이 들렸다. 환청이었다. 내가 마음속으로 내지른 소리였다. 힌트는 범인이라는 올가미를 들고 나에게 한 걸음 더 다가와 있었다. 그래도 바로 정체를 들킬까 걱정한 것 치곤 생각보다 강력한 힌트는 아니어서 내심한숨을 돌렸다. 하지만 다른 직원들의 마음은 나와 완전히 달랐다. 힌트가 올라오자마자 비난이 폭주했다.

Asdgfasdg : 아, 힌트가 이게 뭐야!

54sdfd : 왜? 나는 당연히 여자일 줄 알았는데, 남자라 완전 반전인데!

246fdwse : 뭐래? 왜 여자라고 확신했는데?

54sdfd : 원래 좀 그렇잖아. 목욕탕에서 수건 가지고 가는 것도 여탕에서만 일어나는 일이고.

246fdwse : 그거랑 이거랑 무슨 상관인데?

54sdfd : 뭐가 다른데? 어차피 다 같은 도둑질이지.

Dfgs5 : 그렇게 치면 자전거 없어지는 건 거의 다 남자 아닌가?

988dsfg : 그건 또 뭔 참신한 논리야? 여자들은 자전거 안 타?

Dfgs5 : 에이~ 솔직히 인정할 건 인정하자. 목욕탕 수건이 여자면, 동네 자전거는 다 남자지.

뜻밖에 댓글들은 힌트 자체에 대한 비난에서 이상한 방향으로 흘러가고 있었다. 댓글의 논점이 갑자기 성 대결이 되었는데, 나는 차라리 방향이 틀어져 다행이라고 생각했다. 하지만 그런 와중에도 다시 분위기를 정리하고 논점을 바로잡는 얄미운 놈도 있었다.

Fasdfdu : 우선 정리하면, 6층 남자로 용의자가 좁혀졌고, 현재 조직도상으로는 39명.

GSADfgsd : 이 분위기면 다음 힌트는 직책이나 부서 나오는 거 아냐? 그래야 확확 줄지.

"씨발."

나도 모르게 입에서 욕이 튀어나왔다. 스스로도 깜짝 놀라 입을 꾹 닫았다.

"과장님 뭐라고요?"

놀란 건 나만이 아니었다. 옆자리에 있던 김 대리가 깜짝 놀란 표정으로 나에게 물었다. 자신이 들은 말이 진짜 욕이 맞는지 아닌지 확신도 없는 표정이었다. 사무실에서는 물론이고, 내가 욕을 하는 걸 처음 봤으니 그럴 만도 했다. 심리적으로 쫓기는 상황이 되니, 나도 몰랐던 나의 숨겨진 모습들이 드러나고 있었다.

[과장님, 지금 욕한 거?]

[어. 실수.]

[대박. 무슨 일이지? 우리 순둥이 과장님이 욕을 다 하고? 무슨 일 있어요?]

김 대리는 비하인드를 보라고 재촉했으면서도, 내가 비하인드에 올라온 글 때문에 욕을 했을 거라곤 생각지 못하는 듯했다. 그의 단순함이 내겐 다행이었다. 나는 다른 일 때문에 욕이 나왔다고 급하게 얼버무렸다.

[아까 팀장이 오후 3시 넘어서 연차 쓰고 가라고 한 게 생각났어.]

[갑자기?]

[어.]

[아, 진짜 웃겨. 그게 왜 갑자기 떠올라요? ㅎㅎㅎ 여튼 미친놈이죠.]

상황을 대충 넘기고 비하인드의 댓글을 계속 확인했다. 댓글을 보면 볼수록 점점 짜증이 밀려왔다. 수많은 사람이 자신과 상관없는 다른 사람의 일을, 장난치듯이 떠들어대고 있었다. 다른 사람의 고통을 놀이처럼 즐기는 그 모습에 비위가 확 상했다. 신상은 밝혀지지 않았지만 누군가가 공개적으로 다수의 놀잇감이 되어버리는 듯한 모양새가 정말 역겨웠다.

하지만 사건의 당사자인 나는 화가 나고 짜증이 나는 순간에도, 또 경우의 수를 생각해야 했다. 세 번째 힌트가 정말 직급이라면 6층의 남자 과장은 고작 네 명. 부서 힌트가 나온다고 해도 우리 팀에는 남자가 다섯 명. 네 명이나 다섯 명이나……. 결국은 다음 힌트 하나면, 내 목을 감고 있는 이 올가미는 손도 들어가지 않을 만큼 잔뜩 조여진다.

처음부터 내 이름이 공개되었다면 어땠을까? 그랬다면 어디든 사과의 말을 올리고 끝나지 않았을까. 그러나 비하인드 내에서 여론이 불타오르고, 용의자를 찾기 위해 혈안이 된 사람들을 보자 차마 이제 와서 그게 나라고 말할 수가 없었다. 나는 이렇게 긴장되는 시간을 보내느니, 모두 다 까발려지면 좋겠다는 생각이 드는 한

편 한 명이라도 후보가 많은 부서 힌트가 나왔으면 좋겠다는 생각이나 하고 있었다.

Fasdfdu : 에이 이렇게 된 거, 형 두 개 다 까자! 부서, 직급.

"씨발."

또 욕이 나왔다. 이번엔 다른 사람에게 들릴 만한 소리는 아니었다. 그런데도 김 대리는 어떻게 들었는지, 배꼽을 잡고 뒹구는 캐릭터 이모티콘을 열 개나 보냈다. 나는 김 대리에게 가식적인 미소를 지어 보이며 생각했다. 부서와 직급이 동시에 나오면 진짜 다 끝이라고. 우리 팀에 남자 과장은 오로지 나 하나뿐이니까.

432342 : 그럴까? 나 때문에 괜한 분란만 일어나는 것 같은데?
Asdgfasdg : 콜!

점점 정신이 멍해지는 기분이 들었다. 마치 물속에 빠져 가라앉는 것만 같은 느낌. 순간 내 주변에 있는 모든 공기가 물로 변하는 것 같은 환상과, 주변에서 들리던 모든 소리가 멀어지는 기분에 빠졌다. 정말 끝이라고 생각했다. 태어나서 처음으로 출세할 수 있는 기회도 생겼는데, 이번만 잘 넘어가면 정말 핑크빛 미래가 펼쳐질 수도 있었을 텐데……. 그깟 우유 하나에 모든 것이 다 사라진다고 생각하니 억울하기도 했다. 그리고 동시에 두려웠다. 이제껏 살면서 느꼈던 공포와는 전혀 달랐다. 어릴 적 학원비를 들고 가다 골목길에서 양아치 형들을 만났던 때나, 대학 시절 기숙사 건물 뒤쪽에서 귀신 비슷한 물체를 보고 주저앉았던 때가 내가 공포라는 감정을 느꼈던 순간들이었다. 하지만 지금 이 상황을 마주하고 보니 나에게 가장 두려운 일은 일상이 무너지는 것이었다. 평범하다 고밖에 표현할 수 없는 나의 일상이 무너져 내리는 것.

일상이라는 단어는 평범하고 무난한 느낌이지만 나는 알고 있다. 일상, 무난함, 평범. 나는 그런 단어들을 만들기 위해 지금까지 수많은 시간 동안 노력을 차곡차곡 쌓아왔다. 그래서 이번 일이 모든 것들을 바닥에서부터 뒤흔들어 버릴까 무서웠다. 너무 오랜 시간을 쌓아왔기에 다 무너지고 나면 다시 쌓을 수는 있을지, 그냥 여기서부터 모두 꼬여버리는 것은 아닌지 하는 생각에 막막했다. 그리고 그때, 문득 이런 생각이 들었다.

"이 새끼는 누굴까?"

내가 우유를 가지고 가는 것을 목격한 사람. 그리고 그 사실로 나를 이렇게까지 곤란하게 만드는 사람. 심지어 힌트를 줘가며 게임인 것처럼 즐기는 사람. 그 사람이 누군지 너무 궁금했다. 앱에서 그 사람의 아이디를 클릭하자 알림창이 떴다.

1:1 채팅을 요청하시겠습니까?

그 사람과 대화할 수 있었다. 누군지는 모르지만, 아마 누군지 절대 알 수 없겠지만, 그래도 당사자와 직접 대화를 할 수 있다. 은근한 긴장감과 흥분으로 손이 떨려오는데 머릿속은 이상하게 점점 더 차분해지고 냉정해졌다.

어차피 그에게는 중요한 일이 아닐 것이다. 그저 심심풀이 땅콩일 것이고, 지루한 직장 생활에 소소한 놀잇거리가 생겼다고 여길 것 같았다. 그리고 제일 중요한 사실은 그도 결국은 나와 같은 평범한 직장인이라는 것이었다. 영화와 소설에 나오는 범죄자나 사이코패스 따위가 아니라 나와 같은 회사에 다니고 있는 동료이자, 우리나라에서 누구나 다니고 싶어 하는 대기업에 합격한 아주 상식적인 사람인 것이다. 그러니 내가 지금 이 상황을 잘 설명하고 정중하게 사과하면 글을 내려달라는 요구쯤 들어줄 수도 있다고 생각했다. 나는 그런 희망을 품고, 그에게 말을 걸었다.

그리고 알게 되었다. 우리 회사에는 악마가 살고 있다는 사실을.

나는 휴대폰을 들고 화장실로 들어갔다. 내 자리에서 휴대폰으로 채팅을 주고받으면, 누군가에게 들킬 수 있을 것 같다는 막연한 걱정이 나를 화장실에서도 가장 구석의 좁은 칸으로 밀어 넣었다.

[안녕하세요.]

첫 메시지를 뭐라고 보낼까, 하고 한참을 고민했지만, 결국 인사밖에 할 말이 없었다. 나는 전혀 안녕하지 않았고, 그의 안녕도 전혀 궁금하지 않았지만, 그에게 안녕을 묻는 메시지를 보냈다. 변기에 앉아 15분째 그대로 기다렸지만, 상대방은 묵묵부답이었다. 다리가 조금씩 저려오기 시작할 때쯤, 메시지가 왔다.

[누구세요?]

또다시 말문이 막혔다. 첫 메시지를 보내는 것도 고민이었는데, 누구냐는 그 단순한 질문의 답을 찾는 것도 쉽지 않았다. 고민을 거듭하느라 오랜 시간이 걸렸지만 어차피 답은 정해져 있었다.

[우유를 집에 가지고 간 사람입니다.]

[진짜요?]

[예. 죄송합니다.]

[사과는 됐구요. 제가 그걸 어떻게 믿죠?]

[예?]

[본인이라고 연락해 온 사람이 처음은 아니라서요.]

어이가 없었다. 내 정체가 궁금해서 나인 척 연기를 하며 말을 건 사람들이 있다는 말이었다. 화가 스멀스멀 올라왔다. 도대체 나는 어떤 회사에 다니고 있는 거지? 나와 같이 일하는 사람들은 대체 어떤 정신 상태를 가지고 있는 거지? 뭐가 그렇게 궁금하고, 뭐가 그렇게 재미있는 것일까? 역겨움이 치밀었다.

[다음 힌트가 직급이었나요? 부서였나요?]

[직급이요.]

[과장이겠네요. 정답이.]

조금 더 망설이다가 답을 보냈다. 숨기려 해도 어차피 그가 내 정체를 알고 있다면 아무 소용 없을 터였다.

[맞네요. 무슨 일이죠?]
[무슨 일이라니요……. 당연히 부탁을 드리려고 연락했죠…….]
[무슨 부탁이요?]
[힌트 주시는 거, 그만해 주셨으면 해서요…….]
[왜요?]
[네?]
[왜 제가 그래야 하냐고요?]

말문이 막혔다. 잠깐 사이에 느꼈지만, 상대에겐 내 말을 들으려는 의지가 없는 듯했다. 내가 왜 메시지를 보냈는지 빤히 알면서도, 그게 자신과 무슨 상관이냐는 듯한 냉정함만 느껴졌다.

[죄송합니다. 정말. 그날 금요일이고 집도 지방이라 퇴근길이 멀어서……. 우유 하나 사 오라는 아내의 말에 별생각 없이 회사 물건을 가지고 갔습니다. 정말 반성하고 있습니다. 한 번만 봐주시면 다시는 그런 일이 없게 하겠습니다.]

[그건 그쪽 사정이구요. 와. 심지어 딱하지도 않네. 그냥 귀찮은 거였 잖아요. 지금 그쪽 말은 '돈이 아까워서가 아니라 그냥 귀찮아서 하나 가지고 간 거.'라는 건데, 이유가 어땠든지 간에 우유를 가져간 건, 사 실 아니에요?]

그는 내 말에 꼬투리를 잡고 늘어졌다. 재차 사과를 하면서도 나는 점점 더 불안해졌다.

[맞습니다. 맞아요. 다 제 잘못입니다. 제가 지금 핑계를 대는 게 아니 고요. 잘못을 인정하고 반성하고 있다는 말씀을 드리는 겁니다. 이유 가 뭐든 가지고 가면 안 되는 거였습니다. 정말 반성하고 있어요. 정말 죄송합니다. 한 번만 봐주세요.]

[제가 봐주면요?]

[예?]

[제가 봐주면 그쪽은 뭘 어떻게 할 거냐고요? 저야 그 우유 주인도 아 니니까 그냥 넘어가도 상관없지만, 그쪽은 어떻게 해서든 책임을 져야 하지 않습니까?]

생각지도 못한 반응이었다. 나는 진심으로 사과만 하면 그냥 넘 어가 줄 거로 생각했다. 결국은 같은 직장 동료고, 그에게 피해를 끼 친 것도 아니었으니 말이다. 하지만 상대방은 생각보다 단호했다.

[제가 오늘 바로 우유를 사서 채우겠습니다. 하나로 부족하면 열 개든 스무 개든 아니면 매일 하나씩 채우라고 하면 채우겠습니다.]

[장난해요? 당신 은행 털어놓고, 다시 가져다 놓으면 죄가 없어진다고 생각해요? 우와. 진짜 정신이 썩었네.]

[예?]

[난 적어도 당신이 스스로 총무팀에 가서 사과할 줄 알았어. 그리고 당신이 받아야 할 처벌을 스스로 받을 줄 알았다고. 그런데 고작 나한테 말을 걸어서 부탁한다는 게 그냥 눈감아달라는 거야? 그냥 좀 넘어가달라고?]

맞는 말이었다. 평소의 나라면 이렇게 얼렁뚱땅 넘어가지 않고 당연히 그렇게 했을 것이다. 하지만 방금 대표님을 만나 한배를 타게 됐다. 문제가 될 만한 행동은 전혀 없어야 한다는 말에도 침묵으로 동의한 참이다. 지금의 나는, 공개적으로 사과하라는 요구를 받아들일 수가 없었다.

[정말 죄송하지만, 제가 지금은 그럴 수 없는 상황이어서요. 부탁드립니다. 그것만 아니면 뭐든지 시키는 대로 다 하겠습니다. 정말 죄송합니다.]

[봐봐. 당신은 말로만 죄송하다고 하지, 처음부터 죗값을 치르고 싶은 마음은 없었던 거야.]

대화를 이어갈수록 말이 전혀 통하지 않는 게 느껴져 점점 더 불안해졌다.

[제가 지금은 상황이 정말 그래서 그래요. 말씀드릴 수는 없지만, 나중에라도 제가 한 행동에 대해서는 분명히 책임을 지겠습니다. 지금은 사정이 어렵습니다. 정말 간곡하게 부탁드립니다.]

그는 또 대답이 없었다. 나는 아무런 답도 듣지 못한 채 그저 시간만 흘려보내고 있었다. 시간은 어느새 6시를 넘어서, 밖에서 사람들이 퇴근하는 소리가 들리기 시작했다. 내가 보이지 않으니 김 대리에게 카톡이 왔다.

[과장님 어디세요? 안 가요?]
[어. 나 화장실. 먼저 가.]
[왜요? 속이 안 좋아요?]
[괜찮아. 그냥 요즘 변비야.]
[아, 알고 싶지 않았는데. 알겠습니다. 저 먼저 들어갈게요. 내일 봐요.]
[ㅇㅇ]

그도 아마 퇴근 준비를 하고 있지 않겠냐는 생각이 들었다. 그럼 오래 걸릴 수도 있으니까 나도 나가서 기다릴까 생각했지만, 아무렇지 않게 앉아 있을 자신이 없었다.

　화장실에서 기다린 지 1시간이 더 지난 8시가 다 되어서야 그에게서 연락이 왔다.

　[반성은 하고 계신가요?]

　화장실에 쪼그리고 앉은 지 2시간쯤 지나 받은 메시지였지만, 화가 나기보단 반가웠고, 다행이었다. 이쯤 되니 내가 어디서 얼마나 기다렸는지는 아무 상관 없었다. 이 사람의 마음을 잘 설득해서 아무 일도 없이 넘어가는 것이 가장 중요한 일이라고 생각했다.

　[그럼요. 진짜 반성하고 있습니다. 다시는 그런 일을 하지 않겠습니다.
　정말 죄송합니다.]
　[진짜 제가 시키는 대로 뭐든지 할 수 있나요?]
　[아…… 저 아까도 말씀드렸지만, 회사에 말을 하는 건…… 좀…….]
　[그거 말고요.]
　[그럼 뭐요?]

　다시 침묵의 시간이 흘렀다. 그동안 나는 단 한 순간도 앱 화면에서 눈을 떼지 못했다. 다음 메시지는 20분이 더 지나고 나서야 도착했다.

[내일 회사에 있는 우유를 모두 딸기 우유로 바꿔주세요. 아. 초코 우유랑 바나나 우유도 같이요. 회사 우유를 맘대로 가져가서 직원들에게 피해를 줬으니 그 정도는 할 수 있죠?]

[네? 딸기 우유요?]

황당했다. 우유를 바꿔놓으라니. 그것도 장난같이 애들 우유로 바꿔놓으라는 말은 그냥 나를 곤란하게 만들고 싶다는 심통으로 느껴졌다. 갑자기 화가 나고 분했다. 지금까지 기다린 시간에 대한 억울함도 한꺼번에 몰려드는 기분이었다. 하지만 내가 지금 할 수 있는 것이 없었다. 아무리 말도 안 되는 요구라도, 회사에 숨길 수만 있다면 할 수밖에 없다고 생각했다.

[그럼 원래 있는 우유는요?]

[그건 알아서 하세요.]

[총무팀에서 알면 난리가 날지도 모르는데요.]

[뭐. 그것도 그쪽이 알아서 해야지. CCTV를 끄든지, 총무 팀장을 구워삶든지.]

정말 미칠 것 같았다. 도대체 그의 머릿속에는 뭐가 들어 있는지 도무지 알 수가 없었다. 멀쩡히 들여놓은 흰 우유를 모두 바꾸어놓으라는 생각은 대체 어떻게 한 건지, 한숨만 나왔다. 그런데 다시 생각해 보니 차라리 다행이라는 생각이 들었다. 어쩌면 이것만 잘 처리하면 정말 넘어갈 수 있는 거니까. 딸기 우유를 사다 놓는 것만으로 진짜 이 굴레에서 벗어날 수만 있다면 그까짓 딸기 우유로 바꿔놓는 일쯤은 얼마든지 할 수 있었다.

[알겠습니다. 그렇게만 하면 되죠? 그럼 진짜 다 넘어가 주시는 거죠?]
[예. 내일 우유 기대할게요. 이왕이면 꼭 서울우유로 부탁드려요. 바나나 우유는 항아리로.]

누군가 지금 내 머리를 본다면 연기가 나는 게 보인다고 말하지 않았을까. 어이없는 요구에 기껏 응했지만, 상대는 그런 내 마음조차 다 알고 놀리는 것만 같았다. 머리끝까지 열이 났지만, 그가 넘어가 줘야 일이 커지지 않으니 부당한 지시에 반항 한마디 하지 못했다. 그저 고맙다는 말로 채팅을 마무리하고 화장실에서 나왔다.

그렇게 나는 그날 스스로 지옥에 한 걸음 더 기어들어 갔다.

우유를 바꾸기에는 내일 새벽보다는 오늘 밤이 낫다고 생각했다. 무엇보다 알리바이를 만드는 것이 중요하다고 생각했기 때문이다. 아직은 아무리 비하인드에서 이슈가 된다고 해도, 총무팀에서 CCTV를 뒤져보지는 않는다. 기껏해야 익명 커뮤니티에서 시끄러운 가십거리일 뿐이니까. 총무팀에서 공식적으로 문제 삼기 시작하면, 회사 전반적인 윤리 위반 행위들을 조사하는 상황으로 커질 수 있었다. 효율을 중시하는 총무팀에서 그렇게 일을 키울 리가 없다. 하지만 이번 건은 다르다. 이미 한 차례 우유 관련한 이슈가 발생했는데, 며칠 지나지 않아 이번엔 냉장고 속 우유가 다 바뀌어버리면 이는 단순한 해프닝이 아니라 책임 문제로 불거질 수 있기 때문이다. 카페테리아를 관리하는 건 총무팀이니, 자신들의 업무 과실이 아니라는 걸 증명하기 위해 CCTV를 뒤져볼 게 당연한 수순이었다. 그래서 CCTV에 걸리지 않기 위해 나는 우선 퇴근해야 했다.

퇴근을 한 나는 바로 차를 다른 주차장으로 옮긴 후, 짐을 모두 두고 우유를 사기 위해 슈퍼마켓으로 향했다. 회사 건물 1층에도 제법 규모가 큰 편의점이 있었지만, 그곳을 이용할 수는 없었다. 1층 편의점은 어차피 회사 게시판이나 다름없었다. 내가 1층 편의점에서 딸기 우유를 잔뜩 사 가고, 그다음 날 딸기 우유가 카페테리아에 깔린다면, 아마 그날 오후 총무 팀장은 우유를 가져다 바코드를 찍어보고 있을 것이다. 그래서 나는 돌고 돌아 15분 거리에 있는 슈퍼마켓에서 우유를 샀다. 그는 우유의 수량까지 지정하지는 않았지만, 직원들이 충분히 먹을 만한 양을 고려한다면, 한 곳으로는 부족했다. 그래서 나는 세 군데의 슈퍼를 돌아 100개 정도의 우유를 샀다. 그리고 조심스레 다시 회사 주차장으로 향했다.

"과장님 그거 알아요? 예전에 우리 회사 압수수색 들어왔을 때, 법무 팀장이 지하 3층 장애인 주차장으로 노트북 다섯 개 들고 도망 간 거? 원래 그때까지 그냥 과장님처럼 경력직으로 들어온 차장 나부랭이였는데, 그 사건으로 바로 팀장 달았잖아요. 나중에 검찰에서 알고, 누가 빼돌렸냐, CCTV 뒤져봐라, 아주 난리가 났는데, 그 길이 기가 막히게 CCTV 사각이라 결국은 안 걸렸대요."

언젠가 김 대리가 알려줬던 그 길이 그때 딱 떠오른 건, 스스로 너무 대견한 일이었다. 나는 지하 3층을 통해 들어가 우선 경비 반장님들이 쉬는 휴게실에서 비옷 하나를 들고나와 걸쳤다. 그리고 혹시 남아 있을지 모를 사람들의 눈을 피해 1층으로 올라간 뒤, 불 꺼진 카페테리아의 냉장고 앞에 앉았다. 몸을 움츠리고 뛰어온 데다가, 양손에는 200밀리리터짜리 우유를 100개나 들고 있었기 때문에 손과 다리는 내 의지랑 상관없이 흔들렸다. 게다가 통풍이 되지 않는 비옷까지 입고 있으니 내 몸은 이미 땀으로 흠뻑 젖어 있었다.

그런 상황에서도 나는 그 어느 때보다도 신경이 날카롭게 서 있었다. 시간은 이미 밤 11시가 넘었고, 그간의 야근 경험으로 보면, 경비 반장님의 정기 순찰 시간은 밤 12시였다. 주차장에 차가 거의 없었던 걸로 봐서 아직도 야근을 하고 있는 사람들은 거의 없는 듯했다. 그래도 혹시 모를 사람들을 경계하며, 조심스럽게 하나씩 우유를 채워나갔다.

중요한 것은 CCTV에 찍히지 않는 것이었다. 아무리 조명이 꺼져 있다고 해도 혹시 모를 일이기에 CCTV를 등진 채, 극도로 조심하고 신경 썼다. 최선을 다해서 고개를 숙이고 몸을 움츠려 우유를 다 채운 뒤, 원래 들어 있던 흰 우유는 가져온 비닐봉지에 담은 후에 얼음을 채웠다. 그대로 놓고 갈까도 했지만, 그렇게 원칙적인 척을 하는 그에게 더 이상 아무런 빌미도 주고 싶지 않았다. 나는 비옷을 입고, 땀을 뻘뻘 흘리며 얼음까지 담긴 우유 봉지를 빠른 걸음으로 카페테리아 안에 있는 화장실로 옮겼다. 그리고 혹시 모를 흔적은 없는지 살피고, 드디어 모든 것이 끝났다고 생각하며 조용히 카페테리아를 나가려고 했다. 그런데 그때 등 뒤에서 무슨 소리가 들렸다.

덜커덕.

등 뒤에서 들리는 소리에 나도 모르게 본능적으로 뒤돌아봤다. 그리고 그 순간, 커피머신 위쪽 빨간색 불이 들어와 있는 CCTV와 눈이 마주쳤다. 1초도 안 돼서 바로 고개를 돌리고 몸을 수그렸지만, CCTV에 얼굴이 찍힌 것 같다는 생각에 다리가 굳어버렸다. 알리바이를 만들고, 일부러 먼 곳까지 가서 우유를 사서 나르고, CCTV 사각지대를 통해 비옷까지 입고 와서, 겨우 이 모든 미션을 마쳤는데. 결국 마지막 순간에 CCTV를 보고 말았다. 그리고 그 순간 다시.

덜커덕.

나는 빌어먹을 두 번째 소리를 듣고서야 그 소리의 정체를 알 수 있었다. 제빙기였다. 냉장고에서 빼둔 흰 우유가 상하지 않도록 얼음을 다 썼기 때문에 얼음 통이 비었고, 그 바람에 제빙기가 작동하면서 난 얼음 떨어지는 소리에 내가 놀라 뒤를 돌아본 것이다. 스스로가 너무 한심해서 눈물이 나왔다. 겁을 잔뜩 먹고 굳어버린 다리를 주먹으로 마구 때렸다. 처음의 주먹질은 바보 같은 나의 실수에 대한 질타였지만, 두 번째부터는 긴장으로 잔뜩 굳어 있는 다리 근육을 풀기 위해서였다. 나는 주먹으로 온 힘을 다해 허벅지를 때리며 생각했다. 아무리 얼굴이 찍혔다고 해도, 현장에서 잡힐 수는 없다고. 어떻게든 이곳을 빠져나가야 한다고. 11시 40분을 가리키는 시계를 보며, 나는 이를 악물고 허벅지를 때리고 때렸다. 한참을 때린 뒤에야 조금 풀린 다리를 끌고 나는 겨우 회사 건물을 빠져나올 수 있었다.

지친 몸을 이끌고 차에 돌아와 시트에 몸을 기대니, 온몸에 오한이 오기 시작했다. 아마도 짧은 시간에 너무 많은 땀을 흘리고, 힘을 소진한 데다 모든 것이 끝났다는 사실에 긴장이 탁 풀려버린 탓인 듯했다. 시동을 걸고 히터를 틀자 따뜻한 바람에 몸이 마치 초콜릿처럼 녹는 기분이 들었다.

'그냥 이대로 자면 안 될까?'

머릿속으로 혼자 물었다. 너무 지쳤다고. 이대로 그냥 쉬고 싶다고. 세상이 잠시 좀 멈추면 안 되냐고. 계속 의미 없는 말만 중얼거리고 있었다. 하지만 나에겐 돌아가야 하는 곳이 있었다. 시트에 몸을 늘인 채, 옆자리에 두고 갔던 휴대폰을 들어서 확인하자, 열 통도 넘는 부재중 전화가 와 있었다. 모두 아내였다. 메시지도 와 있었다. 카톡 앱을 클릭해 아내와의 채팅방에 들어갔다.

[여보. 무슨 일이야? 왜 연락이 안 돼?]

[무슨 사고 난 거 아니지? 별일 없는 거지?]

[나 너무 걱정되니까 보는 대로 연락해.]

[벌써 12시야. 도대체 무슨 일이야?]

[여보. 나 무서워. 빨리 연락 줘.]

아내의 문자를 보자, 참았던 눈물이 터졌다. 울고 있을 때가 아니라는 생각이 들었지만 눈물은 쉽게 멈추지 않았다. 따뜻한 히터 바람에 말라가던 옷은 내 눈물과 콧물로 다시 젖어 들었다. 나는 울면서 생각했다. 내가 뭘 그렇게 잘못한 것일까? 우유 하나를 가지고 온 것이 그렇게 죽을죄를 지은 것일까? 하염없이 흐르는 눈물이 오늘 하루를 모두 씻어냈으면 좋겠다는 생각이 들었다. 온몸에 있는 눈물이 모두 빠져나갔다는 생각이 들 때쯤 나는 조금 진정한 상태로 손가락에 힘을 주고 한 글자씩 썼다.

[여보, 미안해. 너무 바빠서 전화가 오는지도 몰랐어. 별일 없었고, 다 끝났어. 이제 다 끝났으니까 걱정하지 마.]

아내에게 문자를 보내고, 내가 보낸 문자를 한참 동안 바라봤다. 모든 글자가 다 거짓말이었다. 아내에게 거짓말을 하는 지금 이 상황도 너무 싫었지만, 거짓말을 하지 않았을 때 아내에게 해야 할 말들이 더 아플 것이기에 어쩔 수가 없었다. 나는 그렇게 아내에게 거짓 문자를 보내고 집으로 향했다.

아내에게 따로 설명하지 않았다. 아내도 나에게 따로 묻지 않았다. 직장 생활을 하는 전우들의 직감인 걸까? 아내는 그저 내가 회사에서 좀 안 좋은 일이 있다고 생각해 주는 것 같았다. 어쩌면 연락도 없이 12시를 넘겨 퇴근한 남편이, 심지어 온몸에서는 땀 냄새가 나고, 지쳐 있는 모습을 보면 불륜 같은 지저분한 의심을 할 만도 했지만 아내는 그런 내색을 하지 않았다. 그동안 함께 살아온 상대방에게 가지고 있는 최소한의 믿음일지도 모르겠다. 나 역시 아내와 같은 마음이기에. 그런 생각이 들자 지금 이 모든 상황을 아내에게 털어놓고 상의할까도 싶었다. 하지만, 이내 마음을 바꿨다. 이야기를 다 듣고 나면 아내는 퇴근길에 우유를 사 오라고 했던 자신의 탓으로 돌릴 것 같았기 때문이다. 다만, 이 일이 다 끝나고 나면 꼭 웃으며 농담처럼 말해주겠노라 다짐했다.

나는 뜨거운 물로 샤워를 했다. 땀에 찌든 찐득찐득한 몸에서 썩은 우유 냄새가 진동하는 것 같았다. 그 냄새를 지우고 싶어서 몇 번이고 비누칠을 하고 헹궜지만, 냄새도 내 마음도 전혀 개운해지지 않았다. 내 몸을 덮고 있는 썩은 우유 냄새는 내가 평생을 닦아도 사라질 것 같지 않았다. 나는 땀의 끈적함만 지운 채 욕실에서 나왔다. 그리고 속옷 서랍에서 아내가 사놓은 새 속옷을 꺼내입었다. 모든 걸 다 바꾸고 싶은 마음이었다. 작은 것 하나까지 신경을 쓰며 잠자리에 누웠지만, 잠은 쉽게 오지 않았다.

CCTV에 얼굴이 찍힌 것 같아 불안했다. 귓속에서는 덜커덕거리는 제빙기 소리가 계속 들렸고, 머릿속에서는 놀라서 뒤돌아보는 내 모습이 끊임없이 반복되고 있었다. 어두워서 잘 안 찍혔을 거야. CCTV 교체하는 걸 본 적이 없으니 그렇게 좋은 건 아니겠지. 화소가 낮아서 몰라볼 수도 있어. 그런데 혹시 적외선 촬영되는 건 아니겠지? 확대도 되나? 지난번에 무슨 시스템을 바꿨다고 들은 거 같은데? 그게 혹시 보안 시스템이었나? 머릿속은 온갖 걱정으로 가득했고, 나는 카페테리아 앞에서 움츠리고 있던 그 순간을 천 번도 넘게 왔다 갔다 하고 있었다.

"미친."

밤새 한숨도 자지 못하고, 알람이 울리기 1분 전에 아내가 깨지 않게 조용히 알람 해제를 하며 나지막하게 혼자 뱉은 말이었다. 나는 단 한숨도 잠을 자지 못했다. 가슴속에 송충이 수백 마리가 기어다니는 것처럼 간질거리고 거슬렸다. 나는 평소와 같은 순서로 씻고, 항상 입는 옷으로 갈아입고, 여느 날과 다름없이 출근 준비를 했다. 그사이에 일어난 아내는 아이를 깨우고 씻기고 있었다. 나는 출근 준비를 마치자마자 아이의 유치원 가방을 챙기고, 원복을 준비했다. 아이가 아내와 씻고 나와서 나에게 안기자, 나는 말없이 웃으며 아이에게 옷을 입혀줬다.

"아빠 오늘 이상해. 표정이 어색해."

아이의 말에 아내와 나는 순간 당황했다. 아내는 어제부터 느끼고 있던 나의 상태를 태연하게 모르는 척하는 중이었는데, 이이가 말해버린 것이다. 아내는 그 상황에서도 애써 모르는 척해주는 것이 나에 대한 배려라고 생각하는 듯했다.

"아니야. 뭐가? 엄마가 보기에는 똑같은데?"

나는 아내의 말에 다시 눈물이 날 뻔했다. 아내의 말은 마치 나에게 괜찮다고 말하는 것만 같았다. 당신의 힘듦이 무엇인지는 모르지만, 그게 무엇이든 괜찮다고. 그러니 너무 걱정하지 말라고, 어차피 모두 다 지나간다고. 그렇게 말하는 것 같아, 큰 위안이 되면서도 맘이 너무 아팠다.

"맞아. 아빠 아무렇지도 않아. 괜찮아."

아내도 나의 말에 울컥했는지 고개를 돌렸다. 어쩌면 알고 있었을 것이다. 밤새 뒤척이며 잠 못 들었던 나의 지난밤을. 그리고 내 머릿속에서 튀어나와 표정에도 묻어버린 온갖 걱정들을. 그리고 그런데도 꿋꿋하게 아이의 옷을 입혀주고 있는 나의 모습이, 아내의 마음을 건든 것 같았다. 우리는 마음속에 있는 말을 숨기고 아무것도 모르는 척 아침을 보냈다.

나의 출근은 여느 아침과 다르지 않았다. 같은 시간에 같은 차를 몰고 나왔고, 막히는 구간에서 막히고, 뚫리는 구간에서 속도를 내며 평소와 같은 시간에 출근했다. 평소와 다르지 않게 지하주차장에 주차하고 1층 로비로 올라와 경비 반장님들에게 인사를 했다. 순간, 어제 그들의 비옷을 빌려 입은 것이 찔려서 움찔거리긴 했지만, 이내 아무렇지 않은 듯 엘리베이터에 올랐다. 그리고 사무실로 들어서서 팀장에게 인사를 하고 자리에 앉는데, 김 대리가 또 쪼르륵 의자를 끌고 미끄러져 내 자리로 왔다.

"과장님. 대박."

"왜? 뭐?"

나는 태연한 척 그의 말을 들었지만, 속으로는 그가 무슨 말을 할지 이미 알고 있었다.

"우리 카페테리아에 우유가 다 바뀐 거 알아요?"

"우유가 바뀌었다고? 뭐? 브랜드가 달라졌어?"

"아니요. 아침에 보니까 큰 흰 우유는 하나도 없고, 딸기 우유,

초코 우유, 바나나 우유가 꽉 차 있는 거예요."

역시 김 대리의 말은 예상한 대로였다. 당연한 반응이라고 생각하며 어젯밤 수없이 연습했던 말로 대답했다.

"총무팀에서 바꾼 거 아냐?"

"아니요!"

"그럼 기업 문화팀에서 또 이벤트 한 거겠지."

"그럼 제가 말을 안 하죠. 이렇게 그냥 과장님 우유나 하나 챙겨오고 말지."

김 대리는 자기 자리에 있던 딸기 우유를 하나 들어서 내 자리에 놓으며 말을 이어갔다.

"그럼 뭔데?"

"몰라요. 그냥 누가 그렇게 했나 봐요."

"그래? 누가? 뭐 누군지 몰라도 좋은 일 했네."

"근데. 사람들 소문이……."

김 대리가 사람들의 반응에 관해 이야기를 시작하자 또 심장이 뛰기 시작했다.

"비하인드 그 우유 찌질이가 한 짓이 아니겠냐고 말하는 거죠. 워낙 난리니까."

"그래? 그럴 수도 있겠네."

"그런데 사람들 반응이 좀 신기해요. 갑자기 동정표가 생기기 시작했어요."

김 대리는 거기까지만 말하고, 또 팀장의 눈짓에 바로 자신의 자리로 돌아갔다. 나는 김 대리의 말에 궁금증이 폭발해서 바로 앱을 켰다.

[솔직히 우유 찌질이 좀 불쌍하지 않아요?]

새로운 글이 올라와 있었다. 나는 바로 그 글을 클릭했다.

솔직히 말하지 않아도 다 알죠? 오늘 아침 딸기 우유, 그거 우유 찌질이가 한 거잖아요. 이 정도면 우리 좀 봐줘야 하는 거 아니에요? 아마 그 글 올라오고 나서 본인은 잠도 잘 자지 못했을 텐데……, 자기도 얼마나 찔렸으면 저렇게까지 했을까요? 저러다 걸리면 더 창피할 텐데. 우리 같은 회사 동료잖아요. 이제 그만 좀 봐줍시다.

올라온 지 20분도 안 됐지만, 벌써 스무 개가 넘는 댓글이 달렸다. 댓글들의 대부분은 글쓴이의 의견에 동조하고 있었다. 내 편을 들어주는 댓글을 읽고 있자니, 마음도 조금은 풀리는 것 같았다.

Sdfgsdf : 본인 등장ㅎㅎㅎㅎㅎ

물론, 댓글 중에는 저 글 자체가 당사자가 쓴 거라고 우기는 사람도 있었지만, 그런 댓글에마저도 "본인이면 어떠냐? 얼마나 쫄리면 자기가 우유 바꾸고, 이런 글도 썼겠냐. 이제 그만 넘어가자.", "그만해라. 마이 쫄았다 아이가." 등 나를 옹호해 주는 반응이 더 많았다. 나는 이제 정말 끝났다고 생각했다. 이렇게 마무리가 되는구나, 이대로 점점 잊히겠다고 생각했다. 그런데 그때 새로운 댓글이 달렸다.

63ds4fg65 : 지금 총무팀에서 CCTV 뒤진다고 난리임.

YREDFGDF : 왜?

63ds4fg65 : 몰래 침입해서 우유 바꾼 것도 보안상의 문제라는 거지.

YREDFGDF : 와, 그걸 또 그렇게 파네. 불쌍한 우유 찌질이. 좀 넘어가나 했는데, 이제 딸기 우유도 걸리네. 나라면 진짜 평생 우유 안 먹는다.

이렇게 심장이 뛰다 보면 머지않아 심장병에 걸리지 않을까 싶었다. 하루 종일 진정했다가, 다시 미친 듯이 뛰며 혹사당한다고 생각하니 실없게 그런 생각도 들었다. 그러나 곧 어젯밤부터 머릿속을 채웠던 그 생각들이 다시 찾아왔다. 제발 얼굴이 찍히지 않았기를. 화질이 깨져 알아볼 수 없기를. 아무도 내 얼굴을 못 알아보기를. 차라리 CCTV가 다 고장이 났었기를. 그때 눈을 의심할 만한 댓글이 달렸다.

63ds4fg65 : 대박. 지워졌대. 딱 1시간 정도의 CCTV 자료만!

Sgeerfg : 뭐야? 우리 회사 혹시 국가기관이야? 나만 평범한 직장인이고, 형들 다 특수요원 이런 거 아니야? 어떻게 이럴 수가 있지?

63ds4fg65 : 그니까. 딸기 우유가 뭐 대단하다고 CCTV까지 지워? 사람 썼나?

Gedsfg : 근데 지운 거 맞대? 혹시 그냥 안 찍힌 거 아냐? 우리 회사 시스템 지난번에 바꾸면서 오류 나서 자꾸 중간에 튕긴다던데.

63ds4fg65 : 아, 진짜네. 튕긴 거래. 그냥 어젯밤에 1시간이 튕겼대. 그런데 앞뒤 시간에 다 찾아봐도 특별히 나온 게 없어서, CCTV가 날아간 그 시간에 누가 왔다 간 걸로 보나 봐.

Fg54654 : 우유 찌질이는 운이 좋은 거야? 아님 능력자야? 진짜 매력 쩌네.

댓글들을 보고 있자니 마음이 복잡했다. 나를 옹호하고 응원해 주는 사람들이 고맙다가도, 중간중간에 태클을 거는 사람이 밉기도 하고, 유야무야 넘어가는 것 같은 상황이 다행이기도 하다가, 그래도 여전히 물고 늘어지는 사람이 나타나면 불안했다. 어쨌든 비하인드의 분위기는 나에 대한 동정 쪽으로 달라지고 있었고, 그로 인해 사건은 일단락되는 분위기였다. 만약 이 상황에서 그가 다시 힌트를 주겠다고 하면 오히려 역풍을 맞을 수도 있는 분위기로 흘러가고 있어서 그도 무언가를 더 할 수는 없을 것 같았다. 그런데 그때 그가 나에게 채팅을 걸어왔다.

[안녕하세요. 오 과장님.]

또 한 번, 심장이 쿵 하고 떨어지는 기분이 들었다. 이제 그는 나를 정확하게 지칭하고 있었다. 오 과장님. 나의 정체를 자신이 알고 있다는 사실을 자랑하듯이 말을 걸었다. 그 순간 머리털이 쭈뼛거렸다.

[안녕하세요.]
[우리 회사 사람들 참 착해요. 그렇죠?]
[예. 다들 그쪽처럼 착하시네요. 감사합니다.]
[제가요?]
[예?]
[저는 안 착해요. 실은 굳이 나누라면 못된 편에 가까울걸요? 그래서 그런지 나는 비하인드의 다른 사람들 반응에 완전 화가 나던데. 겨우 그 정도로 사람들이 봐주자고 하는 게.]

채팅에 욕을 쓸 뻔했다. 어젯밤의 맘고생과 오늘 아침 아내의 눈물까지 떠올라 시원하게 욕이라도 퍼부을까 생각했지만, 차마 그러지는 못했다. 이번이 마지막이라는 생각으로 크게 심호흡을 한 후에 차분하게 다시 사과했다.

[죄송합니다. 진짜. 제가 정말 잘못했어요. 반성하고 있습니다. 정말 진심입니다.]

그는 나의 사과에 또 한동안 답이 없었다. 다 끝났다고 생각하면서도 채팅을 기다리는 시간의 공백에는 여전히 적응할 수 없었다. 긴장해 땀이 배어난 손바닥을 바지에 닦는데 답장이 도착했다.

[좋아요. 뭐. 저도 그깟 우유 하나로 더 이상 질질 끄는 건 싫거든요.]

나도 모르게 멈춰 있던 숨이 트였다. 크게 심호흡도 했다. 정말 끝이었다. 막혔던 속이 펑 뚫리는 기분에 이제야 조금 웃을 수 있었다. 정말 어이가 없는 것은 모두 끝이 났다고 생각하니, 그에 대한 고마움이 생겼다는 것이다. 그가 나를 괴롭혔던 과정은 모두 잊어버린 채, 어느새 나는 스스로 반성하며 그에게 진심으로 고맙다고 말하고 있었다.

[정말 감사합니다. 이제 정말 윤리적이고, 정직하게 직장 생활 하겠습니다. 정말 감사합니다.]

[그런데요……. 우유 사건은 넘어간다고 하더라고 이건 어쩌죠?]

그의 메시지와 동시에 사진 한 장이 전송되었다. 사진에는 어젯밤, 제빙기 소리에 놀라 뒤돌아본 내가 CCTV를 정확하게 쳐다봤던 순간이 찍혀 있었다. 사진의 화질도 멀쩡해서 누가 뭐라고 해도, 백 퍼센트 나였다. 나는 순간 가슴속에서 불덩이가 생겨나는 기분이었다. 곧 그 불덩이가 입으로 쏟아져 나올 것만 같았다.

[ㅋㅋㅋㅋㅋㅋㅋㅋㅋㅋㅋㅋㅋ]

[웃어?]

[에이. 제가 미션을 드렸으면 깔끔하게 처리하셨어야죠. 이렇게 증거를 줄줄 흘리고 다니시면 어떻게 해요. 이제 단순히 우유 절도 정도의 문제가 아니잖아요. 이건 엄연한 불법 침입이라고요.]

[웃어? 이게 재미있어?]

목젖을 자극하는 그 뜨거운 불덩이가 시큼한 위액이라는 것을 눈치채자 곧 구토가 나올 거라는 걸 느낄 수 있었다. 나는 바로 화장실을 향해 뛰었다. 사무실에 있는 사람들은 갑자기 뛰어나가는 나를 놀란 눈으로 바라봤지만, 그런 것들을 신경 쓸 여력이 없었다.

미친 듯이 화장실 빈칸을 찾아 뛰어 들어갔다. 많지도 않던 음식물들을 한없이 게워냈다.

[괜찮아요?]

속에 있는 것들을 모두 다 게워내고 나와 화장실 앞에 있던 김 대리의 부축을 받아 휴게실로 갔다. 나는 본능적으로 김 대리가 옆에 있으면 안 될 것 같다는 생각이 들어 혼자 쉬겠다고 하고 김 대리를 사무실로 들여보냈다. 그리고 잠시 후, 비하인드에서 메시지가 왔다. 나는 메시지를 보자마자 주변을 둘러볼 수밖에 없었다. 하지만 아무리 둘러봐도 휴게실에는 아무도 없었다.

[벌써 그러면 어떻게 해요. 이제 시작인데.]
[뭐라고?]

나는 공포와 동시에 참을 수 없는 분노도 느꼈다. 도대체 왜 나한테 이러는 거지? 도대체 내가 뭘 그렇게 잘못했기에, 이렇게까지 나를 괴롭히는 거지. 이제는 한계에 다다랐다. 그래서 참아야 했지만, 더 이상 참을 수가 없었다. 그깟 우유 하나로 나를 장난감처럼 가지고 노는, 휴대폰 뒤에 숨어 있는 그 악마에게 뭐라도 해야만 했다.

[야 이 개새끼야. 내가 뭘 그렇게 잘못했는데. 어? 왜 나한테 이러는 건데? 내가 사람을 죽였냐? 너 혹시 나랑 원수라도 졌어? 도대체 왜 그러는 건데? 다 했잖아! 네가 시키는 대로 다 했잖아!]

[괜찮겠어요? 이렇게 막 나가도? 나는 안 착하다니까. 이렇게 욕을 하면 나도 더 이상 참을 수가 없지. 그냥 끝낼까요? 여기서? 다 터트리고? 진짜 대 환장 파티 한번 할까?]

[터트려! 다 까발려! 네 맘대로 하라고! 다 하라고 이 개새끼야!]

나는 더 이상 버틸 수 없다고 생각했다. 차라리 여기서 터진다면 오히려 동정의 여론도 움직일 거로 생각했다. 아니 어쩌면 대표님이 조금은 보호해 줄지도 모른다고 생각했다. 여기서 끝내야 한다. 차라리 지금이 좋은 기회야. 그래 끝내자. 겨우 우유 하나로 언제까지 이렇게 끌려다닐 수는 없다. 당장은 시끄럽더라도 곧 잊힐 거다. 별거 아닐 거다. 무슨 상황이라도 지금보다는 나을 거다. 머릿속은 오로지 이 상황을 끝내야 한다는 생각만으로 가득했다.

[오 과장님. 초품아 아파트 대출은 어쩌시려고요?]

[이제 아내가 혼자 갚으셔야 하나?]

[우리 업계 진짜 좁은 거 알죠?]

[그냥 이 사건, 업계 게시판에 올릴까요?]

[그럼 우리 과장님 대리운전 하시려나?]

[ㅋㅋㅋㅋ 아님 배달 대행?]

[솔직히 우유 하나는 별거 아니죠.]

[직원들도 며칠이면 다 잊을 거고.]

[그런데 고작 우유 하나 때문에 회사에 불법 침입을 했다?]

[심지어 비옷까지 입고, 신원을 숨기고 계획적으로?]

[이건 좀 아니다, 라고 생각하지 않을까요?]

[진짜 우유 하나 때문이라고? 말도 안 돼!]

[더 구린 게 있겠지? 안 그래?]

[그렇게 생각하지 않을까요?]

[그거 알아요? 사람들은 상상력이 진짜 좋아요!]

[점점 더 부풀겠죠. 얼마나 커질까?]

[거기에 제가 분위기라도 좀 잡으면······.]

[진짜 대박이겠다. 그렇죠?]

[아, 오 과장님!]

[지금 상상하고 있죠?ㅋㅋ]

　진심으로 그를 죽여버리고 싶었다. 태어나서 누군가를 이렇게까지 증오해 본 적이 있었나? 내 속에 있는, 존재하는지도 몰랐던 폭력성이 깨어나는 기분이었다. 그가 지금 눈앞에 있다면 모든 뼈를 하나하나 다 씹어 먹어버리고 싶었다. 모든 피부조직을 하나하나 다 갈기갈기 찢어버리고 싶었다. 눈에선 눈물이 났다. 이렇게까지 증오하는 존재가 누군지도 몰라서, 당장 아무것도 할 수 있는 것이 없다는 생각에 진짜 피눈물이 나는 것 같았다.

[혹시 지금 대표가 지켜줄 거로 생각하는 건 아니죠?]

그의 메시지에서 대표라는 단어를 읽은 순간, 온몸에 소름이 돋았다. 머리카락 끝부터 발톱까지 전기가 흐르는 느낌이었다. 분노는 오롯이 공포로 변했다.

[그 서류 봉투를 받으니까 뭐라도 된 거 같죠?]

발가벗겨진 채로 회사 구내식당에 홀로 서 있는 기분이었다. 그곳을 지나다니는 모든 직원이 내 몸에 있는 작은 점까지도 모두 관찰하고 있는 것처럼 수치스럽고, 두렵고, 등골이 서늘했다. 카페테리아 CCTV에 찍힌 얼굴부터 대표실에서 은밀히 오간 서류 봉투까지, 모든 게 그의 손에 있었고, 그는 모든 걸 알고 있었다. 아무것도 내 마음대로 할 수 있는 게 없었다. 나는 산산이 부서지고 있었다.

[나는 우리 오 과장님에 대해 다 알아요. 모조리 다. 그러니까.]

나는 그 새끼의 메시지에 숨도 쉬지 못한 채, 시뻘게진 눈으로 글자 하나하나를 눈에 새길 것처럼 뚫어져라 응시했다.

[눈 깔아.]

나도 모르게 시선을 내렸다. 누군가가 내 모든 것을 지켜보고 있다는 두려움과 그런데도 아무것도 할 수 있는 것이 없다는 무력함이 나를 지배했다. 그리고 그의 말에 나의 몸이 자동으로 반응했다. 나는 이미 그에게 완전히 종속되어 있었다.

[자. 우선 진정하고ㅎㅎ 나도 같은 회사 직원이에요. 착하진 않지만, 아까 오 과장님이 말한 개새끼까지는 아니라고요. 그러니까 지금부터 내 말만 잘 들으면 아무 일도 없을 거예요. 내가 무슨 철천지원수를 졌다고, 과장님을 계속 괴롭히겠어요. 그냥 내 말만 잘 들으면, 과장님은 과장님 생각대로 라인도 타고, 승진도 하고, 어쩌면 진짜 더 꿈같은 미래가 펼쳐질지도 모르지. 그러니까 괜히 까불지 말고, 내 말만 잘 들어요. 알았어요?]

난 메시지를 읽기만 할 뿐, 아무런 답도 할 수 없었다. 그저 그의 말이 끝나기만을 기다렸다. 숨 쉬는 것도, 말하는 것도, 생각하는 것도 모두 그의 허락을 받아야 할 것만 같았다.

[그럼, 첫 번째 지시를 할게요. 앞으로는 내가 지시하면 꼭 '네, 알겠습니다.'라고 대답을 하는 거예요. 알았죠?]

그의 지시가 떨어졌다. 멍하게 있었더니 그가 대답을 하라고 했다. 시키는 대로 해야 했지만, 손가락이 움직이지 않았다.

[오 과장님.]
[오 과장님?]
[이러면 안 될 텐데…….]
[어서!]
[네 알겠습니다, 해야죠!]

몸이 굳은 다음에는 천천히 뇌가 비워지는 느낌이 들었다. 그가 메시지로 나를 부를 때마다 의식이 점점 흐릿해져서, 마치 무슨 주문이라도 듣고 있는 것 같았다. 그렇게 아무런 판단도 할 수 없는 상태가 되어가자, 손가락이 저절로 움직여 메시지를 쓸 수 있었다.

[네. 알겠습니다.]
[옳지. 잘했어요. 그럼 첫 번째 지시 나갑니다.]

나는 마치 훈련을 잘 받은 강아지처럼 그의 메시지를 기다렸다.

아무런 생각도 하지 않고, 휴대폰만 바라보며, 그가 무슨 지시를 할지 지켜봤다. 꼬리가 있었다면 흔들었을 거란 자조 섞인 생각도 들었다.

[지금 바로 대표님께 받은 서류 봉투를 가져오세요.]

전혀 예상하지 못한 지시였지만, 아무 상관 없었다. 나의 뇌는 온전히 그에게 지배당하고 있었고, 지금은 그가 어떤 지시를 했더라도 놀라지 않았을 것이다. 당연히 거부할 수도 없었을 것이고.

[네. 알겠습니다.]

나는 그의 말 잘 듣는 강아지가 되어, 어떤 감정이나 사고도 없는 마네킹처럼 그의 지시에 따라 움직였다.

나는 태연한 표정으로 자리로 돌아갔다. 사람들의 괜찮냐는 안부의 말에도 아무런 대답도 없이, 그저 고개만 끄덕이며 자리에 앉았다. 그러고는 천천히 가방을 들어서 서류 봉투를 꺼낸 뒤, 조용히 자리에서 일어나 휴게실로 가고 있었다. 그때, 그에게 다시 메시지가 왔다.

[볼펜도 챙기고.]
[휴게실은 위험하니까. 화장실로.]
[서둘러요.]

그 메시지를 받는 순간, 확신할 수 있었다. 그는 나를 보고 있다.

어딘지는 모르겠지만, 그는 실시간으로 나를 보고 내 행동들을 조종하려 들었다.

그가 시키는 대로 화장실로 향하던 그때 아내에게 문자가 왔다.

[오빠. 정신 차려.]

아내의 문자를 본 순간, 비누 거품이 가득한 것처럼 뿌연 머릿속에 찬물 한 바가지가 끼얹어진 기분이었다. 정신이 번쩍 들었다.

[지금 오빠가 어떤 상황인지는 잘 모르겠어. 그냥 내 추측으로는 회사에서 아주 곤란한 상황에 빠진 것은 아닐까 생각할 뿐이지. 안 그러던 사람이 땀에 흠뻑 젖어 지친 모습으로 들어와 밤새 잠 못 들고 뒤척이는 것을 보며, 한번 물어볼까도 생각했지만, 아마 그런 상황에서도 나에게 아무 말도 하지 못할 정도면 그 역시도 뭔가 이유가 있겠다고 생각했어.]

아내의 문자는 모든 단어 하나하나에 나를 위한 걱정과 배려가 묻어 있었다. 너무 많은 일을 겪으면서 몸 안이 텅텅 비어버렸다고 생각했는데, 아내의 문자가 나를 조금씩 채워주는 것 같았다.

[그런데 이거 하나는 기억해. 우리는 모두 오빠 편이야. 오빠에게 의지

하고 있다는 말이 아니라, 오빠가 무슨 결정을 하든, 그래서 우리 가족의 상황이 어떻게 바뀌든, 우리는 오빠를 믿고 함께 이겨나갈 거라는 거지. 그러니까 오빠가 우리를 족쇄로 느끼지 않길 바라. 어떤 상황이든, 어떤 결정이든 나랑 우리 든든한 아들 믿고 당당하게 이겨내라고! 알았지? 사랑해요.]

어쩌면 내가 일상이 무너질까 두려워했던 이유는 그 일상의 무게를 나 혼자 온전히 짊어지고 있다고 생각했기 때문일지도 모른다. 결혼하고, 아빠가 되고, 대출받아 집을 사면서 차곡차곡 어깨 위에 쌓아 올렸던 의무와 책임이 나만의 것인 줄 알았다. 그래서 두려웠다. 내가 무너지면 그 모든 것이 무너질까 봐. 지금 나에게 가장 소중한 가정이 무너져 내릴까 봐. 그러나 나에겐 아내가 있었다. 일생을 서로 의지하며 함께 살아가기로 약속한 사람. 그리고 내 삶의 목표가 되어준 아이도 있었다.

두려웠지만, 겁을 낼 필요는 없다는 생각이 들었다. 어쩌면 내가 무너뜨릴 뻔한 일상의 기둥을 아내가 그리고 아이가 함께 잡아주고 지켜줄 수 있다. 그제야 텅 빈 줄만 알았던 내 몸을 채우고 있는 것이 뭔지 알게 되었다.

[고마워.]

아내의 문자에 나도 긴 답을 보내고 싶었지만, 아무리 생각해도 고맙다는 말 이외에는 다른 말이 떠오르지 않았다. 지금 아내의 말에 무슨 말을 어떻게 하는 것이 정답일까? 결국 나는 겨우 세 글자의 문자를 보내고 내 손에 놓인 봉투를 응시했다. 지금부터 나의 행동이 그녀의 문자에 대한 답이 될 수 있기를 간절히 바라면서. 다시 비하인드로 메시지가 왔다.

[화장실에 갔나요?]

나는 그가 나에 대해 어느 정도까지 파악하고 있는지, 어디까지 나를 감시하고 있는지 생각해 봤다. 볼펜을 들고나오지 않은 것을 보고 볼펜을 챙기라고 말했다면, 사무실에서는 나를 볼 수 있었다는 말이다. 그러나 복도에서 내가 화장실에 들어갔는지 아닌지는 모른다. 그렇다면 복도는 볼 수 없다는 말이 된다. 처음에는 당연히 CCTV를 의심했다. 보안팀 직원인가? 그래서 카페테리아 CCTV도 확보한 건가? 그렇다면 정말 CCTV가 있는 모든 곳에서 나를 보고 있나 했지만 지금 내 눈앞에 CCTV를 보면 그건 아니었다.

[대답해야죠. 화장실인가요?]
[네.]

나는 화장실 제일 안쪽 칸으로 들어가서 문을 잠갔다. 그리고 메시지를 보냈다. 그의 답변을 기다리며 나 역시 그로 의심되는 후보들을 생각해 봤다. 내가 화장실로 뛰어가는 모습과 서류 봉투를 가지고 나오는 것을 봤다면 당연히 6층일 것이다. 볼펜을 챙기지 않은 것까지 볼 수 있다면 우리 팀일 수도 있지만, 볼펜에 대한 메시지를 보낸 순간엔 내가 이미 중앙 복도에 나왔을 때다. 그렇다면 다시 우리 층에 있는 모든 사람이 후보가 된다. 다만, 중앙 복도에 있는 나의 손을 자연스럽게 볼 수 있는 사람이라면 자리 안쪽에 있는 팀장급이나 선임자들은 아닐 것이다. 그렇게 정리하고 나니, 지금 그 새끼로 의심할 수 있는 사람들은 우리 팀과 나머지 6층에서 근무하고 있는 대리급 이하의 다른 팀 직원들이다. 대충 후보는 40명 이내로 줄어들었다. 그런 생각을 하는 동안 비하인드에서 메시지가 왔다.

[서류 봉투를 열어봐요.]

그의 말에 따라 봉인되어 있던 봉투를 뜯고 안에 있는 서류의 내용을 확인해 봤다. 서류들은 지금의 내 상황만큼이나 충격적이었다. 현재 우리 회사의 조직도와 임원급 부서장들의 평가표가 들어 있었다. 평가표에는 그동안의 실적이나 성과에 대한 내용이 적혀 있었는데, 각 임원의 평가표 밑에는 A4 반장 정도의 빈칸이 추가 되어 있었다. 옆에 붙여진 노란색 메모지에는 대표님의 메시지가 쓰여 있었다.

현재 본인의 관점에서 바라보는 임원들의 평가를 냉정하게 해 주세요. 단순한 업무적인 역량부터 평소의 언행이나 직원들을 대하는 태도, 문제를 해결해 나가는 방법이나 윤리적인 부분까지 대상자에게 해당하는 것이라면 그 어떤 것이라도 좋습니다. 객관적인 관점이 아닌 지극히 주관적인 관점으로 서술해 주십시오.

우유 하나로 나를 가지고 노는 그도 참 미친놈이지만, 나를 따로 불러서 이런 것을 적으라고 하는 대표님도 정상은 아니었다. 지금 이 봉투에 담긴 것은 말이 좋아 평가지, 실제로는 살생부나 다름없었고, 결국 계약 해지가 쉬운 임원들의 흠을 잡기 위해 나를 이용하려는 것으로밖에 안 보였다.

문제는, 나는 이것을 이미 받아 왔고, 대표님의 라인에 서기로 했다는 것이다. 더욱이 비하인드의 그놈도 이 서류에 대해 이미 알고 있는 듯했다. 결국 나는 이 서류를 내 마음대로 쓰지도 못하는 상황이었다.

[놀랐어요? 그런 게 있는지 몰랐죠?]

[네.]

[그럼 이제 알았으니까 그걸 잘 활용해 보자고요. 어차피 과장님도 직장인이잖아요. 이것만 잘 이용해도 모두가 좀 더 편하게 직장 다닐 수 있게 되는 거니까.]

그가 나한테 도대체 뭘 시키려는 건지 겁이 났다. 아마도 이 서류에 있는 공란을 자신이 원하는 대로 채우길 바라겠지? 그리고 그것을 통해 자신이 원하는 바를 얻으려고 할 것이다. 그러면 나는 그의 의견을 대신 적어주고, 그 후폭풍은 온전히 혼자 감당해야 했다. 기분이 더 더러워졌다. 그리고 아니나 다를까 그는 자신의 의견을 나에게 보내기 시작했다.

[다 옮겨 적었나요?]

그가 메시지로 보내준 내용들은 아주 적나라했고, 편향적이었다. 나는 그가 보낸 내용들을 토대로 그가 속해 있는 조직을 유추해 보려고 했지만, 그런 내 마음을 알고 있는 것인지, 세 명 정도의 임원을 타깃으로 분산해서 공격하고 있었다. 다행히도 그중에 두 명에 대해서는 내 의견도 크게 다르지 않았고, 사례들마저도 대부분 나도 아는 것들이었기 때문에 특별한 거부감은 없었다. 하지만 임 상무에 대해서는 나와 생각이 너무 달랐다. 나는 적어도 그분을 본받을 만한 것이 많은, 좋은 리더라고 생각했다. 그런데 그는 사기에 가까운 근거 없는 험담에, 스스럼없이 인신공격까지 더하고 있었다. 나는 임 상무에 대한 내용은 아무것도 적지 않았다.

[다 적었으면 사진을 찍어서 보내요.]

사진을 찍으라고? 비하인드의 메시지를 받자마자 나는 비서의 말이 떠올랐다.

"이 서류는 절대 다른 사람에게 말하거나 보여주시면 안 됩니다. 당연히 촬영하시거나 스캔을 하셔서도 안 돼요. 문서에는 일반인은 알아보지 못할 워터마크가 표시되어 있습니다. 어떤 방식으로든 유출이 되었을 경우에 누구의 서류가 유출된 건지 알 수 있다는 뜻이에요. 잘 판단하세요. 그 안에 과장님이 누구를 위해 어떤 내용을 쓰는지는 과장님의 자유고, 아무도 그것에 대한 책임을 묻지 않을 겁니다. 그건 확실해요. 그런데 그것이 유출되는 것은 전혀 다른 문제입니다. 서류가 유출된다면 인사 결과와 상관없이 큰 책임을 지게 될 것입니다. 그러니까 절대 다른 생각은 하지 마시고, 과장님 혼자 작성하셔서 제출해 주세요."

절대 가벼운 문제가 아니었다. 밤에 회사에 몰래 침입한 잘못을 숨기기 위해, 대표님이 보안을 당부한 서류를 넘기는 것은 아무리 생각해도 말이 안 되는 일이었다. 그가 나의 약점을 잡고 있다고 하더라도, 이 행동으로 오히려 더 큰 약점과 빌미가 생길 수도 있다. 심지어 지금까지 그의 행동을 되짚어보면, 내가 찍어서 보내는 그 사진이 또 나의 목을 죄는 새로운 사슬이 될 것은 너무 자명한 사실이었다.

[워터마크가 있다고 했어요. 이걸 어떤 형태로든 유출하여 들키면, 서류만 봐도 나에게 준 자료라는 것을 확인할 수 있다고.]

[에이. 걱정 마세요. 제가 바본가요? 그걸 제가 유출할 리가 없잖아요. 그 자료는 말 그대로 임원들의 살생부예요. 자료의 보안에 문제가 생겼다는 것이 알려지는 순간, 어차피 그 가치가 사라지는 거라고요. 그걸 누구보다 유용하게 사용하려는 제가 그런 바보 같은 선택을 할 리가 없잖아요. 나는 그저 오 과장님이 내가 시키는 대로 잘 했는지 확인하고 싶을 뿐이에요.]

[하지만 이건 대표님의 사활이 걸린 프로젝트입니다. 워터마크 이상의 어떤 장치가 있을지 모르지 않습니까?]

나의 메시지에 그는 한동안 답이 없었다. 업무가 바빠서 잠시 대화가 끊긴 것일지도 모르지만, 어쩌면 나의 답변이 그의 심기를 건드렸을지도 모른다고 생각했다. 내가 서류 봉투를 들고 사무실에서 나올 때까지만 해도 그는 나를 완전히 통제할 수 있게 되었다고 믿었을 테니까. 그렇다면 당연히 지금의 나는 그가 시키는 대로 움

직여야 하는데, 그러지 않고 있으니 그의 심기가 불편할 것이라는
생각이 들었다. 지금의 공백이 그의 고민을 드러내는 것만 같았다.

[그래서요?]

[예?]

[사진을 못 찍겠다고요?]

[아니요. 그게 아니라, 뭔가 사진을 찍고 전송하고 하는 게 너무 위험
한 행동이라는 거죠.]

[그럼, 거기 잠시 두고 가요. 내가 가서 살짝 보고 올게요.]

　그가 흔들리고 있었다. 나는 느꼈다. 지금까지 나와의 관계 속
에서 우위를 차지하며 보여왔던 그의 여유가 사라졌다. 그리고 항
상 냉정하게 행동하던 그에게서 조급함과 불안함이 느껴졌다. 내
가 그렇게 느낀 이유를 생각해 보니 답은 간단히 나왔다. 지금 그
에게는 자신의 신분을 숨기는 것이 가장 중요한 미션이었다. 그런
데도 그는 이 서류를 직접 확인하기 위해서 신분이 노출될 수 있는
위험한 방법을 선택하겠다고 했다. 즉, 그는 자신의 신분을 숨기는
것보다 서류 확인이 중요하거나, 혹은 신분을 들킬 수 있다는 것도
생각하지 못할 만큼 당황한 것이다. 나는 순간, 제안을 받아들여서
그의 정체를 확인할까 싶기도 했지만 그러기에는 이 서류를 두고
가는 행동이 너무 위험했다.

[직접 찍으시려고요?]

[아. 진짜.]

[예?]

[야 이 개새끼야! 아직 정신 못 차렸어? 내가 보내라면 보내라고. 주저리주저리 말 보태지 말고. 그냥 좀 까라면 까라고! 씨발!]

역시 흔들리고 있었다. 지금 이 상황에 그를 불안하게 하는 요소가 있는 것이다. 자기 뜻대로 움직이지 않는 나의 행동이 심하게 거슬려 그는 감추고 있던 감정까지 드러내고 있었다. 지금까지 나는 그가 나보다 직급도 낮고, 나이도 적을 거라고 추측해 왔다. 예상대로 상황이 흘러가지 않자 금세 흥분하고 감정이 그대로 드러나는 모습에서 내 추측은 확신이 되었다.

[못 까면요?]

[뭐?]

[제가 죽어도 못 하겠다고 하면요?]

나이에서 오는 경험일까? 아니며 수많은 관계 속에서 습득한 감일까? 나는 본능적으로 이럴 때일수록 더 강하게 나가야 한다는 생각이 들었다. 그래서 그에게 더 강하고 분명하게 말했다. 나는 지금 너에게 통제되고 있지 않다는 사실을 말이다.

[그 사진을 비하인드에 올려야지. 총무팀에도 보내고. 어디 신문사에 제보도 할까?]

다시 협박이 시작되었다. 정신을 차리고 약간 거리를 둔 채 바라보니 그의 협박이 가소로웠다. 아까와는 다르게 전혀 겁이 나지 않았다. 오히려 사진을 보낸다는 말에 이를 역이용하면 내게 기회가 될 수 있겠다는 생각도 들었다. 나는 이 앱에 대화 저장 기능이 있다는 것에 감사함을 느꼈다. 지금부터 이 모든 대화는 이제 나에게 유리한 증거가 될 수 있으니 말이다.

[아까 대표님이 날 지켜줄 거라고 생각하느냐고 물었죠?]

나의 질문이 그의 약점을 정확히 찔렀는지 그는 대답이 없었다.

[만약 내가 자신과의 약속을 지키기 위해, 내 약점이 드러나는 것까지 감수했다면요? 내가 협박받고 있다는 사실을 대표님에게 말하고 불법 침입 건에 대해 보호해 달라고 요청한다면요? 곤란한 상황에 빠질 걸 감수하면서까지 자신과의 약속을 지키려는 직원이라면, 지켜주고 싶지 않을까요? 대표님 입장에서는 아무것도 훔치지 않은 단순 불법 침입인데요?]
[아 씨발 진짜! 너 진짜 이렇게 나온다는 거지? 그래 좋아. 한번 해보자!]

그에게 더 이상 메시지는 오지 않았다. 비하인드 역시 잠잠했다. 정말 거짓말처럼 그의 존재가 사라졌다. 잠깐이지만 끔찍하게 나를 괴롭히던 것들이 한순간에 사라져 버렸다는 게 정말 이상했다. 이렇게 간단한 거였나? 겨우 이 정도 액션만으로도 쉽게 넘어갈 수 있는 일을, 나는 겁을 내며 쩔쩔맸던 걸까? 스스로가 너무 바보 같고, 한심했다. 비하인드 앱을 지우며 새삼 아내에게 고맙다는 생각이 들었다. 아내의 문자, 그 문자가 없었다면 어땠을까? 생각하면 할수록 소름이 돋았다.

그렇게 하루가 끝나가고 있었다. 나에게는 다시 찾아온 평온한 일상이었나. 비록 하루였지만, 내 일상을 뒤흔든 엄청난 익몽이 지나가고 나니, 지금의 이 평화로운 일상이 얼마나 감사한 일인지 새삼 더 많이 느끼게 되었다.

오랜만에 김 대리와 편하게 수다를 떨고, 오후에는 밀렸던 보고서를 집중해서 쓰기 시작했다. 마감 시간이 촉박했지만, 큰 근심이 사라져서 그런지 머리가 더 잘 돌아가, 보고서는 술술 풀렸다. 마감 시간에 맞춰 제출한 보고서는 깐깐한 팀장의 허들도 생각보다 쉽게 넘었다. 오늘의 시작은 아주 절망적이었지만, 나머지 오후는 그 어느 날보다 평화롭고 만족스러웠다.

나는 퇴근길에 아이가 좋아하는 초코케이크를 하나 사서 차에 올랐다. 이제 집에 가서 아내를 꼭 안아주고, 정말 고맙다고 말해주려 했다. 걱정시켜서 미안했다고, 하지만 그 일은 이제 다 끝났다고 웃으며 설명하려 했다. 그런데 그때, 김 대리에게 카톡이 왔다.

[과장님! 얼른 비하인드 들어가 보세요!]

가슴속에 사라졌던 송충이가 다시 돌아온 것처럼 간질거렸다. 아무 일도 아닐 거라 생각했지만, 지웠던 앱을 다시 깔면서 불안함이 피어오른 건 사실이었다. 아닐 거야, 아닐 거야. 아무것도 아닐 거야. 앱을 깔고 로그인하는 그 짧은 순간에도 괜한 걱정일 거라고 스스로를 달랬다. 그런데 정작 앱에서 마주한 것은 뜬금없는 폭로 글이었다.

[연쇄살인범 강은혜 성매매 리스트 보셨나요?]

비하인드에 새로 올라온 글은 아주 자극적인 제목이었다.

얼마 전에 세상을 떠들썩하게 했던 살인 사건의 범인이 밝혀졌다. 남편을 가스라이팅해서 자살로 위장한 살인 사건의 범인 강은혜. 그 여자는 남편을 살해한 것뿐만 아니라, 최근까지 성매매를 했다고 알려져 더 이슈가 되고 있었다. 이 글이 그 여자가 공개한 자신의 성매매 고객 리스트를 말하는 거라면 내가 불안해야 할 일은 아니었다. 살인이나 성매매는 나의 삶과는 너무 무관한 단어들이었기 때문이다. 그러나 그 글을 클릭해서 내용을 읽다 보니, 이 글 역시 나에 대한 저격이라는 것을 알 수 있었다.

강은혜 성매매 리스트가 지금 SNS상에 돌고 있어서 제가 호기심에 찾아봤거든요. 그런데 진짜 자세하게 다 나와 있더라고요. 개인정보에 대한 부분 때문에 이름은 모두 모자이크 처리가 되어 있었는데, 손님에 대한 메모를 아주 친절하게 적어놨더라고요. 그래서 재미 삼아 하나하나 좀 자세히 봤더니 정말 말도 안 되는 걸 찾았어요. 사진 보세요.

9월 27일 / 58만 원(카드) / 성한전자? 강남구?/ 2명 / 찌질이. 처음부터 끝까지 회사 자랑만 늘어놓음⋯⋯.

강남구 성한전자. 우리 회사 맞죠? 지금 우리 회사에 그 살인범하고 성매매했던 사람이 있다는 말이잖아요. 제가 진짜 너무 화가 나서 혹시나 하는 마음에 9월 법인카드 내용을 엑셀로 받아서 하나하나 찾아봤거든요? (너무 많아서 5시간 걸림) 그런데 진짜 9월 27일에 58만 원을 법인카드로 결제한 사람이 있더라고요. 정말로요. 지금 더럽게 성매매를 한 것도 토가 나올 거 같은데, 심지어 그걸 법인카드로 했다고요? 이건 진짜 매장해도 되지 않을까요?

댓글은 정말 난리도 아니었다. 수많은 사람이 댓글로 누군지 모르는 카드 결제자를 공격하기 시작했다.

54tertwer : 이건 진짜 바로 징위 가야지.

89dsfgoi : 성매매면 구속수사 아니야? 그럼 지금 혹시 이미 수사 중인 건가?

8qwerfefr : 당연히 둘 다 가야 함. 회사에서는 법인카드 사적 사용, 품위 유지 위반으로 조치를 취하고, 손해배상도 청구해야 하고, 법적으로도 정당한 처벌을 받아야지.

Gsdfg : 진짜 회사 얼굴에 똥칠한 거네. 이거 개인 소송은 못 걸어요? 나도 피해 본 거 같은데.

Sdrtge : 아 근데 솔직히 형들! 이거 접대일 수도 있잖아. 우리가 아는 걸 위에서는 몰랐을까? 알아도 넘어간다는 건 좀 이유가 있는 걸 거야.

Fdhrtsdf : 와, 언제 적 얘기를 하지? 요즘 시대에 누가 성매매를 접대로 제공해? 큰일 나려고. 그거 여차하면 거래처도 다 같이 죽자고 하는 건데. 받는 쪽이 오히려 몸 사릴걸?

654ged5 : 그리고 솔직히 우리 회사가 저렇게 로비할 위치는 아니잖아. 받으면 받았지.

Sdfgedrfg : 이거 백 퍼 접대 핑계 대고 자기들이 즐긴 거야! 미친 놈들.

사람들은 단순히 우유 하나를 집에 가지고 간 것과는 비교도 되지 않는 사안에 진심으로 분노했다. 웬만한 사건으로는 절대 묻히지도, 넘어가지도 않을 것 같았다. 나는 절망적이었다. 모든 말들이 가시가 되어 내 심장에 박히는 기분이었다. 곧 김 대리에게 전화가 왔다.

"과장님! 이거 그때 그거 맞죠? 팀장이 과장님 법인카드 빌려달라고 해서 가지고 갔던 그거요."

"어. 맞아."

"봐봐요. 네가 그때 이상하다고 했잖아. 왜 거래처랑 밥 먹으러 간다면서 과장님 법카를 빌려 가냐고요."

"한도가 다 된 거라고 했잖아. 자기 한도가 다 돼서 달라는데 내가 어떻게 안 줘? 심지어 비용 처리 결재도 본인까지니까 걱정하지 말라고 하는데……."

"그게 문제였잖아요. 상식적으로 무슨 치킨집에서 58만 원을 결제하냐고요? 그리고 그것도 우리 부서 남는 복리후생비로 쓰지 않았어요? 반기 예산 남았다고? 그때 지출 사유는 뭐로 했어요? 치킨으로 회식했다고?"

"아니야. 출장비로 썼어. 지방 사무실 방문 비용이랑 사무실 직원들 간식비로 처리하라고."

"우와 진짜 미치겠다. 그거 출장계까지 올린 거예요? 이거 감사 나오면 그냥 빼박으로 과장님이 다 뒤집어쓴다고요."

"기다려 봐. 내가 팀장님한테 바로 전화해 볼게."

나는 김 대리와 통화를 끊자마자 바로 팀장에게 전화를 걸었다. 우리 팀장이 원체 뒤가 구린 사람이라 이런 일이 언젠가는 벌어질 거라 생각했지만, 이렇게 나에게 화살이 돌아올지는 몰랐다. 나는 초조한 마음에 손톱을 물어뜯고 있었다. 하지만 내 귀에 들리는 회사의 비즈링은 밝고 경쾌했다. 몇천 번은 들었을 그 비즈링이 견디기 어려울 만큼 듣기 싫었던 것은 처음이었다. 회사의 비즈링이 두 번째 흘러나왔을 때, 팀장이 전화를 받았다.

"왜? 무슨 일이야?"

"팀장님, 지난번에 제 카드 빌려 가셨던 거요……."

"그게 왜? 결재 다 떨어졌잖아? 누가 뭐래?"

"그게…… 지금 비하인드에서 누가 그 건을 문제 삼고 있어서요."

"누가? 어떤 미친놈이 다른 팀 비용 쓴 거까지 지랄이야?"

"혹시 팀장님 그거 술집에서 쓰셨어요?"

순간, 팀장의 숨소리가 멈췄다. 아마도 비하인드의 말이 맞는 것 같았다. 팀장은 한껏 당황한 티를 내며 나에게 버럭 화를 내기 시작했다.

"내가 오 과장한테 카드 쓴 것까지 하나씩 다 보고해야 하나? 내가 아무리 카드를 빌려 썼다고 해도, 알아서 다 처리해 줬잖아. 왜 퇴근하고 전화해서 난리야? 어?"

"팀장님. 비하인드에 그 카드 결제 내역이랑, 강은혜 성매매 리스트가 같이 올라가 있습니다. 이대로 가다가는 제가 다 덮어써요."

팀장도 내 말에 분명히 당황하고 있었다. 수화기 너머로 잠시 침묵이 흘렀다. 나는 그 침묵의 시간이 모래시계가 되어 나의 몸 위로 쌓여가는 것만 같았다. 잠시 후, 낮은 목소리로 팀장이 나에게 말했다.

"오 과장님. 잘 들어요. 나도 지금 비하인드 들어가 봤는데, 별거 아니야. 그 범죄자가 제 맘대로 적어 놓은 메모가 진짜라는 보장도 없고, 그날 결제 금액이 같다고 해도 그게 거기서 썼다는 보장이 어디 있어. 혹시라도 경찰 수사가 나온다고 해도, 결제는 진짜 치킨집에서 한 거니까 아무 걱정 말라고. 그러니까 그 말도 안 되는 것들이 떠드는 개소리는 무시하고 그냥 가만히 있어. 자꾸 보면 신경에 거슬리니까 앱도 지워버리고."

"팀장님. 그래도 이게 그렇게 가볍게 생각할……."

"아. 오 과장! 진짜 말귀 못 알아듣네. 자네 이게 지금 나 혼자 엮인 문제일 거 같아? 내가 설마 나 혼자 즐기자고 자네 카드까지 빌려서 갔을까? 생각을 좀 하라고! 그저 우둔하게 자기 살길만 생각하지 마. 어차피 별문제 없이 지나가겠지만, 문제가 돼도 내가 책임질 테니까 쫄지 말라고."

우리 팀원들이 지금 이 통화를 들었다면 아마 다 함께 큰 소리로 웃었을 것이다. 팀장은 그런 사람이 아니다. 누군가를 책임져 준다거나, 팀원들을 지켜준다거나, 앞장서서 잘못을 인정하는 절대 그런 사람이 아니라는 말이다. 그는 철저하게 자신의 이익과 출세만을 생각하는 사람이었고, 자신에게 이득이 되는 일이나, 도움이 되는 사람에게만 관심을 두었다. 그런 사람이 저렇게 말하는 것으로 보아, 자신은 도망갈 구멍이 다 있으니, 괜히 귀찮게 하지 말라는 뜻이었다. 반나절이 채 지나지 않아서 새로운 함정에 빠졌다. 내가 스스로 빠진 것이 아니라, 등 뒤에서 누군가가 나를 밀었다. 그리고 그 사실을 증명하듯 비하인드 앱에서 메시지가 도착했다.

[어때? 이것도 대표가 커버를 쳐줄까? 성매매와 법인카드 사적 사용인데?]

머리 한쪽에서는 이미 예상하고 있었던 것 같다. 그래서 그에게 메시지가 왔을 때, 생각보다 나는 심하게 놀라지 않았다. 아니 오히려 차분했다. 체념이라는 말이 가장 어울리는 단어일지도 모르겠다. 나는 가만히 그의 메시지를 읽었다.

[어때? 이제 다시 정신이 들어?]

답을 보내지 않았다. 지금 시간을 끌며 답을 하지 않는 게 내가 할 수 있는 유일한 반항이었다.

[대답 안 할 거야? 비하인드에 법인카드 기안 올릴까?]

하지만 곧 반항은 아무런 의미도 없다는 것을 알았다. 지금 상황에서 내가 지켜야 하는 것이 자존심이 아니니까. 소심한 반항 따위는 심리적 보상도 되지 않았다. 나는 결국 그가 원하는 답을 하고 있었다.

[마지막이야. 대답해? 이제 말 잘 들을 거야?]
[네. 알겠습니다.]
[옳지. 자 그럼 사진 찍어서 보내. 지금 당장.]

거지 같았다. 이놈을 죽여버리고 싶었다. 하지만 이건 우유와 사안이 달랐다. 법적인 처벌을 받을 수 있는 문제였고, 죄명도 불법 침입 따위에 비교할 수 없을 만큼 더러웠다. 만약 내가 억울함을 밝히고 싸워서 이긴다고 해도, 결백을 증명하는 데 오랜 시간이 걸릴 것이다. 그리고 그 과정에서 회사는 절대 나를 적극적으로 도와주지 않을 것이다. 알 수 있었다. 결국 나 혼자 피해자가 되어 잊히고 사라질 거라는 걸. 그래서 나는 다시 얌전해졌다. 이젠…… 방법이 없었다.

복종

나는 운전석에 앉아 가방에 있는 서류 봉투를 꺼냈다. 그리고 글러브박스에 있는 볼펜을 꺼내서 아까 적어놓지 않았던 임 상무에 대한 부분을 채워 넣었다. 그러고는 한 장씩 사진을 찍어서 그에게 전송했다.

[아주 잘했습니다. 이제 서류 봉투를 잘 봉인해서 내일 아침에 비서실에 제출하세요.]

[화요일까지라고 했는데요.]

[어차피 제출하기로 한 거, 시간을 끌어서 뭐 해요. 차라리 일찍 제출하는 게 확실하게 자기편이 됐다고 생각할 겁니다.]

[저 그럼 그 성매매 건은 어떻게 되는 건지…….]

[그건 신경 안 써도 돼요. 비하인드라는 게, 그 안에서는 다들 자기가 잘 났다고 나대고들 있지만, 실제로 떡밥이 던져지지 않으면 자기들끼린 아무것도 못 하는 게 그것들의 속성이에요. 아까야 처음 겪는 상황에 다들 빡친 것처럼 보였지만, 막상 누가 이번 연말 상여 소식이라도 올리면 다 금세 진정될 거예요. 내가 떡밥만 더 주지 않으면 말이에요.]

그의 말은 마치 비하인드의 반응 정도는 얼마든지 통제할 수 있는 영역이라는 것만 같았다. 아까는 비하인드의 수많은 댓글과 반응으로 나를 압박했던 사람이, 이제는 그런 반응들이 자기가 떡밥만 주지 않으면 금세 사그라져 아무 일도 아니게 된다고 했다. 무서웠다. 정보를 던져서 여론을 주도하는 그는, 단순히 자신이 가진 정보로 싫어하는 사람을 매장하는 것에서 나아가 그 정보를 무기로 타인을 자신이 원하는 대로 행동하도록 만들고 있었다. 이것은 완전히 다른 세계의 이야기였다. 결국 익명의 공간에서 그는 원하는 것을 무엇이든 얻을 수 있었다. 대체 어떻게? 무슨 수를 썼기에 그런 일이 가능하지? 의문이 미친 듯이 머릿속을 떠돌았지만 끝내 답은 찾을 수 없었다.

나는 그의 말대로 서류를 다시 봉인했다. 그리고 가방에 넣어두었다. 차에 혼자 앉아 있었지만, 왠지 어디선가 나를 보고 있는 것만 같아서 모든 행동이 조심스러워졌다.

[첫 번째 미션 완료. 수고했어요. 제가 상을 줄게요.]

[상이요?]

[지금 뭐 업무가 손에 잡히겠어요? 내일은 하루 봉사활동이나 하면서 좀 쉬세요.]

[봉사활동이요……?]

[아마 내일 아침에 출근하면 알게 될 거예요. 괜히 미리 알고 있었던 것처럼 굴면 좀 그러니까 신발 정도만 편한 걸로 신고 와요.]

[네, 알겠습니다.]

나는 이제 그가 하는 말에 "네, 알겠습니다."라는 대답 말고는 할 수 있는 것이 없었다. 다시 무기력한 표정을 하고, 집에 가서 아내와 아이와 함께하려고 했던 계획도 다 잊어버린 채, 초코케이크마저도 차에 두고 내렸다. 나는 어제와 다름없이 영혼 없는 모습으로 집에 들어갔다. 아내는 여전히 아무것도 모르는 것처럼, 아무렇지 않은 척 나를 대해주었다. 역시나 잠이 오지 않았다. 어제 거의 잠을 자지 못했고, 오늘 회사에서도 여러모로 에너지 소비가 많았는데도, 나는 또 뜬눈으로 밤을 지새웠다. 어제와 다른 점은 어제는 공포와 두려움이 나의 밤을 깨우고 있었다면, 오늘은 공허함과 무기력함이 나의 밤을 채우고 있었다는 점이다. 머리가 멍해서 아무 생각도 나지 않고, 어떤 의지도 생기지 않았다. 그래서 어제와는 다르게 뒤척이지도 않고 가만히 누워 천장만 보고 있었다.

"자?"

"어."

두 글자의 이 짧은 대화가 우리 부부의 상황을 그대로 보여주었
다. 아내는 내가 아주 많이 걱정됐지만, 그만큼 내 감정을 조심스
럽게 대해주고 있었고, 나는 그 마음을 너무나 잘 알기 때문에 더
아무런 답도 줄 수 없었다. 그렇게 나의 밤은 또 지나고 있었다.

아침이 밝았다. 시간은 또 여느 때와 같이 흘렀다. 다른 것이라
고는 그의 말에 따라, 정장 바지에 어울리지 않는 운동화를 신었다
는 것. 평소라면 그나마 색이라도 맞춰서 어두운 운동화를 찾아 신
었겠지만, 지금 나에게는 운동화 색은 전혀 중요하지 않았다. 그래
서 지난달에 아내가 사 온 하얀색 운동화를 신었다.

"왜 운동화를 신어? 갑자기?"

"어. 발이 좀 불편해서."

"어디가? 왜?"

"심각한 거 아냐. 그냥 발바닥이."

거짓말이어서 어색한 건지, 지금 아내와의 대화가 어색한 건지.
나는 아내의 진심 어린 걱정에 무심하게 대답하며 대화를 끊어버
렸다. 내가 대화를 길게 하고 싶지 않다는 것을 느낀 아내도 더 이
상 자세하게 묻지 않았다.

출근하자마자, 팀장이 나를 불렀다. 자리로 향하자 무심코 내게

로 고개를 돌리던 팀장의 시선이 운동화를 보고 멈추었다.

"뭐야? 뭐 알고 있었어?"

"예?"

"아, 아냐……. 우리 회사에서 보육원 봉사활동 하는 거 알지? 오늘 가는 날인데, 갑자기 사람이 부족하다니까 오 과장이 다녀와. 오늘 미니 운동회 한다던데, 마침 오 과장이 운동화도 신고 왔네."

갑자기 봉사활동을 가라는 팀장의 말에 사람들이 수군거렸다. 우리 회사에서는 봉사활동 가는 게 생각보다 경쟁이 치열했다. 근무 시간에 일 대신 다른 걸 한다는 이유만으로 좋아하는 직원들도 있었지만, 회사의 봉사활동 시스템이 꽤 잘 갖춰져 있어서, 나름 다녀오면 보람도 있었다. 그래서 대부분은 봉사활동 모집 공고가 뜨면 10~20분 안에 마감되곤 했다. 무엇보다 팀원들이 수군거리는 이유는 따로 있었다. 바로 우리 팀장이 봉사활동 가는 것을 싫어하기 때문이다. 대부분의 봉사활동은 업무 시간에 진행되기 때문에 업무에 지장도 있고, 당연히 연차를 쓰는 것도 아니기 때문에 팀장의 성과에도 도움이 되지 않는다. 그래서 우리 팀장은 팀원들이 봉사활동을 가는 것을 참 티 나게 싫어했다.

"왜 좀 한가해?"

"일 좀 더 줄까?"

"그 보고서는 다 해놓고 가겠다고 하는 거지?"

대놓고 업무 시간에 봉사활동 따위를 가는 것이 싫다고 말하던 그 팀장이 갑자기 인원이 부족하다고 나를 보내니, 당연히 다른 팀원들이 보기에는 너무 어색하고 이상해 보였으리라.

"과장님! 혹시 팀장, 어제 그 비하인드 때문에 과장님 치우는 거예요? 거슬리니까?"

"아니야. 그런 거. 그거는 잘 해결하기로 했어."

"진짜요? 안 그래도 그 난리였던 비하인드 반응이 갑자기 확 사그라들더니, 이번에 우리 회사 광고 바뀐 걸로 관심이 쏠리더라고요. 근데 그런 것도 할 수 있나? 우리 팀장이?"

이제는 존경스러웠다. 그는 정말로 어젯밤에 내 목을 죄던 성매매 사건을 아주 쉽게 다른 주제로 넘겨 아무 일도 없었던 것처럼 만들었다. 하지만 그 사건은 해결된 것이 아니라 잠시 미뤄둔 것에 불과했다. 즉, 그는 언제든지 마음만 먹으면 그 주제를 가지고 나를 압박할 수 있다는 말이었다. 나도 모르게 웃음이 나왔다. 마치 갑자기 너무 세찬 소나기가 내리면, 피하려는 의지보다도 그저 멍하게 맞으며 웃게 되는 것처럼. 나는 그렇게 서 있었다.

"지금 바로 모이라니까 비서실로 가봐. 다들 모여 있대. 옷은 가면 준다니까 걱정하지 말고."

하필이면 가는 곳이 또 비서실이었다. 이 모든 상황을 그가 꾸미고 있다고 생각하니 정말 내가 마리오네트라도 된 것 같았다. 그리고 기다렸다는 듯이 그는 나에게 메시지를 보냈다.

[서류 봉투 챙겨 가시고요. 가면 비서님이 알아서 다 해주실 거예요.]

나는 답변도 하지 않은 채, 서류 봉투를 챙겨서 들고 비서실로 향했다. 어차피 지금 이 공간에서 그가 나를 보고 있다면 굳이 대답할 필요도 없다고 생각했기 때문이다. 그런 내 생각이 맞았는지 그는 더 이상 나에게 연락하지 않았다. 비서실에 올라가자, 이미 비서실 앞에는 하얀 단체 티를 입은 사람들이 다섯 명 정도 서 있었다. 내가 그들 앞으로 쭈뼛거리며 걸어가자 정 비서가 나를 발견하고 먼저 다가왔다.

"아. 그거 팀장님께서 주신 거 맞죠?"

"아…… 예……."

비서는 내 손에 들려 있는 서류 봉투를 아주 자연스럽게 받아냈고, 나는 그때야 그가 말한 비서가 알아서 해준다는 말의 뜻을 알게 되었다. 비서가 서류 봉투를 가져가자, 갑자기 머리가 복잡해지기 시작했다. 지금 내 머릿속에는 두 명의 사람이 나를 괴롭히고 있었다……. 한 명은 당연히 나를 조종하고 있는 그였고, 나머지 한 명은 나에게 거절하지 못할 제안을 한 대표님이었다. 나는 당연히 정 비서도 대표님의 편이라고 생각하고 있었다. 그러나 지금 상황을 보면 비서는 나를 괴롭히는 그와 더 연관이 있는 것처럼 보였다. 새삼 생각해 보면 이 봉사활동도 그랬다. 봉사활동 자체가 비서실과 함께 있는 CSV팀에서 진행되는 일이기 때문에, 한 명쯤이라면 비서실에서 명단을 조정할 수가 있다. 특히, 사내 정치나 권력에 약한 우리 팀장은 정 비서의 말이라면 쉽게 동의하고 따라줬을 가능성이 있다.

아직 머릿속을 채 정리하지 못했는데, 탕비실에서 정 비서가 옷을 갈아입고 나왔다. 오늘 봉사활동을 그녀도 함께 가는 것이었다. 그녀가 CCTV처럼 느껴졌다. 그녀가 그와 어떤 관계인지는 모르지만, 마치 그녀가 내 봉사활동을 감시하려는 것 같다는 생각이 들었다. 나는 마치 도살장으로 끌려가는 소처럼 눈만 끔벅대며 봉사활동에 끌려갔다.

띨떠름한 마음이 표정과 태도로 다 드러나고 있었다. 원래 아이들을 좋아하기도 하고, 지금 이 보육원에 있는 중학생들 나이대의 조카들도 있는 편이라, 평소 같았다면 체육 대회 정도야 즐겁게 참여할 수 있었겠지만, 지금은 내가 입고 있는 정장 바지와 하얀 운동화만큼이나 이 자리가 어색하고 불편했다. 행사 내내 웃지도 않고 자리만 지키는 내 모습이 스스로가 보기에도 너무 별로여서 더 의기소침해졌다.

"아저씨 하기 싫죠?"

무표정한 표정으로 달리기 결승선 줄을 잡은 나에게 바로 전 경주에서 1등을 한 여자아이가 다가와서 물었다.

"아……니."

"치. 뭐 거짓말도 못 하네……."

"뭐?"

"성의라도 보여줘요. 여기 있는 애들도 아무도 즐겁지 않아요. 다 연기하는 거지."

이제 막 중학생이 된 듯한 앳된 여학생의 가시 박힌 말에 나는 말문이 막혔다. 하지만 그 아이는 그런 반응쯤이야 이미 예상했다는 듯이 아무렇지 않게 계속 말했다.

"설마 우리가 아저씨들이랑 노는 게 재미있어서 여기 있다고 생각한 건 아니죠?"

"아……."

"우리도 일이에요. 부모도 없는 우리를 누군가가 돌봐주고 있잖아요. 알아요. 그게 아주 감사한 일이라는 걸요. 그래서 우리도 우리가 할 수 있는 걸 하는 거라고요. 재미있는 척 놀아주고, 아쉬운 척 울어주고, 그 정도는 해야지 여기 있는 사람들이 모두 만족할 수 있는 거잖아요. 그러니까 아저씨도 회사에서 가라고 해서 억지로 온 건 알겠는데, 성의 정도는 보여달라고요. 진심은 바라지도 않으니까."

아팠다. 그 아이의 말이 하나하나 돌멩이처럼 날아와 가슴에 부딪혔다. 내 상황이 너무 힘들고 괴로워서 다른 것들은 전혀 보지 못하고 있었다. 내 나이 반도 살지 않은 어린아이에게 어지러운 속내를 들켰다는 부끄러움과 괜한 상처를 주었다는 자책이 뒤섞였다.

"성의 정도는 보여달라고요."

일상을 지키려 전전긍긍하는 건 나뿐만이 아니었다. 이 아이도 자신의 일상을 별일 없이 유지하기 위해 애쓰고 있었다. 이곳 학생들에게 굳이 봉사 와서 힘든 티를 내는 어른을 봐줘야 할 이유는 없었는데, 너무 미안했다.

"미안해. 아저씨가 좀 힘든 일이 있었는데, 그것 때문에 표정이 좀 안 좋았나 봐. 너희 때문이 아닌데, 진짜 미안하다."

아이는 조심스럽게 사과하는 내 눈을 뚫어져라 쳐다봤다. 그러고는 내 팔을 툭 치고는 환하게 웃으며 말했다.

"괜찮아요. 뭐. 지금부터 재미있게 놀면 되죠."

아이는 내 손을 끌고 풍선 터트리기 코너로 갔다. 그리고 다른 친구들의 풍선을 터트리기 시작했다. 아이의 손길에 이끌려 그 사이로 들어간 나는 함께 다른 사람들의 발목에 묶인 풍선을 터트렸다. 바깥에 선 아이들이 반칙이라며 심판을 맡은 선생님을 부르며 큰 소리를 냈지만, 아이는 웃으며 대꾸하곤 다시 풍선을 들어 터트렸다. 나는 어느새 머릿속을 다 비우고, 그 아이를 따라 미소 지었다. 잠시나마 모든 걸 잊을 수 있었다.

[재미있어 보이네.]

풍선 게임이 끝나고 속없이 웃으며 휴대폰을 확인하니 그에게 메시지가 와 있었다. 그도 이곳에 온 걸까? 긴장으로 표정이 딱딱하게 굳는 게 느껴졌다. 봉사활동 스케줄이 끝나가던 터라 다행이었다. 아쉬운 듯이 손을 잡아끌던 아이에게 어색하게 웃어주며 인사한 뒤 잰걸음으로 모여 있는 직원들에게 다가갔다.

봉사활동이 마무리되자 또 하나의 메시지가 왔다.

[그래도 오늘 봉사자들 중에 제일 선임이신데, 커피나 한잔 쏘시죠.]

그의 메시지에 나는 반사적으로 사람들에게 말을 했다.

"오늘 수고들 하셨는데, 차 한잔씩 하고 가시죠? 제가 쏠게요."

"우와! 진짜요? 감사합니다."

"어…… 근데 저희는 주차한 곳에서 연락이 와서 바로 빼주러 가야 할 것 같아요. 과장님, 정말 감사한데 마음만 받겠습니다."

영업기획팀의 김민형 사원과 경영기획팀의 김재욱 사원이었다. 정신이 없어서 몰랐는데, 오늘 봉사에 참여한 직원 다섯 명 모두 우연히 공채 44기였다. 어쩐지 자신과 정 비서를 제외하곤 하루 종일 무리 지어 다닌다고 했더니, 동기라서 그랬구나 하고 혼자 납득한 뒤 차를 빼러 간다는 둘에게 인사했다. 굳이 남아 있는 세 명의 사원과 근처 커피숍으로 향했다.

"어? 정 비서님은요?"

"아까 대표님께서 찾으신다고 먼저 갔잖아요."

"아, 그랬구나."

혼자 나이도, 직급도 많이 차이 나는 여직원들과 함께 차를 마시고 있으려니 불편해 자리에서 일어나고 싶었지만, 다음 메시지가 올까 봐 조금만 더 기다려보기로 했다. 처음엔 나를 의식해서 어색해하던 직원들은 시간이 조금 지나자 내 존재는 잊은 듯이 자기들끼리 신나게 수다를 떨기 시작했다. 그리고 어느 순간 그들의 눈에 내가 안 보이는 것은 아닐까 하는 생각이 들 만큼 그녀들은 자기들만의 대화에 깊이 빠져 있었다. 분명히 나도 같은 공간에 머물고 있었는데, 마치 TV를 보는 것처럼 느껴졌다. 문득 이 상황이 너무 어이가 없어서 헛웃음이 나왔다.

"어? 왜 웃으세요?"

"아…… 아니에요."

"왜요? 과장님 저희가 너무 저희만 떠들었나요?"

"그런 건 아닌데, 이런 경험이 오랜만이라서 그냥 신기했어요."

"아, 좋으시구나……. 그쵸?"

"이렇게 어리고 예쁜 여자들이랑 같이 어울리고 싶어서 커피 쏘신다고 그런 거 아니에요?"

여자만 있는 자리에 남자 한 명 있어서 그런 것일까? 아니면 자기들끼리 웃으며 떠들다 잠시 개념을 잃어버린 것일까? 이제 막 공채로 입사한 직원들이 연차가 10년 넘게 차이 나는 직장 선배를 대상으로 웃으며 할 말은 아니었다. 하지만 나 역시 심리적으로 정상이 아니어서, 특별히 문제 삼지 않고 웃으며 넘겼다. 그저 이 불편한 자리를 빨리 피하고 싶은 생각뿐이었다.

"다들 제가 없는 게 편한 거 같으니까 먼저 갈게요."

"왜요? 과장님? 저희가 불편하세요?"

"아니요. 그냥 정리해야 할 일이 좀 생각나서요."

"에이 진짜요? 거짓말 같은데. 그럼 저희 케이크만 더 사주시고 가시면 안 돼요?"

확실히 정상은 아니라고 생각했다. 어떻게 이럴 수 있지, 하는 생각도 들었지만 지금 그런 사소한 감정싸움을 하고 있을 상황이 아니었다. 나는 얌전히 그들이 고르는 케이크 세 개를 결제해 주고 나서 그 커피숍을 나왔다. 신호를 기다리며 유리창 너머로 내가 사준 케이크를 먹으며 웃고 떠드는 그녀들을 보니, 심기가 불편했다. 기분이 나빠 얼른 퇴근해야지 싶어 주차장을 향해 걷고 있는데, 문자가 왔다.

[오 과장님. 정 비서입니다. 혹시 지금 어디인가요?]

[지금 봉사활동했던 보육원 근처 주차장으로 이동 중입니다.]

[혹시 실례가 안 된다면, 그 보육원에 다시 들러서 뭐 좀 찾아다 주시면 안 될까요?]

[예? 뭔데요?]

[아까 과장님께서 주신 서류 봉투를 제가 보육원 사무실에 두고 온 것 같아서요.]

[뭐라고요? 그걸 왜 거기에 가지고 가셨어요?]

[사무실에 그냥 두기는 불안해서 가지고 왔거든요. 근데 아까 대표님께서 찾으신다고 해서 급하게 나오다가 빠트리고 나왔나 봐요. 죄송합니다.]

솔직히 이해되지 않았다. 그렇게 보안이 중요하다고 강조한 서류를 봉사활동하는 곳에 들고 온 것도 이해가 되지 않았고, 그것을 심지어 보육원에 놓고 왔다는 사실도 어이가 없었다. 정 비서와 업무를 같이 해본 것은 아니었지만, 지금까지 보고 들은 그녀의 이미지를 봐서는 절대 일어날 수 없는 일이었다. 하루 종일 육체적으로나 심리적으로나 피곤해서 짜증이 치밀었지만, 그 서류 봉투가 거기에 있다는 사실이 나 역시 불안했다. 그래서 나는 답변도 하지 않고 우선 보육원을 향해 뛰었다. 그리고 서둘러 2층 사무실에 올라가니 그 서류 봉투가 덩그러니 놓여 있었다.

[찾았어요.]

[아. 정말 다행이네요.]

[내일 가져다드릴까요?]

[아니요. 대표님께서 지금 바로 보고 싶으시다고 해서요. 이곳으로 와

주실 수 있을까요?]

[어디신데요?]

[제가 지금 주소 찍어드릴게요. 번거로우시겠지만, 최대한 빨리 부탁
드려요.]

[예. 알겠습니다.]

잠시 후 비서에게 주소가 왔다. 처음에는 주소만 있어서 몰랐지
만, 차에 타서 내비게이션에 주소를 찍고 보니, 상호가 떴다.

'엘레강스 비즈니스호텔.'

상호를 보는 순간, 뭔가 마음속에 어둠이 느껴지는 것 같았다.
마치 내가 끝이 보이지 않는 깊은 동굴의 입구에 서 있는 것 같은
착각이었다. 그리고 그곳에 도착하는 순간 내가 느낀 것이 착각이
아니었다는 사실을 알게 되었다.

참 신기한 일이었다. 분명히 함정에 빠졌고, 점점 더 깊은 늪으로 들어가고 있다는 걸 아는데도 반항할 의지가 전혀 생기지 않았다. 아무리 발버둥을 쳐도 어쩔 수 없다는 걸 알기 때문일까. 나는 모든 걸 포기한 사람처럼, 나를 위해 준비된 무대 위로 무기력하게 걸어가고 있었다.

[오빠. 정신 차려.]

이제 아내의 문자를 봐도, 정신이 들지 않았다. 내 삶의 목적인 가족사진을 보고 있어도 손에 힘이 들어가지 않았다. 어쩌면 나는 그만 포기하고 싶은 걸지도 모른다. 내가 그의 성실한 꼭두각시가 된다면, 그래서 내가 그의 심기를 거슬리지 않고 그의 심부름만 잘한다면. 어쩌면 지금의 일상을 계속 이어갈 수 있을지도 모른다는 생각이 들기 시작한 것이다.

[그냥 내 말만 잘 들으면, 과장님은 과장님 생각대로 라인도 타는 거고, 승진도 하는 거고, 어쩌면 진짜 더 꿈같은 미래가 펼쳐질지도 모르지. 그러니까 괜히 까불지 말고, 내 말만 잘 들어요. 알았어요?]

지금, 그의 이 말이 내 머릿속에 가훈처럼 걸려 있었다. 그의 말만 잘 들으면 된다. 그럼 아무 일도 일어나지 않는다. 나는 다시 평범하게 살 수 있다. 사실 이건 별것 아닐지도 모른다. 기껏해야 같은 직장인인데, 결국은 다 같이 잘 먹고 잘살자고 하는 일일 것이다. 스스로 다짐하고, 위로하고, 설득하고, 최면을 걸었다. 그러지 않으면 견딜 수가 없으니까. 정 비서가 알려준 호텔로 향하면서도 머릿속은 이런 생각들로 가득했다. 그냥 전달만 해주면 돼.

차로 20분쯤 달리자 호텔에 들어설 수 있었다. 나는 호텔 앞에 있는 외부 주차장에 주차하고 차에서 내렸다. 그리고 한 손에는 서류 봉투를 든 채, 비서에게 메시지를 보냈다.

[저 도착했습니다.]
[로비로 와주세요. 나갈게요.]

나는 답을 하지 않고, 로비 쪽으로 걸음을 옮겼다. 조금 외곽에 있는 비즈니스호텔이다 보니 건물이나 조경이 화려하지는 않았다. 그래도 호텔인지라 나름 깔끔하게 잘 정돈된 느낌은 있었다. 실외 주차장에서 로비로 통하는 길을 따라 걸어가자, 잠시 후 로비 앞에서 나를 기다리고 있는 정 비서의 모습이 보였다. 나는 비서에게 굳이 아는 척하지 않고 천천히 걸어갔다. 그녀도 가까이 다가온 나를 보자마자 서류 봉투를 달라는 듯 손을 내밀었다. 나는 말없이 그녀에게 봉투를 내밀었다. 그녀는 고맙다는 말도 없이 받아서 바로 자신의 핸드백에 넣었다. 그러고는 나에게 말했다.

"차 한잔, 하고 가세요."

"네, 알겠습니다."

그녀의 제안을 받아들인 스스로가 너무 이상했다. 딱히 목이 마르지도 않았고, 당연히 차를 마시고 싶은 생각도 없었다. 아이들과 체육대회를 하고 와서 몸에는 땀 냄새가 나는 듯했고, 옷도 봉사활동용 면티에 정장 바지, 하얀색 운동화를 신은 차림새에 머리도 헝클어져 있었다. 용모 상태나 심리 상태나 그 어느 하나 호텔 로비에서 차를 마신다는 행위에 어울리는 것은 없었다. 하지만 나는 그녀의 제안을 거절하지 못했다. 이쯤 되니 내가 이제 거절을 하지 못하는 사람이 된 것은 아닌가, 라는 생각이 들었다.

"이쪽이에요."

내가 정신이 나가 있어서였을까? 별생각 없이 회전문을 향해 걸어가는데, 비서가 그런 나의 팔을 끌어당겨서 옆에 있는 여닫이문으로 안내했다. 고맙다는 인사를 해야겠다고 생각했지만, 이상하게 그 말도 나오지 않았다. 나는 정말 단 이틀 만에 "네, 알겠습니다."라는 말밖에 할 줄 모르는 사람이 된 듯했다.

비서는 나를 호텔 커피숍으로 안내했다. 그리고 나의 의사는 묻지도 않고 아이스 아메리카노를 주문했다. 나 역시 딱히 먹고 싶은 메뉴가 있었던 것이 아니기에, 가만히 있었다. 잠시 후, 아이스 아메리카노가 나왔고, 나는 말없이 마시기 시작했다. 얼마나 흘렀는지는 모르겠지만, 내가 체감한 시간은 몇 시간은 족히 될 것처럼 길었다. 내 앞에 있는 아메리카노를 마시는 동안 아무 말도 하지 않는 그녀에게, 나 역시 아무 말도 걸 수 없었다. 우리는 그렇게 대화 한마디 없이 내가 아이스 아메리카노를 다 마시는 동안 그 자리에 함께 머물렀다.

"잘 마셨습니다."

"네, 수고하셨습니다."

건조한 인사만 나눈 뒤, 아무 일도 없었다는 듯이 자리에서 일어났다. 그녀도 나와 같이 현관으로 나갈 거로 생각했지만, 커피숍 입구를 나서자 그녀는 나에게 묵례를 하고 다시 호텔 안쪽으로 들어갔다. 잠깐 그녀의 뒷모습을 보던 나는 차로 돌아왔다. 잠시 앉아서 오늘 하루를 돌이켜 봤다. 이상하게 뒤죽박죽 섞인 것처럼 정리가 잘되지 않았다. 딱히 곤란한 일도 없었고, 심리적으로 견디기 어려운 상황도 없었다. 내 마음에 깔린 먹구름이 무거웠을 뿐, 나쁘지 않은 평범한 하루였다. 그런데 왜 이렇게 찜찜한 걸까.

오늘 하루에 어떤 음모가 있었는지는 잠시 후 비하인드에 올라온 글을 통해 알 수 있었다.

[오피스 와이프라는 게 진짜 있네요? 근데 이 사람 너무 쓰레긴데?]

나는 그에게서 날아온 주소로 들어가 비하인드의 새로운 글을 보게 되었다. 그 글에는 말도 안 되는 말들이 가득 쓰여 있었다.

우리 회사 디스패치: 그거 아세요? 지난번에 성매매로 의심되었던 그분 있잖아요? 제가 그때는 너무 큰 사건이라 내 손에 피 묻히기 싫어서 넘어는 갔는데, 아무래도 너무 기분이 안 좋아서 좀 더 파봤거든요? 근데 진짜 그 사람 가관이더라고요. 뭐 이미 성매매로도 충분한 쓰레긴데, 회사에서는 어리고 젊은 여직원들에게만 집적거리기 일쑤고요. 원체 어린애들을 좋아해서 소아성애도 있는 것 같다네요. 제일 대박인 건 그러는 와중에 오피스 와이프도 있다는 증거를 잡았습니다. 이거 문제가 너무 심각해서 제가 혼자 감당할 수 있을까 걱정입니다. 이 정도 인물이면 혹시라도 저를 알

122

아내서 해코지라도 할까 봐 겁도 나고요. 우선 제가 조금만 더 조사해서 빼박 물증이 나오면 큰맘 먹고 공개하도록 하겠습니다.

글을 읽는 순간, 나의 오늘 하루가 퍼즐처럼 맞춰지기 시작했다. 갑자기 잡힌 봉사활동. 하필이면 여중생들과 체육대회. 그 아이가 내 팔을 끌고 풍선 터트리기를 하던 순간. 그리고 여직원들만 남은 커피숍. 음료와 케이크까지 사주던 나. 그리고 결정적으로 호텔 앞에서의 비서와 나. 그 모든 것들이 이 글을 올리기 위한 작업이었다.

'왜지? 나한테 무슨 대단한 일을 시키려고 이렇게까지 공을 들이지? 내가 그렇게까지 의미가 있는 사람인가? 아니면 내가 그렇게까지 나쁜 놈이었나? 뭐지? 도대체 나한테 이러는 이유가 뭐야?'

나는 속으로 수없이 되뇌었다. 이유도 알 수 없고, 목적도 알 수 없는 괴롭힘. 왜 내가 이 수렁에 빠졌는지, 도저히 알 수가 없었다. 혼란은 어느새 원망과 분노로 바뀌고 있었다. 그리고 이 모든 사건에 연관된 한 사람에게 화살표가 돌아가기 시작했다. 나는 무슨 말을 해야 할지도 모른 채 잔뜩 흥분한 상태로 정 비서에게 전화를 걸었다. 이 모든 사건에 연관되어 있는 사람은 오직 비서뿐이었으니까.

왜 나냐고? 내가 뭘 그렇게 잘못한 거냐고? 내가 뭘 어떻게 해야겠냐고! 나는 누구에게라도 따져야만 했다. 뭐라도 대답을 들어야 했다. 그런데 전화를 받은 사람은 처음 듣는 목소리의 남자였다.

"너야?"

"에?"

"너냐고! 이 개새끼야!"

갑자기 나를 향해 소리치는 낯선 남자의 목소리에 놀라서 전화를 끊었다. 그리고 그때, 다시 비하인드로 메시지가 도착했다.

[봉사활동은 어땠어요?]

내 예상은 어긋나지 않았다. 장난스럽게 봉사활동은 어땠냐고 묻던 그는 잠시 후, 사진들을 보내기 시작했다. 정 비서의 번호로 계속해서 걸려 오는 전화를 애써 무시하며 사진을 열어 보았다. 여중생의 손을 잡고 해맑게 웃으며 게임하는 사진. 커피숍에서 젊은 여직원들에게 커피와 케이크를 사주며 웃는 듯한 사진. 그 사진들 속의 나는 묘하게도 모두 웃고 있었고, 여자아이나 여직원들은 곤란해하는 표정이었다. 결정적인 건 정 비서와 호텔 앞에서 만나는 사진이었다. 내가 비서를 만났던 순간, 그녀와 인사를 하지 않고 잠시 다른 곳을 봤던 것이 사진에서는 마치 주변을 살피는 것처럼 보였고, 심지어 내가 회전문에 걸려 넘어질까 봐 정 비서가 나의 팔을 당겼던 것은 마치 팔짱을 끼고 호텔에 들어가는 것처럼 보였다. 사진만 보면 아무 핑계도 필요 없어 보였다. 보내온 사진에서 나는 어린 여자아이를 좋아하는 소아성애자였고, 젊은 여직원들에게 집적거리는 변태 상사였고, 회사 내에서 불륜을 저지르는 파렴치한이었다. 누군가가 목적을 가지고 철저한 계획에 의해 찍은 사진들이었기에 도저히 빠져나갈 방법이 없었다.

[어때요? 잘 나왔죠?]

[과장님이 생각보다 사진발이 좋더라고요.]

[역시 난 사진이 더 좋다. 구구절절 설명할 필요가 없잖아요. 그쵸?]

나는 그가 보낸 메시지에 어떤 답도 할 수 없었다. 지금 나에게 일어나는 모든 일이 내가 감당할 수 없이 벅찼고 어떤 대답을 해도 아무것도 달라질 것 같지 않았기 때문이다.

가장 무서운 것은 지금 이 상황을 재미있어하는 듯한 그의 말투였다. 차라리 원망의 감정이 낫다. 그래도 원망이라는 것은, 정말 누군가를 죽이고 싶을 정도의 원한이 아니라면 희석되기 마련이다. 시간이 지날수록, 상대방이 힘들어하거나 비굴해질수록, 마음이 풀리고 점점 약해질 수도 있다. 하지만 재미는 다르다. 지금 그가 나를 괴롭히는 것이 단순한 재미라면, 그렇다면 그의 악행은 점점 더 세질 것이다. 사람이란 원래 그런 존재니까. 쾌락을 위한 본능은 점점 커지도록 설계된 것이니까. 그가 지금 나의 불행에 재미를 느끼는 사람이라면, 차라리 반응하지 않는 것이 더 빨리 끝나는 길일 수도 있다고 생각했다.

[또 대답하지 않기로 한 거예요?]

[그럼 뭐. 이 사진들 사모님께 보내면 되는 거죠?]

[나에게는 대답을 안 해도 사모님께는 해야 할 텐데?]

[나에게 원하는 게 뭐야?]

[원하는 거? 그게 궁금해?]

[뭔가 이유가 있을 거 같아서.]

[글쎄…… 있다고 해도, 이제 와서 오 과장님이 나한테 줄 수 있는 게 있을까요?]

그는 내 입을 막는 데도, 여는 데도 일가견이 있었다. 그의 말 한마디 한마디가 나의 숨을 턱턱 막히게 했지만, 아내를 들먹이는 그에게 대꾸를 안 할 수 없었다.

[그냥 아무것도 생각하지 마요. 나도 하고 싶은 대로 하는 거니까. 지금이라도 나는 비하인드에 다 올리고 펑 해버릴 수도 있고, 그냥 오 과장님 말 잘 듣는 거 보면서 이뻐해 줄 수도 있어요.]

[살려주세요.]

진심이었다. 죽을 거 같았다. 이대로 가다가는 내가 정말 죽어야 끝날 것만 같았다. 그래서 살려달라고 빌었다. 진짜 시키는 대로 다 하겠다는 마음으로 빌 수밖에 없었다. 제발 살려달라고. 제발.

[ㅎㅎㅎㅎ 점점 더 마음에 들어요. 진심이야. 오 과장님 진짜 최고예요.]
[살려주세요.]
[그런데 어쩌죠? 조금만 일찍 빌지. 그럼 내가 시간을 좀 더 줬을 수도 있는데…….]
[네?]

그의 메시지에 불안함을 느낄 틈도 없이 아내에게 카톡이 오기 시작했다. 정신없이 쏟아지는 메시지에 나는 아내가 무엇인가를 알게 되었다는 확신이 들었다.

[당신 이 사진 뭐야?]
[이 여자는 누군데?]
[요 며칠 그 난리였던 게 이런 거였어?]
[나랑 헤어지고 싶었니? 그래서 뭐라고 말해야 할지 고민한 거야?]
[어제는 멍하니 천장만 보고 있더니 뭔가 결정한 거였어?]

[당신 정말 이 정도야?]

[야! 이 개새끼야! 문자를 봤으면 뭐라고 핑계라도 대라고!]

그가 아내에게 사진을 보냈다. 아마 그 사진만 아니었다면, 아내는 나에 대한 무슨 소문이 돌아도 나를 먼저 믿어줬을 것이다. 그런데 사진이 먼저였다. 누가 봐도 바람을 피웠다고 의심을 살 만한 사진이었다. 어디서부터 어떻게 설명해야 할지 감도 잡히지 않았다. 그런 나의 마음을 다 읽고 있다는 듯이 그에게 또 메시지가 왔다.

[이제부터 내 말을 잘 듣습니다.]

나는 그의 메시지는 뒤로하고 아내에게 어떻게 말해야 할지 고민했다. 그것만으로도 충분히 머리가 터질 것처럼 괴롭고 힘들었다. 하지만 그는 나에게 그 정도의 여유도 허락하지 않았다.

[대답 안 하면, 아이 학교 게시판에 올릴 겁니다. 선생님에게도 보내고요.]

그는 진짜 악랄했다. 나의 약점을 너무 잘 알고 있었다. 아이는 건들지 말아야 하는데, 우리 아이만큼은 정말 아무것도 모르고 커야 하는데. 내가 모든 것을 포기한다고 해도, 절대 포기 못 하는 것이 있다는 것을 그는 너무 잘 알았다. 결국 내가 버티지 못하게 만들 방법을 다 알고 있었던 것이다.

[지금 이 상황에서 뭘 또 어쩌자는 건데?]

[너무 재미없잖아. 지금 나랑 대화한 거라도 사모님에게 보내면 오해가 너무 쉽게 풀릴 수도 있으니까.]

[그래서?]

[지금부터 비하인드 앱에서 옵션에 들어가서 대화 내용을 모두 삭제하는 거예요. 그리고 휴지통도 비우고요. 비어 있는 상태를 캡처해서 나한테 보내세요. 물론, 지금 가지고 있는 휴대폰의 갤러리도 다 포맷합니다. 모조리요. 혹시라도 이미 캡처했을 수도 있으니까. 포맷하고, 휴지통이랑 갤러리 텅텅 빈 사진을 나한테 보내요.]

악은 너무 치밀하다. 섬세하고 너무 근면해서 아주 작은 틈도 용서하지 않는다. 그는 나를 비닐 팩에 넣어 조금씩 공기를 빼고 있었다. 점점 말라가고 꼼짝도 할 수 없도록. 내가 쌓아온 것들을 지워버리고 철저하게 가지고 놀기 위해서. 내가 어디까지 견딜 수 있을까? 처음으로 내 등 뒤로 드리운 죽음의 그림자를 느낄 수 있었다. 이렇게 내가 죽을 수도 있겠구나.

[아이 사진이 있어. 태어났을 때부터 지금까지 한 장 한 장 찍어 놓은 수천 장의 사진들이 있다고. 그걸 다 지우라는 말이야?]

[그게 낫지 않겠어요? 이대로 가다가는 그 아이에게 그 모든 사진이 저주처럼 느껴질 수도 있는데, 아빠가 소아성애자에 성매매자라고 하면.]

내가 이 그물에서 벗어날 수 있을까? 정말 이 악마에게서 벗어날 수 있을까? 사지가 모두 잘려 내 뜻대로는 아주 조금도 움직일 수 없게 된 기분이었다. 마치 그의 말이 나의 법이 되어버린 것만 같았다. 이대로 가다가는 내 가족도 그가 의도한 대로 날 생각하고, 그의 생각대로 나를 대할 것만 같았다. 너무 무서웠다. 저 악마의 그림자가 내 목줄을 꽉 잡고 있는 한, 이 모든 상황이 나에게는 완벽한 지옥이었다.

나는 그가 시키는 대로 했다. 모든 대화를 지우고, 휴대폰 갤러리를 비웠다. 그리고 마지막으로 휴지통을 비우는 순간, 쉽게 버튼을 누르기 못하고 망설였다. 진짜 나의 삶이 다 사라질 것 같아서. 이 버튼을 누르는 순간, 모든 것이 정말 멀어져 버릴 것 같아서. 망설이고 또 망설였지만, 결국은 해야만 했다. 나에게는 다른 선택지도, 버틸 시간도 없었다.

[지금 보냈어요. 사진.]

사진을 확인한 그가 답장을 보냈다.

[이제 집에 들어가서 설득해 봐요. 사모님께 오해라고, 절대 불륜이 아니라고, 최선을 다해 설득해 보는 거야. 어쩌면 정말 과장님이 최선을 다해서 해명하면, 진짜 믿어줄지도 모르지. 생각해 보면 말이 안 되는 것도 있을 거고, 그동안 과장님에 대한 믿음까지 돈독했다면 그냥 넘어가자고 할 수도 있겠지.

하지만 제가 재미있는 거 말해줄까요? 사진! 사진이 진짜 무서워요. 상대방이 누군지 모르면 그래도 모든 게 착각이라고 생각할 수도 있어요. 실체가 없으면 이 모든 일이 다 거짓이라고 스스로를 속여볼 수도 있죠. 그런데 우습죠? 그 사진 한 장이 사람을 진짜 미치게 만들어요. 머리로는 안 된다고 해도 사모님은 아마 지금도 계속 그 사진만 보고 있을 거예요. 그리고 그 비서의 얼굴을 외우고야 말겠죠. 그럼 이제부터는 사모님의 지옥이 시작되는 거야. 앞으로 모든 순간, 머릿속에 비서님 얼굴만 떠오르겠지. 아무리 과장님을 믿어도, 과장님만 보면 비서님의 얼굴이 자동으로 떠오를 거예요……. 과장님은 이제부터 평생 비서님의 얼굴과 싸우며 살아야 해.]

그의 메시지를 읽으면서, 나는 나의 직장 생활을 다시 돌아보기 시작했다. 내가 그동안 이 회사에서 혹시 누군가에게 상처를 준 적이 있었나? 아주 사소한 것이라도 누군가에게 상처가 됐을 만한 기억을 떠올리기 위해 노력했다. 타 부서 담당자들과 싸웠던 일, 회식 때 집에 가겠다는 사람을 붙잡았던 일, 창립기념일에 우수사원 추천을 몰아줬던 것. 청첩장을 받았는데, 결혼식장에 못 갔던 일이나 조부모상이라고 조의를 안 했던 것까지 떠올렸다. 아무것도 아닌 것들이었지만 지금 생각하니 상대는 싫었을 수도 있겠다는 생각이 들었다. 나는 그렇게라도 이유를 찾고 싶었다. 이 회사에서 이렇게까지 나를 싫어하는 사람을 찾고 싶었다. 왜! 왜! 왜! 도대체 무슨 이유로 나뿐만 아니라 내 아내까지 지옥으로 몰아넣는 건지. 하지만 아무리 생각해도 난 답을 찾을 수가 없었다.

[미치겠지?]

그는 여전히 내 머릿속에 들어와 있는 것 같았다. 내가 무슨 생각을 하는지, 지금 어떤 표정을 짓고 있을지. 마치 절대자처럼 나를 내려다보는 듯한 그 시선에 몸이 꿰뚫린 것 같았다.

[내가 왜 이렇게까지 하는지?]

[알고 싶어 죽겠지?]

[나는 왜 그럴까?]

[도대체 너에게.]

[왜 그럴까?]

그의 메시지가 올 때마다 나는 점점 죽어갔다. 그리고 제발 나는 괜찮으니까, 나는 이대로 죽어도 되니까 내 아내만이라도 지옥에서 나오게 해주길 간절하게 바라고 있었다.

그 순간 그에게 다시 메시지가 왔다. 메시지에는 한 기사의 인터넷 주소가 있었다. 기사 주소를 클릭하자, 언론사 사이트로 넘어갔는데 제목이 의아했다.

[논란의 중심이 된 대학병원 간호사의 SNS]

얼마 전에 온갖 온라인 게시판을 뜨겁게 달궜던 내용이었다. 대학 간호사가 환자들을 조롱하는 SNS 게시물을 올려 문제가 됐다는 내용의 기사였다. 그때 봐서 이미 다 아는 내용인데, 문득 왜 이걸 나에게 보냈지? 하는 생각이 들었다.

다시 한번 기사를 읽다 보니, 눈에 들어오는 SNS 글이 있었다.

신경계 중환자실에서 1년 넘게 일해보니까 번개탄이랑 수면제는 살아남을 확률이 거의 90퍼센트고, 뇌 손상을 입은 상태로 평생을 살아야 함. 익사는 불어 터져서 안 예쁘니까 패스. 직방은 높은 곳에서 번지점프가 최고.

나는 기사에 숨겨진 그의 메시지를 읽었다.

"죽어. 그럼 다 놓아줄게."

그제야 다시 눈물이 흘렀다. 왜 고마웠을까? 나한테 이런 메시지를 보낸 그가 왜 나는 고마웠을까? 이대로 내가 죽으면 나 하나로 다 끝내주겠다고 말하는 것 같았다. 그는 기사를 보낸 뒤 별다른 말을 덧붙이지 않았지만, 나는 왠지 알 수 있었다. 나만 죽으면 된다는 것을. 그에겐 내 아내까지 어떻게 할 수 있는 명분도 수단도 없었다. 유서로 결백을 밝히고 죽는다면, 아내는 지옥에서 살지 않아도 된다고 생각했다. 지금부터 내가 해야 할 일이 떠올랐다.

나는 조용히 차를 몰아 회사로 향했다. 그리고 우유를 바꿨던 그 동선으로 들어가 비상계단을 하나씩 올라 옥상으로 향했다. 마치 나에게 어서 오라는 듯이 옥상의 문이 열려 있었다. 나는 발걸음을 멈추지 않고 옥상 가장자리로 향했다. 건물 난간에 서서 아내에게 보낼 문자를 적었다. 아내를 생각하니 눈물이 멈추지 않았지만, 보이지 않아도 쓸 수 있었다.

[당신아. 내가 당신에게 할 수 있는 말은 아니라는 말뿐이야. 지금 당신이 보고, 듣는 것 모두 사실이 아니야. 그것 하나만은 꼭 믿어줬으면 좋겠어. 지금까지 우리가 살아왔던 것처럼.]

나는 아내에게 문자를 보내고 저 깊이 있는 바닥을 바라봤다. 저 바닥은 아주 먼 것 같기도 했지만, 또 아주 가까운 것 같기도 했다.

2

정비서

내가 처음으로 포스트잇을 받은 것은 주간 회의 준비를 마치고 나서였다. 대표실에서 진행되는 임원 주간 회의를 위해 자료들과 다과를 세팅하고 내 자리로 돌아왔는데, 키보드 위에 노란색 포스트잇 하나가 놓여 있었다.

딸아이가 좋아하던가요?

그때는 그 말이 무엇을 의미하는지 전혀 알지 못했다. 포스트잇을 읽고 주변을 두리번거렸지만 딱히 눈에 띄는 사람은 없었다. 대표실이 있는 8층 복도에는 원래 돌아다니는 사람이 거의 없는 편이니까. 별일이 다 있다는 마음으로 대수롭지 않게 넘어갔지만, 포스트잇은 그날 이후, 계속 이어졌다.

어때요? 버터 와플도 좋아하죠?

도대체 누구지? 왜 이러는 거지? 영문을 알 수가 없었다. 무슨 이유로 나에게 이런 메시지를 남기는지. 하지만 내 자리에 남겨진 포스트잇이 늘어나면 늘어날수록 걸리는 것은 있었다. 한번 그 생각을 하자 괜스레 불안해졌다.

소확횡이라는 말 알아요?

저 단어가 뜻하는 것이 정확히 뭔지는 몰랐지만, 왠지 뜻을 유추할 수는 있었다. '소소하지만 확실한 횡령.' 지금껏 나에게 온 메시지들을 다시 한번 읽어보니 그가 나에게 하고자 하는 말이 뭔지 명확하게 알 수 있었다. 버터 와플, 커피믹스, 마카롱, 한라봉, 사인펜 세트, 스테이플러, 그리고 아이가 좋아해서 뽑아 갔던 색칠 공부 도안 100장. 아마도 내가 그동안 소소하게 집에 가지고 갔던 것들을 문제 삼고 싶었던 것 같았다. 솔직히 유치했다. 나는 지금 그가 문제 삼고자 하는 것이 전혀 문제가 되지 않는다는 것을 너무 잘 알고 있었다. 소소한 간식들은 내가 회삿돈으로 몰래 사서 빼냈다 가져간 것이 아니라, 회의가 끝나고 나서 남은 것들을 챙긴 것이다. 결국 내가 먹어도 되는 것들이었고, 그렇게 가져간 양도 기껏해야 과자 두세 개였다. 그러니 딱히 자랑할 만한 일은 아니어도, 결코 주눅들 만큼 문제가 될 행동도 아니었다. 굳이 말하면 아이의 색칠 공부 도안을 출력한 것이 좀 걸리기는 하는데, 나를 압박하는 그는 잘 모르겠지만 이 역시 문제 될 건 없었다. 대표님도 이미 알고 묵인해 주고 있었으니까.

"뭘 그렇게 출력해?"

"아. 아이가 요즘 색칠 공부에 빠져서요. 도안을 좀 찾아서 출력하고 있었습니다. 죄송합니다."

"뭘. 괜찮아. 애가 좋아한다고 그러면 좀 뽑아다 주고 싶고 그런 거지. 누가 내 서랍에 사인펜 세트도 넣어놨던데, 그거 1년이 다 되도록 한 번도 안 썼어요. 그것도 딸아이 가져다주세요."

점심시간을 이용해서 출력하던 중, 그 모습을 대표님이 보고는 오히려 자신의 사인펜까지 가져다주라고 말했었다. 그러니 지금 유치하게 나에게 포스트잇으로 압박하는 이 모든 행동은 아무 의미가 없었다. 단 하나만 빼면 말이다.

업무 매뉴얼은 도대체 왜 보낸 거예요? 그건 분명히 대외비로 아는데?

횡령이 아니냐고 지적한 메시지에도 내가 아무런 반응이 없자,

그는 내가 제일 불안해하던 것을 걸고넘어졌다. 나는 그동안 내가 소통했던 모든 직원을 의심할 수밖에 없었다.

기본적으로 아주 바쁘지만 않으면 나는 이 비서실에서 혼자 근무했다. 대표님의 외부 스케줄이 있는 날이면 그나마 좀 편안하게 시간을 보내곤 했다. 중요한 건, 대표님이 자리에 없을 때는 사람들이 8층에 올 일도 거의 없다는 점이다. 그러니까 내가 뭘 하든지 계속 지켜볼 수 있는 사람도 없고, 내가 없을 때만 와서 포스트잇을 두고 사라지는 것도 쉽지 않은 일이었다. 누군가가 나의 모든 것을 감시하는 것처럼 느껴져 이곳, 내 자리에서 있었던 일들이 다 의심스러울 수밖에 없었다.

내가 제일 먼저 의심했던 사람은 바로 청소 이모님이었다. 그나마 매일 정기적으로 만나는 사람이 있다면 대표님 외엔 청소 이모님밖에 없으니까. 특히, 그분은 누구에게도 의심받지 않고, 자유롭게 8층을 누빌 수 있는 분이기도 했다. 심지어 대표실까지. 그러니 나를 감시하고 포스트잇을 몰래 두는 일에 가장 유력한 사람이기도 했지만, 그런 생각을 하면 할수록 내 기분은 점점 더 나빠지기만 했다. 청소 이모님은 현재 유일하게 의심이 가는 사람이기도 했지만, 내가 이 회사에서 제일 편하게 대할 수 있는 사람이기도 했다. 이모님은 워낙 성격도 좋고, 정도 많아서 시도 때도 없이 나에게 먹을 것을 가져다주곤 한다. 군고구마에, 군밤에, 옥수수도 삶아 오고, 부침개도 부쳐 오고, 심지어는 가끔 아이 먹이라며 반찬을 싸 주시기도 한다. 그러니 나에게는 단순히 우리 회사에서 청소를 도와주시는 이모님이라는 생각보다, 진짜 친이모 같다는 생각까지 드는 존재였다. 게다가 워낙 성격도 시원시원하고, 성품도 올곧은 분이라, 그렇게 나를 챙겨주면서도 내가 주는 음료수 한 병을 그냥 드시는 경우가 없었다.

"내가 이런 큰 회사에서 청소를 많이 해봐서 아는데, 작은 걸 조심해야 해. 자잘하다고 생각하는 것도 절대 욕심부리지 말고, 뭐든 버릴 때도 항상 조심하고. 비서님이니까 더 조심해야지."

나한테 했던 잔소리만 들어봐도, 그분의 성향과 나에 대한 마음을 느낄 수가 있었다. 그런데 내가 어떻게 그런 분을 의심할 수 있을까? 하지만 이모님을 제외하고 나니 정말 머릿속에 남는 사람이 없었다. 그 순간, 이모님이 나에게 했던 조언 중에 딱 꽂히는 말이 있었다.

"쓰레기를 버릴 때도 항상 조심하고."

마음에 걸리는 날의 기억이 영화가 되감기되는 것처럼 떠오르기 시작했다. 전 대표님의 부탁으로 업무 매뉴얼을 택배로 보냈던 그날, 나도 뭐가 걸렸는지 택배비를 내 개인 카드로 결제했었다. 그리고 평소 습관처럼 지류 영수증을 받아 온 나는 그다음 날, 전 대표님에게 매뉴얼을 잘 받았다는 문자를 받고는 쿨하게 그 영수증을 쓰레기통에 버렸다. 하필이면 그날은 8층 이모님이 가족상을 당해서 회사에 나오지 않던 기간이었다. 순간 소름이 돋았다. 그 일이 있었던 것이 벌써 한 달 전인데, 그럼 나에게 포스트잇을 보내는 사람은 이미 그때 내가 누구에게 뭘 보냈는지 알고 있었다는 뜻이 된다. 그런데 사인펜이나 과자 따위의 이야기를 먼저 했던 건 아마도 나를 떠보기 위해, 아니면 나에게 자신이 지켜보고 있다는 사실을 인지시키기 위해서였을 것이다. 서서히 나를 옥죄기 위한.

이제 좀 졸리나요? 겨우 나와 대화할 준비가 된 거 같으니 비하인드에서 나를 찾아서 말을 걸어주세요. 1:1 채팅으로. 내 아이디는 7892749.

유난히 나를 참 잘 챙겨주던 대표님이었다. 출근할 때도, 퇴근할 때도, 항상 반갑게 인사를 해주던 분이었고, 어디서 선물이라도 들어오면 항상 나에게도 나눠주곤 했다. 나이도 우리 아버지랑 동갑이어서 내심 아버지 같은 마음도 있었다. 그런 분이 사내 정치에 밀려 갑자기 회사를 떠나게 되었을 때, 차마 앞에서는 울지 못했지만 탕비실에서 한참을 울었던 기억이 있다. 그동안 쌓였던 정과 감사한 마음들이 다 섞여서 눈물을 쏟아낼 수밖에 없었다.

경쟁사는 아니었지만 같은 업계에서 순위가 좀 뒤처지는 곳으로 가더니 며칠 뒤, 그분에게 연락이 왔다.

[정 비서님, 내가 정말 미안한데 부탁 하나만 하면 안 될까?]

[대표님, 안녕하세요. 잘 지내시죠? 뭔데요? 당연히 제가 도와드려야죠.]

[혹시 총무팀에 얘기해서 업무 매뉴얼 한 권만 받아서 보내줄 수 있을까? 아무래도 이 회사가 규모가 작다 보니 체계가 많이 안 잡혔는데, 그거라도 있으면 좀 도움이 될 듯해서 말이야.]

[아. 매뉴얼이요? 그게 대외비긴 한데. 제가 구해서 보내드릴게요. 걱정하지 마세요.]

문제가 되지 않을 거라 생각했다. 우리 회사에 계셨던 분이고, 그분이 옮겨 간 곳은 경쟁사도 아니고 업계에서 한참 밑에 있는 회사이기 때문에 우리 회사에 직접적인 피해가 갈 일은 없다고 생각했다. 그런데 그걸 누가 알아버린 것이다.

표정 관리가 되지 않았다. 비서로서 항상 단정하고 바른 모습을 보여야 한다는 것이 강박처럼 지켜오던 습관이었는데, 도무지 어두워진 표정을 바꿀 방법이 없었다. 차라리 그의 말처럼 소소한 횡령이었다면 정말 아무런 걱정도 안 했을 것이다. 회사에서 문제가 돼도 가벼운 징계로 끝날 수도 있고, 심지어 내가 퇴사하게 된다고 해도, 얼마든지 다른 곳으로 이직이 가능했기 때문이다. 하지만, 보안의 문제는 다르다. 비서라는 업무 자체가 경영진들의 기밀 정보를 알게 될 가능성이 높은 자리다 보니, 무엇보다도 보안 의식에 대한 기대 수준이 높다. 만약 내가 이 회사에서 보안 문제로 퇴사를 하게 된다면 비서로서 다른 회사로 이직할 가능성은 거의 없다고 보는 것이 맞는다. 우리 회사만 해도 내가 입사할 때 전 직장에 대한 레퍼런스 체크를 아주 철저히 했었다. 잘못 걸렸다는 생각이 머릿속을 떠나지 않았다. 더 걱정인 건, 기밀에 가까운 비서의 업무 특성이 앞으로 그가 내게 요구할 것과도 멀지 않을 것 같다는 점이었다.

그 생각이 들었을 때, 처음에는 차라리 관두려고 했었다. 솔직히 10년이 넘는 직장 생활에 많이 지쳐 있기도 했고, 비서의 업무에 매너리즘이 오기도 했었다. 나에게 주어진 이 작은 공간에서 내게 자유는 없었다. 누구나 나의 모습을 지켜볼 수 있는 오픈된 자리에서, 언제 나를 찾을지 모르는 긴장감이 항상 감돌았다. 그래서 아이가 열감기가 심하게 와서 병원에 입원했을 때도 곁에 있어주지 못했고, 유치원에서 엄마들이 돌아가며 동화책을 읽어주는 이야기 선생님 프로그램에도 참여해 본 적이 없었다. 심지어 모두 당연하게 이용하던 출산휴가와 육아휴직도, 나는 출산휴가 3개월밖에 쓰지 못했다.

[정 비서님 언제부터 출근하실 예정이에요? 너무 길어지면 대체 인원을 좀 알아봐야 할 것 같아서요. 저희가 계속 도와드리면 좋겠지만, 저희 팀 일도 워낙 바쁘다 보니 좀 곤란하네요.]

아이를 낳고 출산휴가가 끝나갈 때쯤 나 대신에 비서실 일을 지원해 주던 총무 팀장에게 온 문자였다. 내가 임신 사실을 알렸을 때, 아무 걱정 말라고 아기 잘 낳고 충분히 쉬고 나오라던, 당시의 대표는 고작 2개월도 지나지 않아 내가 없어 불편하다고, 아니 전문 비서가 없어서 불편하다고 총무팀을 쫀 것이다. 나는 그렇게 이 자리를 지켜왔다. 그런데 고작 이런 일 때문에 회사를 나가는 건 스스로 용납이 되지 않았다. 내가 관둔다면 적어도 다른 사람에 의한 것이 아니라 나의 선택이어야 한다고 생각했다. 그래서 이미 예상이 가는 미래지만, 거부하지 못했다. 나는 여전히 관리가 안 되는 표정으로 비하인드에 접속했다. 가끔 대표님의 지시로 그곳의 글들을 모니터링하고 있었기 때문에 휴대폰에 앱은 이미 깔려 있었다. 나는 올라온 글과 댓글 들을 확인하며 포스트잇에 적혀 있던 아이디를 어렵지 않게 찾았다.

7892749 : 솔직히 우리 회사 대외비 관리도 완전 엉망 아니에요?

그가 쓴 댓글은 원 글과는 전혀 상관없는 내용이었다. 그래서 알 수 있었다. 저 말이 나를 향한 협박이라는 것을. 나는 바로 그 아이디를 눌러 채팅을 걸었다.

[저……]

평소 내 말투와는 전혀 다르게, 얼버무리는 투로 그에게 말을 걸어버렸다.

[안녕하세요!]

그는 내 예상과는 다르게 아주 밝게 답변했다. 분명히 저 밝음 뒤에 보이지 않는 노림수가 있으리라 생각했지만, 그래도 지금 당장은 대화에서 압박이 느껴지지는 않았다.

[저, 무슨 일인지…….]
[에이. 뭐 다 알면서 내숭이에요? 내가 왜 말 걸라고 했는지 아시잖아요.]
[아, 네. 그 매뉴얼…….]
[맞아요. 내가 비서님 약점을 잡았잖아요. 그래서 이제 비서님은 내 말을 잘 들어야 하는 거고요. 그냥 바로 느낀 거 아니에요? 그 메모를 보는 순간. 아, 좆됐다. 그쵸?ㅎㅎㅎ]

그의 말투는 도대체 종잡을 수가 없었다. 아주 밝고 친절한 듯하면서도, 직설적이고 과격하기도 했다. 거기에 장난기까지 섞여 있어서 그에 대한 건 전혀 추측할 수가 없었다. 성별조차도 가늠할 수 없었다.

[그렇죠.]

[아주 좋아요. 그런 빠른 인정. 그럼 저도 빙빙 돌리지 않고 쿨하게 말할게요.]

[예.]

[간단해요. 비서님 자리에서 알 수 있는 정보들을 나한테 알려주시기만 해요. 그냥 정보만요. 뭐 나는 매뉴얼을 보내달라 그런 야비한 스파이 같은 짓은 안 시켜요. 그냥 그 자리에 앉아서 들리는 정보들만 주면 된다고요.]

그의 요구는 이미 예상을 했던 부분이다. 누군가가 내 약점을 잡고 무엇인가를 원한다면 당연히 대표실에서 흘러나오는 정보밖에는 없으니까. 그리고 그 정보들은 누가 가지고 있느냐에 따라 엄청난 무기가 될 수도 있어서 많은 임원이 비서인 내 앞에서 괜히 눈치를 보곤 했다. 그래서 나는 항상 불필요한 말을 줄이고, 나름 중심을 잡으려고 노력했다. 이미 예상한 일이었지만 막상 그의 요구를 들으니 눈앞이 깜깜했다. 그는 아무것도 아닌 것처럼 가볍게 말했지만, 보안 문제인 건 마찬가지였다. 상황에 따라서는 매뉴얼 보내주는 것보다 더 큰 문제가 될 수도 있고, 심지어 그 정보로 인해 일이 커진다면, 내가 추궁당하는 것은 너무 당연했다.

[그게 생각보다 가벼운 일이 아니에요. 제가 드리는 정보가 정말 큰 문

제가 될 수도 있어요.]

[비서님, 매뉴얼 유출은 과연 가벼운 일일까요? 제가 이 정보를 감사

팀에 흘리면 비서님한테는 정말 큰 문제가 될 수도 있는데요?]

내 말을 그대로 인용해서 받아치는 그를 보자니, 말이 통할 것 같지 않았다. 이미 내게서 뭔가를 얻어내고자 시간을 들여 천천히 나를 압박해 온 철두철미함을 보아도 쉽사리 생각을 바꿀 것 같진 않았다. 차라리 적당히 맞춰주면서 다른 방법을 찾아보는 것이 나을 듯했다.

[네, 알겠습니다.]

[듣기 좋네요. 그 말. 앞으로는 제가 무엇을 요구하든 "네, 알겠습니다."

라는 말만 듣고 싶네요.]

[네, 알겠습니다.]

처음에 그가 나에게 요구한 정보는 정말 가벼운 것들이었다. 대표님의 일정이나, 저녁 식사나 술자리는 어디서 누구와 하는지 정도. 그러나 며칠 지나지 않아 역시 그의 요구는 노골적으로 변하기 시작해서, 지금 대표실에서 어떤 임원들이 무슨 보고를 하고 있는지, 보고 결과는 어떤지, 보고를 듣고 나서 대표님의 후속 지시는 뭐가 있는지까지 점점 더 깊은 내용들로 번져가고 있었다.

그리고 결국 특정 임원과 대표님의 대화 내용까지 구체적으로 요구하기 시작했다.

[이따가 오후에 경영본부 본부장이 보고를 들어갈 건데, 보고 분위기가 어떤지 좀 들어주세요. 특히, 이번에는 가능하다면 문 가까이서 무슨 말이 오가는지 들어보고요. 중간에 차나 간식을 가지고 들어가서 맥락이라도 좀 알아봐요. 꽤 심각한 얘기들일 거니까.]

이번에는 지시가 구체적이었다. 평소보다 더 자세한 정보를 바라는 것 같았다.

이전까지 지시 사항을 받으면서, 내가 가장 놀랐던 건 그의 정보력이었다. 보통 사원들은 임원들의 스케줄을 다 꿰고 있지 못한다. 그런데, 그는 이상하리만치 임원들의 일정이나 회사에서 일어나는 일들에 빠삭했다. 돌이켜 보면, 그 정보들이란 게 여러 부서에 걸쳐져 있어 많아 보였을 뿐 정작 중요한 건 별로 없었는데, 불안한 나머지 거기까진 생각하지 못했다. 나는 그가 반복적으로 요구하는 정보들을 넘겨주면서 보안에 대한 경계심이 이미 무너진 상태였다. 게다가 지금 보고에 들어가는 경영본부 본부장은 나에게 항상 끈적한 표정을 보이며 밥을 사주겠다고 추태를 부리던 임원이었기에 그에 대한 정보를 넘기는 것에 별다른 죄책감도 느껴지지 않았다.

"본부장님. 이게 처음입니까? 이번에는 사내 문제 제기가 아니라, 지역 파출소로 신고가 들어왔다고요. 제가 개인적으로 변호사를 보내 처리하고 있지만, 진짜 곤란합니다."

차를 준비해서 들어가려는 순간, 희미하게 들려온 이야기다. 굳이 더 듣지 않아도 이미 무슨 이야기인지 충분히 알 수 있는 내용이었다. 경영 본부장은 여직원들을 대상으로 성희롱 관련 추문이 많았는데, 회장의 조카라는 이유로 회사에서 애써 묻어왔다. 그런데도 여전히 정신을 못 차리고 사고를 치는 바람에, 결국은 파출소에 신고까지 들어간 것이다. 나는 주저 없이 그에게 들은 내용을 전달했다. 그리고 잠시 후 비하인드에 글이 올라왔다.

[드디어 홈런을 친 회장님 조카 경영 본부장]

내용은 구구절절 길었지만, 결국은 내가 준 정보가 중심이었다. 당연히 비하인드의 댓글은 폭발했고, 반응은 보는 내가 무서울 정도로 강렬했다. 이쯤 되면 거세하자, 이제부터 회장님 여조카로 만들어주자, 집 없는 똥개가 발정 나도 저 정도는 아니다, 이번에도 넘어가는지 두고 보자, 이제 비하인드가 아니라 해당 경찰서에 민원을 넣자 등등. 회사에서도 더 이상 아무런 징계 없이 넘어가기에는 일이 너무 커지고 있었다. 문제는 사건의 반응이 이상한 방향으로 번지기 시작했다는 점이다. 본부장의 개인적인 범죄가 점차 해당 부서의 문제가 되더니, 어느 순간 엉뚱한 사람을 타깃으로 여론이 바뀌었다.

Dfghedfgear : 근데 경영본부에 여자 직원이 하나도 없는 건 너무 이상하지 않아?

HQE$5 : 솔까 데이터 가공이나 문서 작업 잘하는 여직원들 몇 번 올라가지 않았었어? 근데 다 얼마 안 돼서 내려왔잖아.

535342r5r : 그게 다 이유가 있어. 첨에는 예쁜 직원들 몇 명 뽑으라는 지시가 있었는데, 그 팀장이 막았대. 본부장한테 괜히 여직원 들여서 심심하게 회식하지 말고, 남자들끼리 화끈하게 일하고, 화끈하게 놀자고.

2@@@@@34 : 아. 개새끼들. 대박 더러워.

아무런 연관도 없다고 생각했던 경영기획팀의 강 팀장이 이 사건에 휘말리기 시작했다. 비하인드에 한번 등장한 이야기에 근거도 없는 소문들이 꼬리에 꼬리를 물고 번지기 시작해서, 한나절 만에 경영기획 팀장은 본부장과 동급의 쓰레기가 되어 있었다. 순식간이었다. 엉뚱한 직원 하나가 문제의 주범이 되고, 인성적으로 쓰레기 취급을 받게 되는 것은 말이다. 결국 회사에서 경영본부 본부장의 해임을 결정했을 때, 아무런 근거도 없던 경영기획 팀장까지 그 루머의 파도에 휩쓸려 지방 사무실로 밀려갔다.

내가 겁이 나기 시작했던 건, 바로 그때부터였다. 전혀 상관없는 사람이 나의 정보에서 시작한 이슈 때문에 지방으로 밀려났다. 심지어 나는 확실히 알고 있었다. 경영기획 팀장은 절대 그런 말을 할 사람이 아니라는 것을. 실제로 그의 언동을 지적하는 비하인드의 댓글들 외엔 아무런 증거도 나오지 않았으니, 그는 내 정보의 가장 큰 피해자가 되어 목이 날아가 버린 것이다. 강 팀장은 15년 전 공채로 입사한 뒤 지금까지 지각 한번 한 적 없기로 유명했다. 성실하고 성과도 곧잘 내곤 해서 조기 승진을 했고, 대표실 옆에서 주워들은 선에서는 동료들 사이에 평판도 좋은 편이었다. 그래서 경영 본부장이 잘리면, 좀 이르지만 그 자리에 올라갈 사람이라고 본부장 후보로까지 거론되던 사람이었다. 그런데 그런 사람이 날아갔다. 고작 내 정보 하나에. 나는 죄책감을 넘어서 자괴감이 들기 시작했다.

[강 팀장님은 왜 그렇게 되셨죠?]

[그거야 모르죠? 근데 뭐 아니 땐 굴뚝에 연기 나겠어요?]

[제가 알기로는 아니거든요.]

[예? 뭐가요?]

[작년에 경영 본부장 사고 치고, 징계 얘기 나왔을 때, 이미 저희 팀에서 임원 대상자로 검증까지 진행했던 분이라고요. 그렇게 문제 될 만한 말이나 행동을 하실 분이 아닌데……. 왜 이런 일이 생긴 건지, 도

대체 모르겠어요.]

[확실해요? 그 정보?]

확실하냐며 되물어보는 그의 말의 진의를 파악하기가 어려웠다. 그래서 내 말을 철회해야 하는 건지, 아니면 더 강하게 주장해야 하는 건지 감을 잡지 못하고 우물쭈물했다.

[아니 그래도 여기서 들리는 게 있으니까요.]

[신경 쓰지 마요. 직장 생활이 다 그런 거죠. 뭐 우리는 어차피 그 본부장 날리는 게 목표였으니까. 그것만 달성했으면 됐죠.]

[우리요?]

그의 대답에 따라 반응을 살피며 조심스럽게 문자를 이어가던 나는, 왠지 그의 말에 섞여 있는 '우리'라는 표현이 거슬렸다. 내가 그에게 우리라는 단어를 콕 집어 다시 묻자 그도 당황했는지, 다음 답변을 보내는 데 시간이 오래 걸렸다. 나는 그마저도 거슬렸다.

[비서님이랑 나요. 우리. 이번 일만 봐도 우리가 얼마나 이 회사에 영향력이 있는 사람들인지 알게 되었잖아요. 자부심을 느끼자고요! 자! 우리가 이렇게 막강한 사람들이니까 회사의 발전을 위해 더 많은 일을 할 수 있잖아요!]

나는 그가 밝은 척 얼버무린 말이 여전히 거슬리기는 했지만, 그것보다 생각지도 못했던 피해자가 발생했다는 사실이 내 마음을 더 불편하게 하고 있었다. 그래서 나는 비하인드를 떠나지 못하고 댓글들을 하나하나 다시 읽어보았다. 읽으면 읽을수록 근거도 없는 비방들이 아무런 잘못도 없는 사람을 사지로 몰아갔다는 생각이 들었다.

[저 이제 못 할 것 같아요.]

[뭘요?]

[이런 거요. 별생각 없이 비서실에서 나온 정보들을 전했을 뿐이었는데, 제가 전한 말 때문에 죄 없는 누군가가 피해자가 된 거잖아요.]

[피해자요?]

[네. 강 팀장님은 진짜 잘못이 없는데······.]

[그래서요?]

[예?]

[잘못도 없는 피해자가 나와서 죄책감에 이제 제 말을 못 듣겠다는 건가요?]

[아니······, 그게······.]

[야. 이 쌍년아!]

숨이 턱 막혀서 아무것도 할 수 없었다. 지금까지 장난스럽기도 하고, 거친 느낌도 있었지만, 갑자기 날아온 욕설 메시지는 어두운 골목에서 모르는 남자에게 내 어깨를 확 잡힌 느낌이었다. 움직이지도 못하고 등 뒤로 식은땀만 흐르기 시작했다.

[야! 넌 내가 너한테 부탁하는 거 같지? 내가 좀 친절하게 대해주니까 이제 정말 내가 부탁을 하고 있는 거 같잖아? 그치? 지금 상황 파악이 안 돼? 야. 네 목숨 내 꺼야. 몰라? 네가 안타깝게 생각하는 강 팀장이든, 잘린 본부장이든, 아니면 대표든 내 말 한마디면 그 사람들이 널 어떻게 할 것 같아? 내가 굳이 말 안 해도 알지? 끝이야. 완전!]

몽둥이로 두들겨 맞고 있는 느낌이었다. 그것도 한 명에게 어느 한 부위를 집중적으로 맞는 것이 아니라, 대비도 못 한 상태에서 수십 명의 사람에게 여기저기를 몰매를 맞는 기분이었다. 아프기보다는 너무 놀랐고, 두려웠다. 덜컥 겁이 나고 무서워서 떨림이 멈추지 않고, 눈에서는 계속 눈물만 흘렀다.

[비서님! 내가 다시 좋게 말할게요. 잘 들어요. 이제 비서님은 제가 시키는 것만 합니다. 아시겠어요? 생각하지 말고, 고민하지 말고, 걱정하지 말고. 그냥 내가 하라는 대로만. 알았어요? 그러니까 지금부터는 내가 무슨 말을 해도 '네. 알겠습니다.'라는 대답만 하는 겁니다. 알았죠?]
[네. 알겠습니다.]

맞았다. 나는 지금 그가 화를 내든, 장난을 치든 상관 없었다. 어차피 내가 할 수 있는 대답은 '네, 알겠습니다.'뿐이니까. 눈물이 나고, 억울했다. 지금 순간만큼은 이 모든 상황이 직접 대면하지 않고 일어난다는 사실이 다행이었다. 적어도 상대방에게 억지로 괜찮은 표정을 지을 필요는 없으니까.

[그럼, 우선 벌은 좀 받아야겠죠?]

[예?]

[에이 왜 그래요? 애도 기르시는 엄마가. 잘못했으면 벌 받는 게 당연한 거잖아. 안 그래요?]

[네. 알겠습니다.]

마지못해 답변을 보낸 뒤, 나는 머릿속에 벽돌이 쌓이는 기분이 들었다. 그의 메시지에 무게가 있어서, 그 무게가 뇌를 조금씩 짓누르는 느낌이 들었다. 나는 참을 수 없는 두통도 느꼈다.

[우선 지금 신고 있는 스타킹 올을 나가게 합시다. 이왕이면 좀 길게. 그래서 저기 멀리서도 다 보이게.]

[아니, 그건⋯⋯.]

[왜요? 못 하겠어? 내가 분명히 말했는데? 뭐든지 '네, 알겠습니다.' 그리고 1시간 안에 답변.]

[네…….]

[그럼 어서 서둘러요. 그리고 그렇게 올이 나간 채로 식당에서 밥을 좀
먹자고요.]

그가 무엇을 원하는지 알 것 같았다. 나의 자존심. 그리고 나의
체면. 내가 지켜온 나의 이미지를 부수고 싶었던 것이다. 자신이
나를 완전히 통제하고 있다고 확인하기 위해. 그런 의도는 들어맞
아서 그의 지시는 나의 자존심과 정신을 흔들기에 아주 충분했다.
나는 이 상황에 대해 고민하며 괴로워하다 결국에는 그가 제시한
제한 시간을 넘기기 전에, 샤프로 스타킹의 올을 나가게 했다. 그
리고 그 순간, 나는 그의 생각보다 훨씬 더 큰 것들을 잃어버렸다
는 걸 느꼈다. 이제껏 내가 나로 살아오며 느꼈던 자부심과 자긍
심. 어쩌면 자의식까지도. 스타킹에 올이 나가게 하는 데까지는
꽤 시간이 오래 걸렸지만, 그 단계를 거치고 나니, 식당에 가서 밥
을 먹는 것은 하나도 어려운 일이 아니었다. 이미 나는 더 이상 내
가 아니었기 때문이다. 올이 나간 스타킹을 신은 채 식당에 들어서
자 내 스타킹 상태를 눈치챈 여직원들이 당황해하는 게 눈에 보였
다. 그중에 그나마 나와 친분이 있는 직원들은 나에게 조용히 와
서 그 사실을 전해주었다. 나는 그때마다 "아. 고마워요. 이게 언
제 그랬지?" 이런 말도 안 되는 연기를 하며 그 순간들을 넘겼다.
그렇게 대답하면 할수록 내 몸과 마음속에 무엇인가가 녹아내리

는 것을 느낄 수 있었다. 차라리 내가 초여서, 이렇게 녹아서 정말 사라져 버릴 수만 있다면, 그런 끝이라도 있다면 차라리 좋겠다고 생각했다.

[난 이것도 보기 좋네. 수고했어요. 어서 밥 먹고 스타킹 사 와요. 커피 색 2호로.]

수치스러웠다. 이미 깎일 대로 깎여버린 자존심이었지만 그의 말에 수치스러움은 느낄 수 있었다. 이건 엄연한 성희롱이었다. 하지만 나는 아무것도 할 수 없었다. 그리고 그것이 아마 그가 의도한 목적이었을 것이다. 그는 확실하게 자신이 원하는 것을 얻었다. 나는 죽을 만큼 수치스러웠고, 나의 자존심은 더 이상 나에게 없었으며, 그 와중에도 계속 나는 그가 두려웠다. 그 어떤 반항도 상상할 수 없을 만큼.

[네. 알겠습니다.]

비서가 되고 나서 가장 많이 단점으로 지적받았던 것은 내가 너무 가식적으로 보인다는 점이었다. 아무래도 회사에서 나보다 직급도 높고 나이가 많은 사람들을 주로 상대해야 하다 보니, 직업적으로 친절함이 몸에 밴 듯했다. 그런 나의 모습에 익숙한 회사 사람들에게는 특별할 것 없이 보였겠지만, 나를 어릴 적부터 봐왔던 사람들은 내가 많이 바뀌었다고 생각했다. 그렇다고 내가 가족들이나 친구들을 만날 때에도 회사에서 임원들을 대하는 것처럼 행동하는 것은 아니었지만, 순간순간 나도 모르게 드러나는 표정이나, 행동이 직업적인 모습을 엿보게 한 것이다.

아무리 내가 비서로서 오랜 시간을 일하면서 단정하고 반듯한 모습과 조금은 차가운 태도가 몸에 배었다고 해도, 나를 완전히 무장해제 시키는 존재가 있었다. 나의 아이다. 아이에게 나는 직장인도 비서도 아니었고, 아이 앞에서는 어떤 모습을 보여야 한다는 자기 통제나, 오랜 경력에서 나오는 습관들도 없었다. 그저 딸이 예뻐 어쩔 줄 모르는 철없는 엄마였고, 자식에게 본능적으로 반응하는 원초적인 존재였다. 여느 부모들처럼 퇴근하고 아이를 만날 때면, 집이 떠나갈 듯 높은 하이톤으로 아이에게 말을 걸기도 했고, 어디서도 본 적 없는 괴상한 춤을 추기도 했다.

그런 모습 역시 이제는 사라졌다. 그것은 내가 있는 곳이 어디든지 간에 내가 회사에서 있을 때처럼 감정의 기복이 없는 무감각한 사람이 되어버렸다는 것이고, 아이 앞에서도 예외는 없었다는 말이다. 나는 비하인드에서 지시받은 지, 불과 3주 만에 감정을 잃어버린 로봇처럼 행동했고, 강 팀장님 사건 이후에는 더더욱 말과 행동에 영혼이 없는 듯 살아가고 있었다.

그 사이에 그는 나를 통해서 참 수많은 일들을 하고 있었다. 사소하게는 보고의 순서부터 시작해서, 일반 사원들은 알 수 없는 회사의 일정들이나, 임원들의 스케줄을 공유받았고, 그런 스케줄 등을 조정하여 자신의 업무를 훨씬 더 편하게, 자신에게 유리하게 끌고 가는 듯했다. 특히, 이제는 나를 통해 대표님의 결정에도 영향을 주려고 했는데, 가끔 비하인드의 동향을 물어보는 대표님에게 자신이 원하는 메시지를 쓱 끼워 넣게 하는 식이었다.

"마케팅 쪽은 요즘 인력이 너무 부족해서 업무 과부하가 심하다는 내용의 불만들이 많은 편입니다."

"영업 쪽은 언어폭력 수준의 대화들이 많이 오가고, 회식도 잦은 편이어서 말들이 많이 나옵니다."

"해외 사업은 실적도 제일 안 좋으면서, 출장을 핑계로 해외여행을 다니는 것 같다는 비판도 있습니다."

그리고 내가 대표님에게 전달한 내용들은 그주 주간 회의에서 심각하게 거론이 되는 경우가 많았는데, 단순하게 거기서 끝나지 않고 후속 조치까지 이어지는 경우도 심심치 않게 나왔다. 그 예로 마케팅 부서는 나의 보고 이후로 신입직원을 채용하기로 했고, 영업 쪽은 감사팀에서 조직원 개별 면담을 시작했으며, 해외 사업의 경우는 출장계를 올릴 때 결재선에 대표님이 추가되었다.

[우와. 진짜 이렇게 귀 얇은 대표는 처음이에요. 무슨 대표가 비하인드를 보고 경영을 하나? 이러다가 진짜 연말에 승진이나 평가도 비하인드 보고 하겠어요.]

그는 장난스러운 어투로 메시지를 보냈지만 나는 그의 말 한마디 한마디에, 내 말을 통해 이뤄지는 그 변화들에 매번 심하게 죄책감을 느끼고 있었다. 그 죄책감들이 내 가슴을 심하게 누르고 있어서, 정작 내가 느껴야 할 다른 감정들은 하나도 빠져나오지 못하고 있었다.

[자부심을 느끼자고요. 이쯤 되면 우리가 거의 경영진 아닌가요? ㅎㅎㅎ 비선실세 같은 건가? 지금 비하인드도 난리가 났어요. 회사가 점점 더 좋아진다고.]

그는 나에게 비하인드에서 사람들이 좋아한다고 말했지만, 내 주변에서 들리는 진짜 반응들은 완전히 반대였다. 경영진들이 비하인드를 너무 신경 쓰고 있어서 회사가 산으로 가고 있다, 사람들이 비하인드가 무서워서 업무를 하면서도 눈치를 본다, 요즘 우리 팀장은 매일 아침 비하인드에 들어가는 것으로 업무를 시작한다는 둥 비하인드의 폐해를 이야기하는 사람들이 훨씬 많았다. 하지만 그는 우리 회사에서 비하인드의 영향력이 커지면 커질수록 자기 영향력도 커간다고 생각하는 듯했다. 나는 그런 그와 얽혀 있는 것이 너무 불편했다. 그가 비하인드를 통해 바라는 것이 많아지면 많아질수록 나에게도 요구하는 것이 점점 늘어났기 때문이다.

그도 그런 나의 마음을 눈치채고 있었는지, 어느 날 갑자기, 비하인드를 통해서 말도 안 되는 일을 계획했다.

[우리 회사의 숨겨진 일꾼은 누구인가?]

회사에서 창립기념일마다 뽑는 우수사원 좀 별로지 않아요? 맨날 순서대로 돌려먹기 아니면, 경영진한테 잘 보인 사람들만 주잖아요. 그러니까 항상 우리가 생각하는 사람들과는 거리가 먼 수상자들만 나오죠. 이번 기회에 우리가 비하인드에서 진짜 우수사원들 좀 선발해 보는 거 어때요? 우선 댓글로 후보 추천받아서, 몇 명이 추려지면 그 사람들 대상으로 투표하면 되잖아요.

DFBDSFS : 오, 이거 좋다. 맨날 비하인드에는 불만만 올라온다고 욕들 하는데, 가끔 이런 것도 좋죠.

Uyghjghj : 그래요. 우리도 좀 발전적인 것 좀 해봅시다.

09443iturf : 찬성. 찬성.

09udgrfekrj : 그럼 전 대표실 정 비서님 추천해요. 항상 보고 일정 관련해서 물어봐도 친절하게 대답해 주시고, 임원진 보고 때 챙겨야 할 것도 먼저 잘 알려주시잖아요.

9080945-0 : 완전 인정. 항상 태도도 바르고 단정해서 배울 게 많음.

*&!@$: 그분 인성도 완전 좋아요. 대박! 보는 눈은 다 똑같구나.

이런 익명의 게시판에서는 분위기를 타는 것이 정말 무서운 일이었다. 시작은 굳이 물어보지 않아도 그가 확실했다. 그런데 그 밑에 바로 몇 명이 동조를 해주니, 분위기는 순식간에 나를 칭찬하는 쪽으로 흐름을 타기 시작했다. 결국 내가 최종 투표의 후보로 올라가서 78퍼센트의 득표율로 동료들이 뽑은 우수사원이 되었다. 어이가 없었다. 정말 아무것도 한 것이 없는데, 오히려 적극적으로 동료들의 정보를 팔아먹고 있는데, 그 짓을 시킨 사람이 주도한 게시판의 분위기 한 번에 우수사원이 되어버린 것이다. 심지어 이 투표는 대표님의 귀에도 들어가게 되어 월례 회의 때, 전 직원 앞에서 진짜 우수사원 표창장과 금일봉도 받게 되었다. 직장 생활을 하면서 처음으로 받아본 상이었지만, 상을 받고도 하나도 기쁘지 않았다. 그가 나에게 주는 이 상의 의미가 무엇인지 너무 잘 알고 있었기 때문이다.

[축하합니다. 설마 했는데, 진짜 상을 받았네요. ㅎㅎㅎㅎ]

나는 그의 웃음에 마음이 상했다. 이런 원하지도 않는 상을 주니, 이미 그의 지시대로 움직이느라 무뎌질 대로 무뎌진 나를 조롱하는 건가 싶었다. 아니면 넙죽 엎드려 고맙다고 절이라도 하길 바라는 건가 하는 생각에 닳아 없어진 줄 알았던 자존심이 꿈틀댔다. 그래서 나도 모르게 그에게 톡 쏘는 어투로 말했다.

[누가 이런 거 달래요? 하나도 안 좋아요. 그냥 놀림당한 기분이라고요.]
[하. 우리 비서님께서 또 왜 그러실까? 나는 잘 협조해 주신 것이 감사해서 나름대로 보답을 드린 건데……. 너무하네…….]
[이런 거 안 해주셔도, 시키는 거 잘할 테니까 앞으로는 절대 이런 짓 하지 마세요.]

내가 쏘아붙인 말들이 그의 자존심을 건드렸다. 나는 메시지를 보내고 나서야 아차 하는 생각이 들었지만, 이미 그의 마음은 상할 만큼 상해버린 상태였다.

[그럼 이런 건요?]

잠시 후 비하인드에는 새로운 글이 올라왔다.

[그럼 내가 본 가장 충격적인 소확횡은?]

Dfgedfg : 소확횡이 뭐야?

Qqwsdf : 소소하지만 확실한 횡령.

Uightf : ㅋㅋ, 진짜 말도 잘 만든다.

Sggfes : 아니 그거 말고 소확범은 어때요? 익명 게시판의 특성을 고려해서 좀 쫄깃쫄깃하게.

Uightf : 소확범은 또 뭔데요?

Sggfes : 소소하지만 확실한 범죄······.

Uightf : 범죄? 예를 들면요?

Sggfes : 대외비 문서 경쟁사 유출? 매뉴얼 같은 거.

나는 비명을 지를 뻔했다. 댓글들 사이에서 매뉴얼이 나오는 순간, 내가 무슨 잘못을 했는지, 그가 굳이 따져 묻지 않아도 스스로 뼈저리게 느꼈다. 나는 그를 자극했으면 안 됐다. 아무리 힘들어도 그에게서 내가 쓸모가 없어질 때까지 그냥 버텼어야 했다. 나는 순간의 분노를 참지 못해 다시 아슬아슬한 얼음판 위에 서게 되었다. 어느 순간 나는 그를 원망하는 것이 아니라, 나를 원망하고 있었다. 마치 성폭행을 당한 여성에게 왜 미니스커트를 입었냐고 비난하는 것처럼, 지금 이 상황이 된 건 내가 잘못했기 때문이라고 스스로를 검열하고 있었다.

[잘못했어요.]

[뭐가요? 뭘 잘못했는데요?]

[제가 건방졌어요. 저를 생각해서 상까지 받게 해주셨는데, 말도 안 되는 불평이나 하고, 고맙다고 말하기는커녕 건방지게 다시는 그러지 말라는 말이나 하고. 정말 죄송합니다.]

[ㅎㅎㅎㅎㅎㅎㅎ]

나는 웃음의 의미를 알 수가 없었다. 하지만 신기한 것은 그가 웃고 나서 비하인드의 댓글들도 더 이상 달리지 않았다는 것이다. 뭔가 이상한 기분이 들었다. 마치 그가 비하인드 자체인 것만 같았다. 정확한 근거는 없지만, 마치 그가 비하인드라는 앱과 유기적으로 함께 움직이고 있는 것 같다는 느낌이 들었다.

[비서님은 그걸 참 잘해요.]

[예?]

[주제 파악. 딱 알잖아요. 지금 자기의 처지나, 입장이나, 자신이 할 수 있는 일과 없는 일 같은 거. 본능적으로 자신의 처신에 대한 줄타기를 아주 잘하는 분이라고요. 천생 비서라서 그런가? 아주 가끔은 선을 넘는데, 결국은 다 수습하고 이렇게 내 기분을 풀어놓잖아요. 그래서 난 비서님이 아주 마음에 들어요.]

온몸에 벌레가 기어다니는 기분이었다. 사악하고 악랄하게 나를 괴롭히고 조종하는 존재의 마음에 들었다는, 그 말만으로도 끔찍한 벌레나 파충류들이 온몸을 기어 다니는 것 같은 느낌이 들었다. 더 싫은 것은 그것들을 떼어버릴 수 없다는 것이었다. 아무리 징그러운 벌레라고 해도, 정말 소름이 돋을 만큼 싫고 간지럽다고 해도, 쉽게 잡아버리거나 던져버릴 수 없었다. 오롯이 견뎌야 했고, 익숙해지길 기다려야 했다. 나는 더 이상 함정이 빠진 것이 아니었다. 악령에 씐 것이다.

[감사합니다.]

어느샌가부터 내 입에선 생각하는 것과 항상 반대의 말만 나왔다. "네, 알겠습니다.", "네, 감사합니다.", "정말 죄송합니다." 그렇게 나는 조금씩 썩어가고 있었고, 조금씩 녹아내리고 있었다. 나의 몸과 마음은 텅텅 비어갔다. 나는 더 이상 내가 아니었다.

[친구가 생겼어요. 볼래요?]

　어느새 그의 지시를 따르는 것이 너무 익숙해져 버렸던 어느 날, 그에게 메시지가 왔다. 친구. 처음 그 단어를 봤을 때 내가 느낀 감정은 뭐라 설명할 수 없는 미묘하고 복잡한 것이었다. 아무것도 없는 캄캄한 독방에서 혼자만 갇혀 있었는데, 같은 지옥에 새로운 사람이 들어온 느낌? 왜 나한테만 이런 일이 벌어지는 것일까? 화나고 답답했지만 그렇다고 다른 이도 불행에 빠지길 바라는 마음은 아니었는데……, 안타까운 마음이 드는 것과 동시에 기묘한 반가움과 이제 나 하나만은 아니라는 안도감이 들기도 했다. 무엇보다 스스로 많이 바뀌었구나 싶어 놀란 건, 이런 생각이 가장 컸기 때문이다.

"이제 나는 풀려날 수 있을까?"

그에게 나는 장난감이었다. 물론 그의 직장 생활에 무엇인가 도움이 되고 있기는 하지만, 동시에 그는 자기 맘대로 할 수 있는 존재에 대한 흥미가 크다고 느꼈다. 그래서 그는 나에게 업무에 대한 지시를 내리기도 했지만, 업무와는 별개인 사소하지만 극히 개인적인 부분들에 대해서도 계속해서 강요했다. 옷이나 화장을 통제한다거나, 갑자기 아무런 접점도 없는 직원들과 밥을 먹으라고 한다거나, 가끔은 특정 메뉴만 잔뜩 퍼 와서 억지로 먹으라고 한 일도 있었다. 처음에는 오히려 업무적 지시들보다는 그런 지시들이 나를 더 힘들게 했지만 이런 삶이 익숙해지자 그냥 다 똑같았다. 그리고 내가 반응이 점점 약해지자, 그도 나에 대한 흥미를 점점 잃어가고 있는 것을 느꼈다. 그러던 와중에 새로운 친구가 생겼다는 것이다. 그 말은 그가 또 나와 같은 존재를 찾았다는 뜻일 거고, 그렇다면 그의 흥미가 새로운 사람에게 완전히 옮겨 갈 수도 있다는 뜻이 된다. 스스로 소름이 끼칠 만큼 나쁜 생각이었지만, 그의 말처럼 나에게는 이미 양심이나 동정의 감정은 사라진 지 오래였다. 나는 그냥 다 모조리 옮겨 가기를 바랐다.

[카페테리아 우유는 진짜 아니지 않아요?]

172

이 사람은 우유였다. 고작 우유 한 개. 퇴근길에 가져간 우유 하나로 이 지옥에 들어왔다. 지금 이 사람의 심정이 어떨지 굳이 생각해 볼 필요도 없었다. 수개월 전 나랑 같겠지. 그리고 우스웠다. 얼굴도 모르는 이를 걱정하고 있는 내가. 지금 내가 누군가를 걱정할 상황인가? 나는 오직 내 지옥이 끝나기를 기다리고 있을 뿐이었다. 그가 불행해져서라도 나는 이 지옥에서 벗어날 수 있기를.

[이번에 대표가 직원들 면담 진행한다고 했죠?]

[예. 아마 자기편으로 쓸 사람들을 좀 찾는 거 같아요.]

[비서님은요? 대표가 비서님을 자기 편이라고 생각하는 거 같아요?]

[글쎄요? 아마도요. 저한테 뭘 숨기려고 하시는 것도 없고, 가끔 저에게 물으시는 것도 있으니까요.]

[그럼 혹시 물어보면 친구 좀 추천해요. 기획팀 오 과장님.]

[예?]

[좋잖아요? 대표 편에 우리 사람이 많이 들어가면,]

[아, 예……]

그의 욕심이 점점 커지고 있다는 것이 느껴졌다. 장난처럼 이야기하던 것들이 정말 현실로 이어지기 시작하자 소위 말해서 간뎅이가 부은 것이다. 나는 일부러 그에게 더 무심하려고 노력했다. 그의 욕심이 어디까지 커질지, 그가 원하는 바가 무엇인지 생각하고 싶지 않았다. 그는 나에게 어둠이었다. 형체가 없는 악마였고, 나를 어디서든 바라보고 있는 어두운 신이었다. 그의 말을 따를 뿐, 그의 생각을 가늠하려 애쓰지 않았다.

대표님은 정말 나를 자신의 편이라고 생각하는 듯했다. 어쩌면 내가 그에게 적극적으로 조언을 하는 경우가 많아서였을까? 그는 한동안 무엇인가를 고민하는가 싶더니 나에게 물었다.

"대리급 정도로 회사에 대해 정보를 좀 줄 수 있는 사람이 있을까요? 공채는 말고."

오 과장이었다. 고민할 필요도 없었다. 이미 그의 지시가 있었고, 대표님이 밀한 공채가 아니라는 조건도 맞았다. 그렇다면 나만 오 과장을 밀면 되는 것이었다.

"기획팀의 오 과장이 좋을 듯합니다. 과장이기는 하지만, 우리 회사에서 근속연수도 5년으로 적당하고, 공채도 아닙니다. 특히, 승진이나 평가도 딱 평균이라서 딱히 회사에 불만이나, 경영진에 대한 거부감도 없을 만한 사람이거든요. 뭔가 물어보고 싶으신 게 있으면 적당한 분 같습니다."

"그래요? 그럼 오 과장님 이력서 하나만 출력해 주세요"

"예. 최근 성과 결과랑 다면 평가 결과도 같이 준비해 드리겠습니다."

실은 아주 잠깐 오 과장을 추천하지 않을까도 생각했다. 오 과장에게 그가 좋아할 만한 쓸모까지 생겨버리면, 그는 정말 오 과장을 계속 활용하려고 할 테니까. 내가 조금이라도 오 과장을 위한다면 그에게 기회를 주지 않는 것이 가장 현명한 방법이었다. 차라리 쓸모가 없어야 적당히 가지고 놀다가 흥미가 떨어져서 버릴 수도 있으니까. 하지만 내게도 악마가 있었다. 아주 이기적이고 못된 악마가. 그리고 그 악마가 나에게 속삭였다.

'오 과장이 쓸모가 있어야. 네가 편해지는 거야. 어쩌면 오 과장이 재미있어서 널 버릴지도 모르잖아. 그러니까 어쩔 수 없는 거야. 생각해 봐. 결국은 너도 피해자야. 네가 오 과장을 지옥에 밀어 넣는 게 절대 아니라고. 어차피 너는 시키는 대로만 하는 거잖아. 진짜 걱정 마. 아무도 사형집행자를 살인자라고 부르지 않아. 아무리 직접 사형 버튼을 누른다고 해도 말이야. 그러니까 넌 그냥 시키는 대로 하면 돼.'

내 안에 있는 악마의 속삭임은 오히려 나를 더 적극적으로 만들었다. 나는 단순히 대표님에게 오 과장을 추천하는 것으로 그치지 않고, 대표님에게 주었던 오 과장에 대한 정보들을 그에게도 제공했다. 이력서와 성과, 다면 평가 결과와 소문까지. 그는 자신이 말하지도 않았는데 알아서 오 과장의 정보를 가져다준 나의 과도한 충성을 보며 즐거워하는 듯했다. 그리고 아마도 내 머릿속에 있는 생각을 다 읽는 것 같았다.

[비서님. 오 과장님이 점점 재미있어지거든요. 기대해요. 곧 제가 자유를 줄지도 모르니.]

심장이 뛰기 시작했다. 잃어버렸던 표정도 돌아왔다. 자유라는 단어를 듣고 나는 웃고 있었다. 오 과장 덕에 풀려날 수도 있다는 생각에 온몸에 피가 다시 도는 기분이었다. 오 과장에게는 정말 미안했지만, 그가 더 깊은 지옥으로 들어가길 바랐다. 그래서 이 악마에게 나와는 비교가 안 되는 최고의 즐거움을 선사하기를. 나 정도는 시시하다고 느껴지길. 그래서 결국 나는 필요할 때 써먹을 정도의 그런 존재로 남기를. 정말 간절히 바라고 또 바랐다.

낭연히 일고 있었다. 지금 이 생각이 얼마나 나쁜지를. 그래서 나는 차라리 스스로가 이미 공범이 되었다고 생각했다. 적어도 오 과장에 대해서만큼은 변명할 여지 없는 사실이기도 했다. 사람 마음이 얼마나 간사한지 내가 공범이라는 생각을 하자, 지금까지 언제나 당하기만 했던 을의 입장에서, 누군가를 통제할 수 있는 갑의 입장이 될 수도 있다는 생각에 내 표정은 더 살아났다. 그런 생각만으로도 내가 더 이상 을이 아닌 것만 같았으니까.

[내일 봉사활동 가는 거 있잖아요? 비서님도 가시나요?]
[아니요. 그건 비서실에서 관리만 하지 직접 가지는 않아요.]
[그냥 비서님도 가시는 거 어때요? 갈 수 있죠?]

[뭐, 제가 간다고만 하면 못 갈 거는 아니죠. 마침 대표님도 내일 휴가여서.]

[그럼 가시고요. 가시는 김에 우리 오 과장님도 좀 데리고 가요.]

[예?]

[오 과장님도 데리고 가시라고요.]

[왜요?]

생각이 달라지니까 궁금한 것이 생기기 시작했다. 수동적으로 끌려가는 존재가 아니라, 행동의 주체가 되었기에 이 계획의 전말을 알고 싶어진 것이다. 그는 왜인지 평소 같지 않은 나의 질문에도 귀찮거나 이상하다는 기색 없이 친절하게 답해주었다.

[오 과장을 좀 더 곤란하게 만들려고요. 봉사활동에서 문제가 될 만한 상황들을 만들면, 그게 또 오 과장을 죄는 신상 목줄이 되는 거니까.]

[구체적으로 어떤 상황이요?]

그는 잠시 망설이는 것 같았다. 나에게 말을 해줄 것인가? 말 것인가? 하지만 내가 적극적으로 나서자 그는 잠시 시간을 끌다가 결국 모든 것을 설명해 줬다.

[우선 이번 봉사활동이 중학생 애들하고 체육대회 하는 거 맞죠? 그중

에 좀 성숙한 여자애들 하고 문제가 될 만한 상황을 만들 거고요. 끝나고 나서는 신입 여직원들이랑 일부러 차를 마시게 할 겁니다. 그것도 얼마든지 제가 활용할 수 있는 거고요. 그리고 결정적으로 우리 비서님이랑 호텔에서……]

[예?]

[아. 말을 끝까지 들어보세요. 호텔 입구에서 오해가 될 만한 사진만 몇 장 남기자고요. 입구에서만요. 뭐 대충 어떻게 해보면 호텔 커피숍까지는 들어가게 할 수 있지 않겠어요? 상황을 기가 막히게 만들어보자고요. 뭐, 우리 비서님이 눈치껏 팔짱이라도 슬쩍 끼워주면 진짜 금상첨화고요.]

그 순간, 내 착각을 깨달았다. 그가 말했었다. 나는 내 주제 파악을 잘한다고. 그리고 처한 상황을 빨리 파악하고 잘 포기한다고. 맞았다. 아주 잠시나마 내가 그와 같은 무리가 될 수 있다고 생각한 것이 얼마나 어리석었는지 알 수 있었다. 그에게 나는 여전히 장남감이고, 꼭두각시였다. 나의 미래나 나의 삶은 전혀 상관없었다. 그래서 나에게 대놓고 오 과장과 호텔에 들어가라고 말하는 것이다. 아마 그는 그 사진들을 오 과장을 압박하는 데 쓸 것이고, 내가 자발적으로 가져다준 오 과장에 대한 정보들이 그에게 훨씬 더 효과적인 협박을 할 수 있는 무기가 될 것이다. 나는 진짜 공범이 되었다. 하지만, 동시에 영원한 피해자였다. 누군가는 내 상황을 동정하고 내 입장에서는 어쩔 수 없는 선택들이었을 거라고 말해줄 수도 있겠지만, 나는 적어도 안다. 지금 이 순간 나는 자발적인 공범이었다. 그는 끼워주지도 않았는데, 그가 시키지도 않은 짓을 하며, 그의 무리에 껴달라고 꼬리나 흔드는 말 잘 듣는 공범. 그리고 이 상황에서도 그 어느 하나 거부할 수 없는 철저한 약자. 또한 나는 알고 있었다. 오 과장님과 함께 찍히는 사진이 오 과장의 목줄인 동시에 나에게도 새로운 목줄이 된다는 것을. 그런데 그는 태연하게 그것에 대한 이야기를 나에게 해주고 있었고, 나는 당연히 거부하지 못했다. 그것이 지금 그와 나의 관계인 것이다.

[네. 알겠습니다.]

나는 오 과장이 아이들과 노는 사진을 찍었고, 신입 여직원들과 차를 마시는 사진을 찍었다. 그리고 호텔로 불러들였다. 의도적으로 오 과장의 팔을 잡고 호텔로 밀어 넣기까지 했다. 그는 나를 이용해서 그가 원하는 것을 모두 얻어냈고, 오 과장은 나 때문에 더 깊은 수렁으로 빠지고 있었다. 그리고 그곳에는 아마도 내가 기다리고 있을 것이다. 세상에서 제일 깊은 바닥에서.

우리 회사 옥상까지의 계단 수는 총 496개였다. 왜 500개는 아니지? 보통은 딱 떨어지게 만들지 않나 하는 생각도 잠시, 이제 그런 건 중요하지는 않았다. 마지막까지 내 삶은 꼭 이렇게 딱 맞아떨어지는 것 없이 무언가 어긋나거나 부족하기만 하다는 것이, 생을 마감하려는 이 순간에도 슬펐다.

[우리 이제 그만할까요? 내가 좀 지겨워지기도 했고, 새로운 장난감이 더 재미있기도 하고. 그래서 말인데요, 끝은 깔끔해야 하는 거니까. 비하인드 앱 옵션에 들어가면, 우리 대화 내용을 모두 삭제할 수 있어요. 바로 다 지우세요. 그리고 혹시 모르니 휴대폰에 있는 사진도 다 지우고, 초기화해 주시구요. 그것만 하면 우리는 진짜 끝이에요. 빠빠이.]

오 과장과 찍은 호텔 사진을 보내자 그가 나에게 보낸 메시지였다. 나는 정말 기뻤다. 곧 흥미가 떨어질 수도 있겠다 기대했지만 이렇게 빨리 나에게 그런 순간이 올지는 생각하지 못했기 때문에, 무슨 서프라이즈 선물이라도 받은 기분이었다. 드디어 풀려난다는 기쁨과 깊은 안도감에 아무런 의심도 하지 않고, 비하인드의 대화를 지우고 탈퇴했다. 그리고 바로 휴대폰 포맷까지 해버렸다. 그 안에 담겨 있는 수많은 사진이 마음에 걸리기는 했지만, 그 순간 나에게는 결코 중요한 것이 아니었다. 오로지 끝이라는 생각만 했다. 내 삶에서 비하인드라는 앱이 없어지고, 그 악마의 존재가 사라지는 것만 생각했다. 다시 부팅되는 휴대폰을 보면서 나도 다시 태어나는 기분이 들었다. 이제 정말 다 새로 시작하자고. 마음이 붕붕 들떴다. 곧 모든 것이 지워지고 텅 빈 휴대폰이 새로 켜진 순간 남편에게 전화가 걸려 왔다.

그리고 깨달았다. 그가 나를 놓아주는 방식이 내가 바랐던 것과는 많이 다르다는 것을.

"너 지금 뭐 하는 거야? 네가 바람을 피웠다고? 정말? 이 사진이 다 진짜야?"

내가 오 과장의 약점을 잡으려고 연출했던 사진을 그가 남편에게 보낸 듯했다.

남편은 결혼하고 나서 처음으로 나에게 화를 냈다. 순하디순한 남편은 결혼 후 10년 동안, 나에게 단 한 번도 목소리를 높인 적이 없었다. 항상 나긋하게 말하고, 다정하게 대해주었다. 가끔 비서라는 내 직업이 부정적으로 나오는 드라마를 봤을 때나 열을 올리는, 그러다 내가 달래면 금세 풀어지는 사람이었다. 평소 나에게 보내주었던 신뢰와 애정의 크기만큼 더 큰 배신감을 느꼈을 것이다.

"내가 할 수 있는 말은, 다 오해라는 거야. 절대 아닌데, 당신이 본 모든 것이 다 사실이 아닌데. 내가 이렇게 아니라고 말하는 것 말고는 증명할 방법이 없어. 그래서 미안해. 정말."

"그럼 우선 만나. 너 어디야? 내가 갈 테니까. 어딘지 말만 해. 우리 얼굴 보고 말하자고!"

"우리가 처음 만났던 커피숍. 거기에서 기다릴게."

나는 남편과 자주 데이트하던 커피숍에 앉아 있었다. 그곳에서 남편과 나누었던 수많은 대화가 기억 속을 떠다녔다. 모두 따뜻하고 포근해서, 그에게 상처를 주게 된 내가 눈물을 흘리는 것마저 염치없이 느껴졌다.

"미안해. 정말."

남편을 만나면 내가 무슨 말을 할 수 있을까? 아무리 생각해도 내가 남편 앞에서 입 밖으로 꺼낼 수 있는 단어가 떠오르지 않았다. 어디서부터 이야기해야 하지? 사진이 내가 봐도 너무 그럴싸하게 나왔던데, 내 말을 믿어줄까? 다른 증거는 아무것도 없는데, 말을 믿어주지 않으면 난 어떻게 해야 하지? 아무리 생각해도 도저히 자신이 없었다. 아니 그럴 기운도 남아 있지 않았다. 그저 남편에 대한 미안함과 오 과장에 대한 죄책감이 이미 홍수에 불어 넘친 강물처럼 흘러넘치고 있었다.

[논란의 중심이 된 대학병원 간호사의 SNS]
신경계 중환자실에서 1년 넘게 일해 보니까 번개탄이랑 수면제는 살아남을 확률이 거의 90퍼센트고, 뇌 손상을 입은 상태로 평생을 살아야 함. 익사는 불어 터져서 안 예쁘니까 패스. 직방은 높은 곳에서 번지점프가 최고.

그가 보낸 메시지를 다시 봤다. 그는 나에게 이제 그만 죽으라고 말하고 있었다. 이 메시지를 받고 나는 웃었다. 이제야 정말 놓아주겠다는 말 같아서. 그에게 휘둘린 지난 몇 개월 동안 죽음을 생각하지 않은 건 아니었다. 매일 아침 죽고 싶다는 생각을 했고, 시간이 날 때마다 어떻게 죽는 것이 좋을까를 고민했다. 몇 번은 정말 진지하게 검색해서 구체적으로 필요한 것이 무엇인가도 찾아보고, 용기를 내서 나름의 준비물들을 사기도 했다. 그러나 항상 실패였다. 아니, 제대로 시도도 못 해봤다. 나는 죽을 용기도 없었고, 이 상황을 이겨낼 힘도 없었다. 그런데 그런 나에게 그가 죽을 방법까지 알려주는구나 싶었다. 나도 모르게 입에서 "감사합니다."라는 말이 나왔다.

"약을 먹고 죽을까 했는데, 하마터면 우리 남편하고 애한테 짐만
될 뻔했네."

그동안의 삶이 얼마나 지옥이었는지, 죽으라고 보낸 그 메시지
를 보고 오히려 마음이 편해져 차분하게 죽음을 받아들일 수 있었
다. 나는 많이 지쳤다. 아무것도 못 하고 바보처럼 끌려다니기만
했다. 이제는 그러지 않아도 된다. 나는 다행이라고 생각했다.

그는 나를 풀어준 것이 아니었다. 버린 것이다. 그리고 그에게
더 이상 아무런 메시지도 오지 않았다. 하지만 나는 알고 있었다.
죽지 않으면 끝이 아닐 거라는 것을. 나는 또 선택지가 없었다. 그
저 얌전히 그의 뜻에 따라 죽어버리는 것. 오로지 그 방법뿐이었다.

나는 생각을 정리한 뒤, 앉아 있던 자리에서 일어나 커피숍을 나
왔다. 다만, 내 휴대폰을 항상 남편과 같이 앉아 있던 그 자리에 올
려두고 나왔다. 다른 이유가 있었던 건 아니었다. 남편과 내가 가
장 행복했던 시간들을, 나의 흔적을 남겨두고 싶었다. 그런데 회사
에 도착할 때쯤 떠올랐다. 그 휴대폰이 텅 비어 있구나. 그래, 차라
리 나의 흔적도 그러길 바랐다. 내가 가족의 곁에 있었다는 사실만
남고 나에 대한 안 좋은 오해들은 모두 사라지기를. 그래서 곁에
있었던 나의 존재만 기억하기를.

"많이 아파하지 않으면 좋겠어. 모두 지웠으면 좋겠어. 다 사
실이 아니니까. 그저 내가 당신 곁에 있었다는 사실만 그것만 남았

으면 좋겠다, 정말."

그리고 회사 건물로 향했다. 이미 불이 꺼진 건물에 지하 주차장을 통해 들어가서 비상계단으로 향했다. 하나씩 하나씩 계단을 올라가며, 내가 살아온 삶들에 대한 후회들이 밀려들기 시작했다. 이런 걸 주마등이라고 하나? 고작 한 층도 다 올라가기 전에 나는 흐르는 눈물을 감당하지 못하고 그 자리에 주저앉고 말았다. 그렇게 바닥에 주저앉아 한참을 울고 나서 다시 일어나 계단을 오르며 계단의 수를 세기 시작했다. 생각하지 않으려고. 아무것도 생각하지 않고, 마음을 비우려고 그래서 지금의 이 다짐이 흔들리지 않도록. 세고 또 셌다. 마치 내 삶의 마지막 카운트다운을 하는 것처럼 말이다.

490…… 491…… 492…… 493…… 494…… 495…… 496…….

500개도 되지 않는 계단을 오르니 옥상 문 앞에 도착했다. 마치 나를 기다리고 있었다는 듯이 비상구 문이 열려 있었다. 나는 가만히 그 문을 열고 나가서 난간을 향해 걸어갔다. 천천히.

이상했다. 난간을 향해 한 걸음씩 걸음을 옮길수록 마음이 편안해지는 기분이 들었다. 심장병에 걸린 것처럼 하루 종일 이상하리만큼 급하게 뛰던 심장은 건물을 오르면서 제 속도를 되찾았고, 드디어 난간 앞에 서자 고요한 적막이 나를 감쌌다.

"원래 이런 건가? 마지막 순간은?"

멍하니 먼 하늘을 바라봤다. 그리고 내가 떨어질 바닥도 바라봤다. 이제 와 새삼 겁이 나는 것은 아니었다. 오히려 너무 쉬워 보여 웃음이 났다. 겨우 이런 거였나? 눈 딱 감고 뛰어내리면 다 끝나는 거였나? 왜 진작 이곳에 오르지 못했는지. 또 못난 후회가 밀려왔다.

하지만 다리는 마음과 달랐다. 한 걸음만 앞으로 가면 되는데, 다리가 움직이지 않았다. 발이 바닥에 딱 붙어버린 것 같아서 나는 한참 동안 멍하니 그곳에 서 있었다. 오 과장이 올라와 내 옆에 서기 전까지.

3

숨어 사는 악마들

"죽었잖아! 진짜 죽었다고! 이제 어쩔 건데! 어? 이제 어쩔 거냐고?"

"아직 안 죽었어."

"뭐?"

"아직 안 죽었다고."

"응급실 실려 갔는데, 둘 다 의식이 없다잖아!"

"것 봐. 아직 안 죽었잖아. 둘 다."

"미친 새끼!"

"뭐?"

"이게 아직도 너한테는 게임이냐? 재미있어? 즐거워?"

"넌 좀 닥치면 안 되냐?"

"왜? 겁나? 이제 와서 불편해? 나도 확 죽어줄까?"

"그러든가!"

"형!"

고성이 오가기 시작했다. 겨우 몇 시간 전만 해도 서로 웃으며, 장난을 치던 사람들이 어느새 서로를 못 잡아먹어서 안달이었다. 지금 이곳에 모인 사람들이 벌인 일들을 생각하면 이게 훨씬 더 어울리는 모습이었다. 어차피 다 자업자득이니까. 그들을 죽인 건 우리 모두의 계획이었다. 점점 모두가 광기에 휩싸여 정상적인 사고를 할 수 없다는 걸 알았지만 나는 가만히 있었다.

나는 방관자였다. 그들이 벌이는 작은 장난들이 커지는 걸, 직접 하는 건 아니니까 하는 핑계로 한발 물러서서 구경해 왔다. 지금 생각해 보면 내가 제일 악랄했을지도 모른다. 처음부터 잘못된 시작이었단 걸 알고 있었다는 말도 이제 소용없어졌다. 굳이 혼자만 다른 의견을 내기 싫어서, 이렇게까지 악랄해질 줄은 몰라서, 결국은 모두 정신을 차릴 것이라는 기대로 지켜만 봤다. 핑계가 될 수 없다. 나는 침묵으로 동조했고, 아무것도 하지 않음으로써 그들을 도왔다. 겨우 누군가를 괴롭히는 것이라고 생각했던 일들이 살인으로 이어진 것은 너무 급작스러웠지만, 그 역시도 변명이 될 순 없었다. 나는 그들을 막을 수도 있었고, 직접 이 사실을 폭로할 수도 있었으니까. 그 모든 기회를 놓친 것이 나의 잘못이자, 나의 죄였다.

"병신 같은 것들 죽을 거면 진짜 한 번에 뒤지던가! 왜 살아서 괜한 사람들만 고생하게 만드냐고!"

"뭐? 괜한 사람? 넌 지금 이 상황에서도 아직 정신을 못 차렸냐? 정신 차려! 미친놈아! 그 사람들이 죽으면 우리는 진짜 살인자가 되는 거라고! 알아? 살인자라고!"

"뭐? 살인자? 너 병신이냐? 누가 살인자야? 내가 왜 살인자야?"

"우리가 죽으라고 했잖아. 우리가 뛰어내리라고 한 거잖아!"

순간, 재욱이 웃었다. 나는 재욱이 웃는 모습을 보며, 처음으로 소름이 돋았다. 그는 웃으며 우리에게 말했다.

"내가 언제? 우리가 언제? 야. 혹시 이 중에서 게네들한테 죽으라고 말한 사람 있어? 뛰어내리라고 말한 사람 있냐고?"

"그게 그거지! 그 SNS 기사 보냈잖아. 높은 데서 뛰어내리는 게 직방이라고……. 우리가 보냈잖아!"

"그거 네가 한 말이야? 그 말 네가 직접 한 거냐고? 그거 그냥 그 간호사가 말한 거잖아. 자살을 유도한 게 죄라면 그 간호사가 죄인이고. 우리는 그냥 화제인 기사를 공유한 것뿐이잖아? 아니야? 아니냐고?"

"야! 아닌 척하지 마. 네가 그냥 보냈어? 진짜 그냥 그 기사나 읽어보라고 보낸 거야? 아무런 의도도 없이 갑자기 그 사람들한테 그 기사를 보낸 거야? 아니잖아! 왜 다 아는데, 아닌 척을 하냐고!"

"아니지! 그래! 솔직히 다 까놓고 말하면 아니지. 아니야, 아닌데! 근데 증거 있어? 우리가 그 사람들 죽으라고 유도했다는 증거 있냐고? 그 메시지에 죽으라는 단어가 들어 있어? 없다고! 어차피 결정은 그 사람들이 한 거야. 우리가 죽으라고 한 게 아니라, 그들이 선택할 수 있도록 살짝 자극만 한 거고, 결국은 그들이 약해 빠져서 그 정도도 못 견디고 죽어버린 거라고!"

"재욱아! 왜 그 사람들 탓을 해! 우리 잘못이잖아! 우리가 한 거잖아!"

"흥분하지 마. 냉정하게 생각하라고. 어차피 증거가 없어. 알잖아, 그 사람들 휴대폰도 싹 지웠어. 비하인드 대화도 다 지웠다고. 이제 뭘 어떻게 확인할 건데? 누가 확인할 건데? 야! 누가 알아나 볼 거 같아? 그들은 이미 회사에서 바람나서 동반 자살한 쓰레기들인데? 그 사건을 누가 파기나 할 거 같으냐고. 그리고 설사 누가 판다고 해도 절대 안 나와. 용의선상에 우린 근처도 못 가. 왜 그런지 알아? 비하인드에서 회원들 간 대화를 공개할 리가 절대 없거든. 누가 내가 앱에 올린 글이나 쪽지를 확인할 수 있다고 한다면 넌 그 앱에 들어가겠냐? 거기서 익명으로 회사 욕이나 상사 욕을 하겠냐고? 그런 회사는 자신들의 보안이 풀리는 순간 그냥 망하는 거야! 그러니까 그 증거도 없는 자살 사건에 비하인드가 연관이 있다고 해도, 절대 우리가 한 대화들은 공개될 수 없는 거라고! 알았냐고!"

한쪽에서 동기들의 말을 듣고 있던 가영이 작은 목소리로 한마디 했다. 그들에게 장난을 칠 때는 누구보다 신나서 떠들었던 가영은 상황이 심각해지자 아무 말도 하지 않고 있더니, 정말 조심스럽게 말을 꺼냈다.

"오빠는 돼? 그게?"

재욱도 잠시 주춤했다. 자신의 계산과는 다르게 흘러가는 이 상황이 당황스러운 것은 사실이었으니까. 가장 주도적으로 그들을 괴롭히기는 했지만, 그의 마음속에서도 설마 죽기야 하겠어? 라는 마음이 있었던 것 같았다. 재욱은 잠시 생각에 잠긴 듯하다가 이내 바로 대답했다.

"이!"

"진짜?"

"아니. 나는 더 솔직히 말하면, 차라리 그 사람들이 빨리 죽어버렸으면 좋겠어. 지금 나한테는 그 사람들이 진짜 죽으려고 했다는 사실보다, 결국 죽지 못했다는 사실이 훨씬 더 불안하고 무서우니까."

재욱은 분명히 떨고 있었다. 일부러 센 말을 하는 건지 아니면 진짜 본심인지는 모르겠지만, 확실한 것은 그도 지금 잔뜩 겁을 먹고 있다는 것이다. 하지만 그런데도 아직도 눈에 힘을 주고 독한 말을 쏟아내는 재욱이 나는 마음에 들지 않았다.

"형. 진짜 악마가 다 됐구나."

하강은 재욱을 향해 낮고 차가운 목소리로 말했다. 재욱은 하강의 말에 다시 표정이 달라지기 시작하더니, 더 눈에 힘을 주고 하강에게 아주 천천히 다가가며 낮은 목소리로 말했다.

"너희야말로 왜 그래? 이제 와서 다들 사람인 척을 하는 건데? 너희 다 알았잖아. 우리가 걔들한테 했던 게 어떤 일인지? 걔들이 얼마나 힘들어하는지. 그때는 다 같이 신나게 즐겨 놓고서는 왜 이제 와서 갑자기 사람인 척을 하는 건데? 존나 역겹게! 어차피 우리가 여기서 작당을 시작한 순간부터, 우리는 다 악마가 된 거야! 아니야?"

재욱의 말에 모두 말문이 막혀버렸다. 암묵적 동의. 그들은 모두 인정했다. 여기에 있는 모든 사람이 악마라는 사실을. 그동안 우리가 해왔던 행동들이 악마의 짓이었다는 사실을. 정체성을 인정하고 나니, 억지로 기리고 있던 가식의 가면들은 모두 벗어버리고, 더 솔직해지기 시작했다. 모두의 마음에 불안과 걱정이 피어오르는 건 마찬가지였을 것이다. 어차피 처음부터 양심의 가책이나, 피해자들에 대한 죄책감 따위에서 시작된 게 아니었으니까. 그저 지금 본인의 상황이 불안한 것. 더 냉정하게 말하면, 이 사건으로 인해 달라질 자신들의 미래가 불안한 것이었다. 재욱은 그 마음을 잘 아는지. 차분하게 말했다.

"자. 다시 말하지만, 우리가 한 일은 정말 아무도 몰라. 우리가 어디 가서 떠들지만 않으면 절대 아무도 모르는 얘기라고! 맞지?"

재욱은 자신의 말로 입이 막혀버린 사람들에게 다시 한번 확답을 받고 싶었다. 모두 말없이 고개를 끄덕였다. 나도 포함해서.

"그리고 여기 있는 사람 중에 혹시 자기 폰이나, 회사 컴에 이번 사건과 관련 있는 아주 작은 정보라도 남아 있는 사람 있어?"

재욱의 말에 다들 자신들의 행동을 되짚어보았다. 그때 다성이 조금은 곤란한 표정으로 말을 했다.

"나…… 회사 컴에 CCTV 캡처한 거 있어……. 거기서 작업했으니까."

"아이 씨! 그거 바로 안 지웠어? 내가 바로 없애라고 했잖아!"

"그때, 갑자기 우리 팀 사람들이 밥 먹으러 가자고 서두르는 바람에 깜빡했어. 미, 미안해……."

재욱의 눈에서는 레이저가 나올 것만 같았다. 하지만 곧 그 정도는 큰 문제가 아니라고 생각한 듯했다. 그래서 눈에 힘을 풀고는 사람들을 바라보며 말했다.

"또 다른 사람은?"

"없어."

다들 재욱의 말에 소심한 목소리로 동의했다. 나는 아무 말도 하지 않았지만, 재욱은 나를 쳐다보지도 않았다. 어차피 내가 무엇인가를 직접적으로 한 적이 한 번도 없다는 것을 가장 잘 알고 있기 때문이었다.

"그러면 됐어. 진짜 걱정할 필요 없다고. 아까 말한 것처럼, 이 사건은 거의 치정에 의한 동반 자살 혹은 미수로 묻힐 가능성이 아주 높아. 그러니 절대 추가 수사는 없을 거야. 그리고 혹시라도 조사가 이뤄진다고 하더라도 경찰에서 우리에게까지 이어질 정보도 없다는 거잖아. 그러니까 다들 쫄지 말고. 그 사람들이 깨어나지 않기만을 바라자고! "

"근데 만약 깨어나면?"

아까 전부터 비록 겁은 먹었지만, 모든 대화를 아주 거침없이 쏟아내던 재욱도 이 질문에는 쉽게 대답할 수 없었다. 그들이 살아나서 진술하는 순간, 수사가 진행될 수 있다. 비하인드에서 정보를 제공하지 않아 무혐의가 된다 해도 소문이 퍼지는 것까진 막지 못하리라. 그나마 재욱이 머리를 써서 그들의 휴대폰에서도 모든 증거를 삭제하게끔 했지만…… 소문이 돌고 난 뒤 우리가 어떻게 될지는 알 수 없는 일이었다. 재욱도 나와 비슷하게 생각했는지 길게 뜸 들이지 않고 간결하면서 험한 답변이 나왔다.

"좆되는 거지."

"하……."

"그러니까. 깨어나지 않게 해야지."

"뭐?"

재욱이 방법을 이야기한 순간, 다시 그 공간에 모든 시간이 멈춘 듯했다. 그 말을 꺼낸 재욱도 막상 말을 더 잇지 못하고 있었고, 나머지 사람들도 쉽게 입을 열지 못하고 있었다. 다만 모두 알고 있었다. 그의 말이 무엇을 의미하는지를. 그리고 그것이 지금 우리에게 얼마나 필요한 일인지도.

"오빠? 그럼 진짜 죽이자고? 우리가?"

"아니! 당연히 아니지."

"그럼 뭘 어쩌자고?"

"우리가 하던 대로 해야지."

"야! 김재욱!"

나도 모르게 소리를 질렀다. 지금 재욱이 말한 것이 무엇을 의미하는지 아주 정확하게 이해했으니까. 결국 새로운 사람을 또 끌어들이자는 말이다. 다시 약점을 잡아서 우리의 말이라면 진짜 죽을 수도 있는 사람을 만들고, 그에게 그들을 죽이라고 하자는 것이었다. 더 이상 참기가 어려웠다.

"왜! 뭐? 그럼 넌 이거 말고 방법 있어?"

"그래도 그들을 죽이라고 또 다른 사람을 끌어들일 수는 없어!"

더 이상 방관만 하고 있을 수는 없다고 생각했다. 이제 와서 모든 걸 다시 되돌릴 수는 없어도, 앞으로 더 가는 것만큼은 막아야 했다. 처음으로 강하게 의견을 내는 나를 보고, 재욱은 이를 악물고 말했다.

"그럼 니가 죽일래? 넌 어차피 지금까지 아무것도 안 했잖아!"

"……."

재욱은 상대방의 약점을 아주 잘 찾아내는 사람이었다. 그는 지금 나에게 무엇이 가장 큰 약점인지를 정확하게 알고 있었다.

"거봐. 못 하겠지? 그럼 제발 그냥 닥치고 있어! 지금까지처럼!

닥치고 구경이나 하라고! 어차피 또 내가 다 처리할 테니까."

나는 그가 다가와서 직접 죽이라는 말보다도 지금처럼 구경이나 하라는 말이 더 무서웠다. 지금까지도 그랬으니까. 그를 막고 싶었지만 나에겐 대안이 없었다. 재욱을 대신해서 이 상황을 정리할 방법도 떠오르지 않았고, 진짜 그의 말대로 내가 뭔가를 할 수도 없었다. 더 이상의 잘못을 저지르면 안 된다는 마음만 앞섰지만, 재욱은 알고 있었던 것이다. 지금까지처럼 내가 아무것도 하지 않을 것이라는 것을.

[야. 진짜 한 과장 미친 거 같아. 완전 또라이야.]

[왜 또?]

[지가 엑셀에 치기만 하면 되는 거를 굳이 다른 팀이랑 회의하고 있는 나를 불러서 쳐서 넣으라고 지랄이시잖아.]

[너한테 매일 듣고 있지만, 어떤 면으로는 진짜 대단한 분인 거 같다.]

[그냥 또라이인 거야. 다른 표현은 그 새끼한테 사치야. 일도 하기 싫고, 내가 노는 거는 더 싫고, 그래서 손수 나를 불러 하나하나 갈구시는 거라고. 친히.]

민형은 동기들의 단톡방에서 언제나처럼 선임 욕을 하고 있었다. 그의 감정은 항상 격정적이었지만, 그가 하는 말이 재미있어서 동기들은 그저 막내의 투정이라고 생각하고 귀여워하며 받아주곤 했다. 그런데 그날은 재욱이 굳이 한 과장에 대한 투정에 말을 보탰다.

[내가 민형이 눈이 돌아갈 만한 합리적인 의심을 좀 해볼까?]

갑작스러운 재욱의 말에 동기들은 호기심이 발동했다. 재욱은 동기들 사이에서도 항상 분위기를 주도하고 의견이나 조언을 많이 해주는 리더의 역할을 했기 때문에 자연스럽게 더 집중되는 분위기가 조성됐다.

[뭐야? 완전 궁금. 재욱 오빠가 이런 건 잘 잡아내잖아.]

[한 과장⋯⋯. 아무래도 엑셀을 아예 못하는 거 아닐까?]

[뭐?]

[에이! 설마.]

[재욱 오빠 실망이야.]

[그건 아니지. 진짜.]

[그게 말이 된다고 생각해? 그래도 우리 대기업이야. 우리가 얼마나 힘들게 공채 경쟁률을 뚫고 들어왔는데, 엑셀도 못하는 사람이랑 일을 하는 거라고? 이건 농담이라도 좀 기분이 나쁜데?]

동기 중에서도 자존심이 유독 강한 지영은 재욱의 장난스러운 말에 괜히 열을 내며 반응했다. 그럴 수 있었다. 지금 이 자리에 있는 사람들은 모두 학창 시절 전교 순위를 다투었고, 그 결과로 소위 명문대에 들어갔다. 거기서 끝도 아니고, 대학 시절 내내 스펙을 쌓기 위해, 일분일초를 헛되지 않게 보낸 사람들이었다. 그들의 기준에는 재욱의 말이 충분히 자존심을 건들 만한 예민한 이야기였다. 또, 엘리트 중의 엘리트들만 모여 있는 곳에서 사무의 기본인 엑셀을 다루지 못하는 이가 있을 거라곤 상상조차 하기 힘들다는 분위기였다.

[아니, 나는 말이 좀 된다고 생각하는데……]

그러나 나도 재욱과 생각이 같았다. 물론 재욱에게는 어떤 근거가 있는지는 모르지만, 내가 지금까지 민형에게 들었던 한 과장의 행동과 히스토리만 조금 맞춰봐도 아주 말이 안 되는 얘기는 아니었다.

[오빠는 갑자기 왜 또?]
[그분 현장에 계시던 분 아니야? 대리점에서 완전 전설이었다며. 월 매출 톱을 3년 동안 한 번도 놓치지 않았고, 언젠가는 옆 대리점 1년 치 매출을 1분기 만에 잡은 적도 있다고 하지 않았어? 그래서 워낙 판

매 관련해서는 통이라고 본부로 올라온 사람이잖아.]

[그렇다고 대리점에서 엑셀을 안 쓰나?]

[쓰지. 쓰는데, 거기는 계약직으로 서무 쓰지 않아? 대리점에서 전설로 불릴 정도로 잘 파는데, 엑셀 정리할 시간이 있었을까? 다 시켰겠지. 오죽하면 첨에 본부 발령 때, 그 서무도 데리고 왔다는 말도 있던데.]

[진짜네……. 그럼 말이 되네.]

[역시! 감이 좀 있어. 그런데 나는 이렇게 합리적 의심을 하게 된 결정적 계기가 있지. 지난번에 한 과장님한테 전화가 와서, 매출 비교표 물어보시기에 보내드린 엑셀 파일에서 세 번째 시트에 있다고 말씀드렸거든. 근데 그 말을 못 알아들으시더라고.]

[에이……. 설마.]

[진짜야! 정말 그 시트를 모르더라니까. 그래서 내가 가서 알려드렸어.]

[대박. 그럼 지금까지 나한테 지랄하면서 시킨 일들이 제 일을 미룬 게 아니라, 엑셀을 몰라서 나한테 넘긴 거라는 거네. 진짜 어이없어.]

[우와 우리 민형이 2000 대 1 경쟁률 뚫고 입사해서, 2년 만에 서무 달았네! 그것도 정규직으로! 대박! 축하해.]

그날, 민형은 자신을 지독하게 괴롭히던 한 과장의 능력을 알게 되었다. 한 과장 얘기를 시작으로 우리 단톡방에서는 능력 없는 회사 고인 물들에 대한 험담으로 가득했다. 하지만 아래 직원들이 회사 상사 욕하는 정도야 어느 회사에서나 있을 법한 일이었고, 특별히 대단한 내용들이 오갔던 것도 아니었다. 다만, 민형이 분을 이기지 못하고 비하인드에 글을 올려버린 게 문제였다.

[진짜 회사는 고인 물들 때문에 썩어가고 있다]
솔직히 능력이 없으면 나갈 생각을 해야 하는 거 아닌가? 아무리 현장에서 날고 기었다 하더라도, 엑셀도 하나 못하면서 사무실에 앉아 있는 건, 개민폐에 월루짓 같은데……. 제발 양심이 있다면, 능력도 없으면서 자리 차지하고 라테나 찾으면서 새내기들 기나 죽이지 좀 말고, 고인 물들은 제발 알아서 좀 꺼지기를…….

글이 올라가자마자 동기들은 모두 알 수 있었다. 이걸 민형이 썼다는 것을. 문제는 그 글이 너무 대상을 특정할 수 있는 내용이었고, 둘의 관계도 회사에서 나름 유명했기 때문에, 대부분의 직원들이 저격을 한 사람도, 저격을 당한 사람도 쉽게 유추할 수 있었다는 것이다. 그래서 글에 달린 댓글들도 애매하게 글쓴이를 비난하는 내용들이 달리기 시작했다.

Sgfsd : 이건 너무 막 나가는데?
6ert : 이 새끼가 까는 사람이 ㅎㅌㅎ 과장님 맞죠? 현장에서 전설이었다는?
0fdu9gvsad : 우와, 난 이 글 쓴 사람 누군지 알 것 같은데? 나만

그런가?

8dghjds : 이거 순수하다고 봐야 하나? 이 정도면 거의 이름표 달고 공개 저격한 거 아냐?

비하인드는 순식간에 난리가 났고 심지어 밑에는 민형의 이니셜까지 등장했다. 바로 그때 재욱이 먼저 동기들의 단톡방에서 이 문제를 공론화했다.

[야. 김민형! 비하인드 글 너 맞지?]

모두 알고 있었지만 선뜻 말을 보태기가 어려워 아무 말도 하지 않고 눈치만 보고 있었다. 조용한 단톡방에서 민형이 결국 침묵을 버티지 못하고 이실직고했다.

[어. 형. 나야……]

[야! 이 빙신아. 비하인드에 그렇게 글을 쓰는 놈이 어디 있어? 너 바보냐?]

[몰라. 너무 화가 나고 짜증이 나니까 이성적인 사고가 멈췄나 봐. 나 이제 어떻게 해? 바로 지울까?]

[이게 이제 와서 내린다고 조용해지겠냐? 아마 지우자마자 누가 분명

히 펑복*할걸?]

[그럼 어떻게 해?]

[뭘 어떻게 하기는 어떻게 해? 묻고 돌려야지.]

[뭐?]

재욱은 바로 동기들에게 비하인드에 들어가라고 했다. 재욱의 말에 동기들은 왜 그러냐고 묻지도 않고 급하게 접속했다. 재욱은 한 과장과 민형의 신상이 노출된 댓글들에 신고해 달라고 했다.

[보니까 일정 수의 신고가 쌓여야 삭제가 되더라고, 우선 신상부터 막아놓고.]

[우와. 진짜 삭제됐다.]

[그건 눈가림뿐이고, 벌써 이 글을 읽은 사람이 150명이 넘어. 그러니까 이제부터 우리가 이 안에서 여론의 분위기를 바꿔야 해.]

[어떻게?]

재욱은 연달아 빠르게 메시지를 보냈다. 우선 지금 접속되어 있는 아이디로 민형을 옹호하고 한 과장을 비난하는 댓글들을 달라고 했다. 그리고 서로의 댓글에 대댓글도 쓰라고 했다. 순식간에

---

* 작성자가 삭제한 게시 글을 다른 회원이 캡처하여 다시 올리는 일을 뜻하는 커뮤니티 용어.

그 글의 댓글 수가 늘기 시작했고, 분위기는 민형을 비난하는 쪽과 한 과장을 비난하는 쪽이 팽팽하게 갈렸다.

[자. 다들 잘했어. 이제부터가 더 중요해. 비하인드는 원래 하루에 한 번씩 아이디 변경이 가능해. 그러니까 이제 다들 옵션에 들어가서 아이디를 바꾼 다음에 아까 쓴 글들에 다시 한 과장을 비난하고 민형이 편을 들어주는 댓글들을 달아. 아마 그 정도만 해도 댓글의 분위기는 완전히 달라질 거야.]

반신반의하며 시키는 대로 댓글을 달았더니 정말 무서운 일이 벌어졌다. 재욱의 말처럼 분위기가 흘러가기 시작한 것이다. 초기에 달리던 댓글들의 분위기는 철없는 신입의 개념 없는 투정을 비난하는 것이었는데, 우리가 댓글들을 달기 시작하자 아주 기본적인 업무 역량도 없는 선배가 자신의 일을 능력 있는 후배에게 다미루고 성과만 가로채고 있다는 분위기로 흘렀다. 그리고 한번 민형 쪽으로 기울어진 분위기는 더 무섭게 타올라서 어느새 한 과장은 상종 못 할 무능력한 꼰대 직원이 되어 있었다.

[형! 대박 어떻게 그래?]

[역시 서울대.]

[우와. 이게 되네? 저 또라이가 벌인 짓이 수습이 된 거야?]

[형. 진짜 고마워. 내가 형 내일 만나면 업고 다닐게. 진짜!]

[야. 됐고, 이쯤 됐으면 충분하니까. 글 내려. 그리고 너는 한동안 비하인드 로그인 금지.]

[예. 암요. 그럼요. 뭐든지 형님께서 시키는 대로 하겠습니다요.]

동기들은 지금 자신들이 한 모든 일들이 마치 꿈을 꾸고 있는 것처럼 느껴졌다. 아무리 생각해도 이번 일은 경솔하게 글을 올린 민형의 명백한 잘못이었고, 아무리 익명 게시판이라고 해도 충분히 욕을 먹을 만한 일이었다. 그런데 재욱의 말에 따라 동기들이 일사불란하게 움직이자 겨우 여덟 명의 인원으로 단 10분 만에 게시판 분위기를 바꿔버린 것이다.

[오빠? 근데 이거 왜 그런 거야? 어떻게 우리 여덟 명으로 게시판 분위기가 이렇게까지 달라져?]

지영의 질문에 단톡방에는 순간 정적이 흘렀다. 다들 지금 상황이 믿기지 않아 재욱의 말만 기다리는 눈치였다.

[내가 전부터 느꼈던 건데, 우리 회사 비하인드에서 활동하는 사람이 진짜 얼마 안 돼. 기본적으로 무슨 게시 글이든, 올리기만 해도 500명은 넘게 그 글을 확인하는데, 정작 진짜 글을 올리고, 댓글을 다는 사

람은 열 명도 안 되는 것 같더라고. 그러니까 실제로 비하인드가 뭐 엄청난 게시판인 것 같지만, 결국은 열 명 정도가 지 불만들만 싸지르면서 분풀이하는 곳이라는 거지.]

[그래서?]

[그래서는 뭐가 그래서야? 니가 그 병신 같은 글을 올리고 나서도 그 글을 읽은 사람은 쭉쭉 느는데, 실제로 댓글은 한 스무 개 남짓 아니었어? 그것도 중복 아이디 빼면 진짜 몇 개 안 되더라고. 그래서 우리가 이긴 거지. 실제로 우리는 여덟 명이고, 아이디 바꾸면 총 열여섯 명이 되는 거니까. 우리가 한 번에 열심히 댓글을 달아보면 뭔가 분위기가 넘어갈 수도 있겠다고 생각한 거야.]

[이 형 진짜 무서운 사람이네. 그 짧은 사이에 그걸 다 생각한 거야?]

[노 노. 나야 주변에 이런 걸로 창업한 사람들이 많아서, 원래 비하인드가 론칭했을 때부터 관심 있게 보고 있었어. 그러니까 내가 이렇게 널 바로 구하지.]

재욱의 설명에 동기들은 신기해하면서도 한편으론 어이가 없었다. 실제로 우리들은 비하인드를 통해 소통도 많이 하고 정보도 많이 얻는다고 생각했었는데, 결국 얼마 되지 않은 인원들이 분위기를 주도하고 있다는 사실은 많이 충격적이었다. 그때 하강이 말을 꺼냈다.

[근데 있잖아. 이게 된다는 건, 우리가 마음만 먹으면 누구 하나 보내기도 쉽다는 거 아니야?]

[그치! 대박이다. 이거 우리가 여덟 명이고, 하루에 한 번씩 아이디 바꿀 수 있으면 열여섯의 역할을 하는 거잖아. 진짜 재욱이 형 말대로 여기서 활동하는 사람이 열 명 남짓이라면 앞으로는 우리가 뭘 해도 다 이긴다는 말이네.]

민형은 자신이 직접 위기에서 살아나 봐서 그런지, 이 비하인드라는 게시판의 시스템과 그 시스템을 무섭게 활용한 재욱의 능력에 한껏 흥분된 상태인 것 같았다. 재욱은 더 재미있는 이야기를 꺼내기 시작했다.

[내가 더 무서운 얘기를 해줄까? 우리가 지금은 단순히 산술적으로 열여섯 명이 되는 거지만, 그 열여섯 명이 댓글을 어떻게 쓰느냐에 따라서, 원래 활동하던 열 명도 우리 편으로 만들 수 있고, 눈팅만 하는 사람들의 암묵적 동의도 다 우리 편으로 만들 수도 있어. 솔직히 이런 익명게시판에서는 몇 명만 잘 짜서 분위기 조성하면 뭐든 되긴 하지.]

[그런데 그렇다고 치면 누구든 이렇게 다 모이면 되는 거 아냐?]

[그게 말처럼 쉬울까?]

[어? 그게 어려워? 왜?]

[김민형! 너 아까 네가 쓴 글이라고 밝히는 거 쉬웠냐?]

민형은 재욱의 질문에 순간 당황한 것 같았다. 그리고 아까의 상황을 조금 회상했는지, 시간이 조금 지난 후에 답을 했다.

[아니⋯⋯.]

[그치?]

[그게 막상 그런 상황이 되면 존나 떨려!]

[이렇다니까! 이게 그래. 익명에 숨어서 하고 싶은 말을 다 하는 게시판일수록 자신의 존재를 드러내는 게 진짜 어려워. 웬만해서는 진짜 아무도 못 밝힌다고. 아까 너야, 너무 병신 같은 짓을 해서 어쩔 수 없이 그런 거고. 거기다 우리도 동기니까 무조건 너 지켜주겠다고 다 아이디 까고 도와준 거지. 이렇게 여덟 명이나 자기 아이디 솔직하게 오픈하고 말하는 것 자체가 거의 불가능하다니까.]

[그럼, 이렇게 모인 인원이 우리밖에 없다는 말이네⋯⋯.]

[그치.]

다시 대화가 멈췄다. 아마도 비슷한 생각들이 머릿속을 채우고 있는 듯했다. '어라? 이거 어쩌면⋯⋯.' 그리고 그 상황에서 먼저 말을 꺼낸 것은 민형만큼이나 평소에 불만이 많았던 지영이었다.

[씨발. 그러면 나 재경팀 김 대리 년 좀 보내면 안 돼? 그년이 내가 전화만 하면 까칠하게 굴고, 팀장한테 찌르고 난리란 말이야.]

지금 생각해 보면 내가 말려야 했던 순간은 그때였다. 처음이야 동기를 지키는 마음으로 얼떨결에 도운 거라고 해도, 두 번째부터는 분명히 잘못된 행동이었다. 아무리 업무상으로 다른 사람과 트러블이 있었다고 해도, 설사 그 불만이 스트레스가 돼서 직장 생활을 힘들게 한다고 해도, 그렇게 풀어서는 안 됐다. 하지만 그날 우리들은 모두 흥분한 상태였다. 이제 막 입사 3년 차가 된 동기 여덟은 모두 나름의 불만들이 쌓여 있었고, 슬슬 직장 생활의 한계를 느끼던 시점이었다. 그런데 마침 그 순간, 우리에게 비하인드라는 무기가 생겨버린 것이다. 나는 동기들보다 나이가 많은 형이었고, 오빠였지만, 막지 않았다. 원래 잘 나서지 않는 성격이라고 스스로를 속이고 있었지만, 내가 제일 비겁했다. 나는 나서고 싶지 않았고, 동기들의 의견에 반대되는 의견을 내고 싶지도 않았다. 그래서 그저 한 걸음 물러나 최소한의 참여로 죄책감은 피하고, 이득은 취하고 있었다.

우리들의 본격적인 악행의 시작은 재경팀 김 대리였다. 처음에는 그녀의 업무적 태도를 문제 삼았다. 회사에서도 이미 과하게 까칠하고 도도한 이미지였던 사람이었기에 비하인드의 반응도 쉽게 불타올랐다. 우리는 화가 풀리지 않은 지영의 주도로 며칠 동안 김 대리만 집요하게 공격했고, 그녀는 딱 일주일 만에 육아휴직을 쓰고 자리를 비웠다.

[진짜 된다. 이게. 나 10년 묵은 숙변이 나간 기분이야.]

[더러워.]

[뭐 어때? 이렇게 상쾌한데! 자! 이제 누구를 보낼까? 더 불만 있는 사람 없어?]

[나. 운영 팀장 그 개새끼!]

[년 또 왜?]

김 대리가 진짜 떠나자, 우리는 눈에 뵈는 게 없어졌다. 우리들은 회사에서 우리 동기들을 괴롭히던 사람들을 하나씩 돌아가며 공격하기 시작했다. 그리고 그 와중에 재욱은 혹시라도 들킬 수도 있다며, 우리와 전혀 상관이 없는 부서에서도 공격 대상자를 물색했다. 그렇게 우리는 6개월 동안 열 명의 직원을 공격했고, 그중에 세 명은 이직했고, 세 명은 휴직했다. 두 명은 다른 계열사로 이동했고, 남아 있는 두 명은 비록 그 자리에 그대로 있기는 했지만, 예전과는 다르게 아주 얌전하고 소극적인 사람으로 변해서 회사에 다니고 있었다.

그들에게 향하던 공격들도, 처음에는 있는 사실을 기반으로 업무적인 것에서 시작했지만, 점점 더 개인적인 성향이나 태도, 패션이나 몸매까지도 소재로 쓰였고, 결국에는 없는 이야기들로 악성루머까지 만들어내는 지경이 되어버렸다.

[오빠. 근데 진짜 이래도 돼? 이거 그냥 다 지어낸 얘기잖아.]

[뭐 기사들은 다 있는 얘기만 나오냐? '카더라'로 소문을 만들어내는 거지.]

[그래. 솔직히 아무 상관 없잖아. 없는 얘기도 한 명이 꾸준하게 올리면 다 그런 줄 알잖아. 잘 봐봐. 비하인드에서 한 명이 집요하게 한 명만 공격하는 경우도 많았다고. 그런데 그게 진짜 다 사실일까? 난 전혀 아니라고 보는데.]

[맞아. 그냥 솔직히 그런 거 보면, 사실이라기보다는 그냥 진짜 싫어하는구나 싶은 거지.]

[그게 제일 무서운 거야. 우리가 그렇다고 하면 비하인드에서 그런 게 되어버리는 거. 어쩌면 그게 이제부터 우리가 가진 힘이자, 우리가 우리에게 유리한 판을 만드는 데, 가장 강력한 무기가 되는 거지.]

[뭐? 우리에게 유리한 판?]

　내가 지금의 이 상황을 막을 기회가 한 번 더 있었다면, 바로 그때였다. 단순한 화풀이에 지나지 않던 장난이 범죄로 진화하던 순간, 배고파서 빵을 훔치던 아이의 도둑질이, 더 많은 빵을 훔쳐서 팔기 시작하며 체계적인 면모를 띠기 시작하는 순간. 그 순간이 바로 그때였다. 그렇게 우리는 진화하기 시작했다.

"나는 어차피 우리가 이렇게 비하인드를 장악한 이상, 좀 더 영리해질 필요가 있다고 생각해."

"영리해지자고?"

"어. 어차피 우리 여기 다 힘들게 들어왔잖아. 그리고 쉽게 나갈 생각도 없고."

"그치. 아무리 좆같아도 대리, 과장은 달아야 이직도 하는 거니까."

"그러니까. 그럼 적어도 우리가 이 회사에서 보내야 하는 시간이 5년은 된다는 뜻인데, 이번 기회에 이 회사를 우리에게 좀 더 유리하고 편한 판으로 짜보자는 거지."

"예를 들면?"

반짝이기 시작하는 재욱의 눈빛에 동기들은 기대하는 표정을 보였다. 처음에 이 비하인드의 특성을 파악하고 활용하기 시작했을 때처럼, 재욱이 다시 또 대단한 것을 생각해 냈을 거라는 기대감 때문이다. 나도 그 순간에는 그랬다. 남들보다 늦게 들어온 이 회사에서 이왕이면 조금이라도 편하고 빠르게 올라가고 싶다는 마음이 있었다. 그래서 겉으로는 소극적으로 끌려가는 듯, 빠지지 않았다.

"지금까지는 우리를 힘들게 한 사람들을 공격했잖아."

"그치. 아무래도."

"지금부터는 우리를 위협할 수 있는 사람들을 우리가 먼저 공격하자는 거지."

"예를 들면?"

"공채 43기?"

"뭐?"

"자. 생각해 봐. 우리 회사는 공채 문화가 아주 강해. 그래서 우리 회사는 직급이나 직책 이외에도 기수라는 보이진 않지만 유의미한 계급이 하나 더 있잖아. 그 말은 우리가 아무리 일을 잘하고 좋은 성과를 내더라도 조기 승진이나, 포상은 쉽지 않다는 말이지. 특히, 낮은 직급에서는 더. 왜?"

"우리 위에는 43기가 있으니까."

"그치. 어쩔 수 없이 이 회사에서 우리의 비교 대상은 자연스럽게 43기고, 이 기수 문화에서는 진짜 탁월하거나, 특출 나지 않으면 기수 역전을 안 시키지."

"우리 팀장은 진짜 입에 달고 살아. 너희 기수는 왜 그러냐고."

"그러니까 43기를 무너트리면, 우리 기수가 상대적으로 돋보일 수밖에 없어. 그러다 보면 우리 기수의 입지가 더 탄탄해질 수밖에 없고. 심지어 너희 그거 알아? 잘 보면 유독 43기가 핵심 부서에 많이 들어가 있거든? 그래서 막강 파워 30기가 자기네 따라올 기수는 43기밖에 없다고 엄청나게 밀고 있는 거?"

동기들은 재욱의 말을 들으면서 자연스럽게 표정이 일그러지기 시작했다. 이미 그동안 알게 모르게 43기와 비교를 당하면서 스트레스를 받고 있었고, 특히 핵심 부서들에서 더 잘나가고 있는 43기를 보면서 시기와 질투의 감정을 느껴보지 않은 사람이 한 명도 없었기 때문이다. 재욱은 그런 동기들의 심리를 정확하게 파악한 것이다.

"아, 그래서 그런 거였어? 우리 팀장이 30기거든. 어쩐지 박 주임 그 개새끼만 자꾸 끼고돌더라고. 역시 그런 거였구만. 씨발."

"그러니까 우리가 더 날려야 해. 43기를."

재욱이 제시한 방법은 아주 간단했다. 비하인드에 그 기수들의 유대 관계를 지속적으로 노출하는 것. 예를 들어 타 부서에 전화에서 자료를 요청했는데 절대 안 된다던 것이 담당자의 동기가 말하니까 바로 프린트해서 가져다준다더라, 뭐 하나만 요청해도 그전에 협조 요청 서류부터 쓰라고 하던 사람도 동기들은 카톡 하나면 다 해결된다더라는 둥. 이 회사에서 웬만한 기수에서는 모두 일반적으로 일어나는 그런 관행들을 마치 43기들만의 문제인 것처럼 몰아가는 것이었다. 정말 운도 따라주는지, 심지어 딱 그때 43기 중 한 명이 협력 업체로부터 상품권을 받은 게 문제가 됐는데, 30기였던 감사 팀장이 덮어줬다는 사실을 재욱이 물어 왔다. 우리는 그걸 비하인드에 시원하게 터트렸고, 그 사건을 계기로 본격적인 43기의 몰락이 시작되었다.

"넌 그거 어떻게 알았어? 감사 팀장이 덮은 거?"

"실은 우리 외삼촌이 31기야."

"뭐?"

"우리랑 똑같은 거지. 워낙 30기가 잘나가니까 상대적으로 31기들이 완전히 쭈그려 있잖아. 그래서 이를 악물고 있는 31기들이 30기의 약점들은 다 꿰고 있거든. 게다가 이번처럼 30기가 안 좋은 일로 자리에서 내려오면 바로 아래 기수들의 기회가 되는 거니까. 그러니까 지금 31기들도 진짜 아주 난리도 아니지. 30기들을 못 잡아먹어서."

"야…… 그러면 혹시?"

"어, 맞아. 이번에 새로 감사 팀장 된 게 우리 외삼촌이야. 뭔가 더 든든하지 않아? 내가 잘만 꼬시면 아무나 알 수 없는 정보들도 얼마든지 구해 올 수 있다고."

그 순간 재욱은 자신이 왕이라도 된 것 같은 표정을 지었다. 아니 실제로 당연히 그렇게 생각할 수도 있었던 것이 결과적으로 재욱은 자신의 힘으로 삼촌에게 팀장의 자리를 선물한 셈이 됐고, 그로 인해 둘 사이엔 끈끈한 유대감이 생겼을 것이다. 이를 누구보다도 더 잘 알고, 이용할 생각을 하는 것 역시 재욱일 테니 자신이 마음만 먹으면 이 회사에서 누군가를 자를 수도, 올릴 수도 있는 건 물론이고 우리들도 그렇게 만들어주겠다고 말하는 것이었다.

"실은 43기 얘기를 해준 것도 삼촌이야. 지난번에 같이 술 먹는데 그러더라고. 너희 조심하라고, 회사에서 벌써 43기 애들 잘한다는 말 나오는데 그런 말이 돌기 시작하면 금방이라고. 자기들 때도 그랬는데, 그때는 진짜 몰랐다고. 그런데 지나고 보니 어느새 30기들은 모조리 다 팀장 달고, 회사 핵심부서에 가 있는데, 자기 동기 중에서는 팀장을 단 사람이 딱 한 명이라고. 너희도 여차하면 우리들처럼 된다고. 그래서 내가 그 말 듣고 그런 거야. 우리 기수 다 같이 대박나자고."

말은 좋았다. 우리 기수 다 같이 대박나자. 43기가 아니라, 44기가 30기처럼 막강 기수가 되어보자. 그런데 결국 방법은 일을 열심히 해서 능력을 보여주자는 것이 아니라, 온갖 모함으로 43기를 몰아내자는 말이었다. 재욱의 말에 다들 기뻐하는 분위기였고, 자연스럽게 그 생각에 동의하고 있었다. 나도 같은 마음이었다. 작년 공채에 지원했다가 떨어지는 바람에, 공채 재수를 해서 겨우 들어왔다. 그러니 어쩌면 내가 43기가 될 수도 있었다는 생각과, 그들의 존재 자체가 나를 이긴 자들이라는 생각이 재욱의 의견에 암묵적 동의를 하게 만들었다. 그래서 재욱의 계획은 누구의 반대도 없이 자연스럽게 진행되었고, 몇 달 후 43기의 반은 지방 사업장과 계열사로 밀려나게 되었다. 그리고 드디어 그 사건이 터졌다.

"야. 우리 삼촌이 그러는데. 경영본부 본부장이 사고를 크게 쳤다는데?"

"뭔데?"

"경영 본부장이 치는 사고면 뻔하지. 여자 문제 아냐?"

"맞아. 근데 삼촌도 정확한 건 모른대. 그냥 지방 사업장에서 문제가 생긴 거 같다는 정도만 알았대."

"우와. 이번에 또 걸리면 진짜 좆될 텐데."

"근데 더 중요한 문제가 있어."

"뭔데?"

"43기가 그렇게 잘나가는 이유가 있었더라고. 삼촌도 확신은 못하는데, 아무래도 43기 중에 그 경영 본부장 아들이 있다는 거야. 그래서 초기에 그렇게 43기들이 핵심 부서에 들어간 거라고."

"왜? 경영 본부장쯤 되면 그냥 데려와도 되는 거 아냐?"

"그치. 어차피 로열패밀린데……."

"당연히 숨겨야 하는 존재겠지. 뭐 홍길동이나 그런 거."

재욱의 말에 동기들의 눈이 모두 커졌다. 원래 남의 이야기나 험담은 재미있는 일인데, 심지어 그 정보가 우리들의 미래에도 영향을 줄 만큼 영양가가 좋은 이야기라면 절로 관심이 생길 수밖에 없는 것이다. 재욱은 자기 말에 동기들의 관심이 쏠리자 더 신이 난 듯 말을 이었다.

"뭐 지금까지의 추측은 혼외자고, 성별은 모르는데, 아무래도 남자가 아닐까 한다는 소문. 왜냐면 지금 그 집에 아들이 없으니까. 밖에서 낳아 온 아들을 더 회사에서 좀 키우려고 한다고."

"대박. 그럼 아직은 밝히기 어려우니 입사는 시키고, 누군지 숨기려고 그 기수를 다 좋은 자리로 보낸 거야? 씨발 진짜 뭣 같네."

"그니까. 결국 우리가 잘되려면 그 본부장도 날려야 된다는 거 잖아."

심장이 두근대기 시작했다. 나만 그랬을까? 내가 다른 동기들의 맥박을 재볼 수는 없었지만, 누구나 다 비슷한 심정이었을 것이다. 일이 커지고 있다. 이제는 우리의 힘으로 임원까지 날려야 한다는 말이 나오고 있었다. 무슨 자신감들이었을까? 총을 든 어린아이가 된 기분이었다. 손에 든 것의 위험성은 모른 채, 그저 그것으로 우리가 무서울 것이 없는 존재가 되었다는 생각뿐이었다. 우리는 무엇이든 할 수 있었다. 임원이건, 로열패밀리건 상관없었다. 우리는 우리들의 미래를 위해 무엇이든 하겠다고 각오를 다졌고, 누구보다 자신의 빛나는 미래를 욕심내고 있었다. 그런데 문득 마음에 걸리는 것이 있었다.

"재욱아. 너 그러면 혹시 감사 팀장님한테 우리 얘기 다 한 거야?"

아무리 우리와 욕망이 같다고 해도, 우리의 비밀이 다른 사람에게 알려지는 것은 너무 위험한 일이었다. 그게 아무리 가족이라고 해도 말이다.

"아니! 당연히 절대 안 했지! 야! 이거 알려지면 우리 다 죽는 거야!"

"그런데 감사 팀장님이 왜 그런 얘기를 너한테 해?"

갑자기 따지는 듯한 나의 질문들에 재욱은 잠깐 당황하는 듯했지만, 금세 아무렇지 않은 듯 상황들을 설명해 나갔다.

"삼촌은 우리가 이렇게 조직적으로 움직이는 건 몰라. 아니 우리가 우리라는 것도 몰라. 외삼촌은 그냥 나 혼자 하는 줄 알지. 그래서 그냥 나보고 비하인드에 쓱 흘려주면 안 되냐고, 자기도 그럼 댓글로 지원할 테니 나보고 냄새만 풍기라고 한 거야."

나는 감사 팀장에 대한 걱정이 여전히 좀 남아 있었지만, 다른 동기들은 아니었다. 오직 어떻게 하면 경영 본부장을 날릴 수 있을까? 경영 본부장이 날아가면 진짜 43기들도 완전히 무너지는 건지, 관심은 그것뿐이었다.

"그럼 이제 어떻게 할 건데? 우리가 뭘 하기에도 정보가 너무 없는 거 아냐?"

"뭘 걱정해? 이럴 줄 알고, 내가 우리 비서님을 세팅해 놓은 건데. 야. 설마 내가 너희 팀장들 보고 순서나 바꿔주려고, 그 고생을 해서 비서를 세팅한 줄 알아?"

"와. 진짜 형. 우리 적이 되진 말자. 같은 편이면 이렇게 든든한데, 형이 만약 적이라고 생각하면 나 진짜 숨 막힐 것 같아."

시작은 장난이었다. 하지만 그 장난들은 악행이 되어, 범죄로 이어졌다. 나는 어쩌면 이것이 익숙함으로 가능해진 흐름이라고 생각했다. 장난이 익숙해지자, 더 큰 자극을 원하게 되고 그래서 상황이 악화되었다고. 하지만 시간이 흐르면서 알게 되었다. 현재를 만든 건 익숙함보단 점점 더 커지는 욕망이었다는 것을. 그래서 더욱 무섭게 신화했다는 사실을 말이다.

"이것 좀 봐봐. 좀 이상하지 않아?"

점심을 먹고 쉬고 있던 우리에게 소영이 사진 한 장을 보여줬다. 우체국 택배를 보낸 영수증을 찍은 것이었는데, 거기에는 보낸 사람 이름과 주소. 받는 사람의 이름과 주소가 나와 있었다.

"이게 뭔데? 영수증이야?"

"어. 우리 미친 팀장이 자기가 버리라고 해놓고는 아직 정산 안한 영수증이라고 찾아오라고 난리여서, 지하에 있는 쓰레기장에 갔었거든. 거기서 우리 팀에서 나온 쓰레기통을 다 뒤지고 있는데, 옆에서 처음 보는 여사님이 쓰레기를 버리시는 거야. 그래서 뭔가 하는 마음에 이건 어디서 나온 쓰레기냐고 물어보니까 8층 쓰레기 라고 하더라고."

"8층? 8층이면 대표실, 비서실 아니야?"

"응, 그러니까. 왠지 8층이라고 하니까 눈이 가더라고. 그래서 쓱 봤는데 이게 눈에 확 들어오는 거지."

"이게 8층에서 나왔단 말이지?"

재욱은 한동안 말이 없었다. 우리는 그동안의 경험상 재욱이 뭔가를 찾아낼 거라는 기대로 숨을 죽이고 있었다. 그런데 정작 그 영수증에서 중요한 정보를 찾아낸 사람은 동선이었다.

"이거 받는 사람 이름, 이 대표님 아니야? 작년에 나가신?"

"어? 그러네. 그분 강일 전자 갔다고 하시던데?"

"맞네. 이거 받는 주소가 강일 전자 주소 맞는데?"

"어라. 이것 봐라. 보내는 사람은 비서 맞지?"

"어. 비서 맞고. 더 중요한 건 결제 카드번호 봐봐."

"왜? 카드번호가 뭐?"

"이거 우리 법카가 아니야."

"그럼. 개인적으로 보냈다는 말이네……. 비서가 경쟁사로 이직한 전 대표에게 뭘 보냈을까? 갑자기 확 궁금하네."

"난 알지."

그동안 말이 많지 않았던, 지윤이 입을 열었다.

동기들의 시선은 바로 지윤에게 향했다. 지윤은 갑자기 쏠리는 시선에 당황했는지, 얼굴을 좀 붉히며 말했다.

"며칠 전에 비서님이 우리 부서에 와서 업무 매뉴얼을 하나 받아

갔거든. 대표님께서 찾으신다고."

"근데?"

"실은 작년에 대표님 오셨을 때, 우리 본부장이 제일 먼저 챙겨서 올라간 게 그 매뉴얼이었거든. 그리고 요즘도 수시로 보고할 때, 그 업무 매뉴얼에 있는 내용이라고 강조하면서 보고하고. 그런데 그게 대표한테 없을 리가 없지."

"그럼 정리해 보면, 우리 비서실에 계신 비서님께서 다른 경쟁사로 이직하신 전 대표님께 우리 회사 대외비인 업무 매뉴얼을 보내 드렸다는 얘기네."

"그것도 혹시 문제가 될까 봐 개인카드로 결제해서."

"재미있네."

재욱의 얼굴에 순간 음흉해 보이는 미소가 번졌다. 나는 재욱의 그 표정이 참 마음에 들지 않았지만, 민형은 신이 나는지 재미있다는 표정으로 재욱에게 물었다.

"왜 또? 뭐 하게?"

"생각해 봐. 비서실에 우리 빨대 하나 있으면 진짜 근사할 거 같지 않냐?"

"뭐?"

"그렇잖아. 이미 우리가 비하인드는 장악하고 있고, 조금 비밀스러운 정보도 우리 삼촌 통해서 알 수도 있는데, 심지어 비서실까지 우리 줄이 닿아서 경영에 관한 정보들까지 알게 되면 진짜 대박인 거잖아."

내가 생각하기에도 진짜 그렇게만 된다면 이 회사에서 도는 거의 모든 정보를 우리가 컨트롤할 수 있을 것 같았다.

"근데 과연 비서가 순순히 정보를 줄까? 아무리 약점을 잡았다고 해도?"

"길을 들여야지."

재욱은 여전히 뭔가 재미있는 계획이라도 생각났다는 표정으로 말을 꺼냈고, 동기들은 언제나 그랬던 것처럼 반짝거리는 눈빛으로 그의 이야기에 집중했다.

"길을 들이다니?"

"얌전하게 우리 말을 잘 들으라고, 천천히 훈련을 시켜야 한다고."

재욱은 IT 부서에 있는 동선에게 비서실에 설치된 CCTV 영상을 보여달라고 했다. 그리고 최근 한 달 동안의 CCTV 자료를 우리에게 나눠 주며 훑어보고 이용할 만한 정보들을 찾아서 모으라고 지시했다.

"큰 게 아니어도 돼. 어차피 비서가 꼼짝 못 할 카운터펀치는 우리한테 있어. 지금 우리가 찾으려는 거는 자잘하고, 문제가 될락 말락 하는 거. 그런 거를 최대한 많이 모으는 게 중요해."

"오빠. 그런데 그런 거는 모아서 뭘 할 건데?"

"알려줘야지. 우리가 당신을 지켜보고 있었다는 걸."

그렇게 정보를 모은 우리는 동선이 CCTV를 실시간으로 보고 연락하면, 비서가 자리를 비울 때마다 포스트잇을 비서의 자리에 두고 왔다. 우리가 당신을 보고 있다고, 당신에 대한 모든 걸 우리가 알고 있다고, 그러니 알아서 얌전히 굴라고 전하는 메시지였다. 그렇게 그녀는 우리의 얌전한 노예가 되었다.

재욱이 말한 비서실의 빨대는 모두의 생각보다 훨씬 강력해서, 우리가 각자의 팀에서 입지를 다지는 데 엄청난 역할을 해주었다. 비서실에서 나온 정보들을 통해, 팀장들의 보고 순서나 보고 시점에 대해 조언을 했고, 우리의 정보 덕분에 대표 보고가 원활해지자, 각 팀에서도 우리 기수들을 챙기는 모습들이 슬슬 나타나기 시작했다. 그리고 무엇보다 강력했던 것은 비서실의 정보로 경영 본부장을 날린 것이다.

"진짜 미쳤어. 정말 경영 본부장 완전히 날아갔어. 대박."

"야, 그래 봤자 로열이야. 한 2~3년 있으면 돌아와."

"그래도 이거 진짜 대단한 거 아니야? 이제 주임을 갓 단 나부랭이들이 본부장을 날렸다고. 그것도 로열패밀리를."

"그래! 이건 좀 간지 나."

"근데 강 팀장님은 왜 날린 거야? 솔직히 그분은 좀 나이스 하지 않았어?"

소영의 말에 재욱은 별거 아니라는 듯이 가볍게 대답했다.

"너무 나이스해서."

"뭐?"

"삼촌이 그러는데, 이번에 본부장 날아가면 백 퍼 강 팀장이 본부장으로 올라간다고 하더라고. 임원 달고."

"그래? 진짜?"

"어. 근데 이게 또 30기가 이렇게 임원을 먼저 달기 시작하면, 31기는 완전 밀리기 시작하는 거거든."

"그렇지. 그래서 날려달라고 한 거야?"

"어. 삼촌이 어떻게 안 되겠냐고 하더라고. 그래서 내가 그냥 분위기만 한번 잡아본다고 했어."

"그럼 본부장은 누가 돼? 31기 중에 누구 있어?"

"아니, 없지. 아마 외부에서 데려온다는 거 같던데?"

상황은 점점 더 엉망이 되어갔다. 이제 우리가 하는 일은 누군가를 올리기 위해서도 아니라, 누군가를 날리기 위한 일이었다. 당장의 이익이 걸린 것도 아닌데 혹시 모르니까, 별 이유가 없더라도 그 사람이 없어지는 것 자체를 목적으로 일을 벌인 것이다. 심지어 재욱은 이 모든 것을 처음부터 이야기하지도 않았다. 혼자만 알고 있다가 소영이 물어보니까 그제야 겨우 대답했다. 나는 그런 그의 태도가 점점 거슬리기 시작했다.

"그럼 자기네 누구를 밀어주려고 한 게 아니라, 그냥 그 사람이 되는 게 싫었던 거야?"

"야. 원래 세상이 그래. 내가 못되는 거보다 내 옆에 놈이 잘되는 게 더 싫은 거야."

"근데 진짜 형, 나 요즘 자꾸 소름이 돋아. 이거 우리 무슨 어벤 져스 같아. 실제로는 아직 찌질이들인데 비하인드에만 오면 못 하는 게 없어. 완전."

"근데 솔직히 말하면 우리는 히어로보다는 빌런에 가깝지 않아?"

"그게 무슨 상관이야? 보통 사람들 입장에서야 아이언맨이 히어로겠지만, 빌런들 입장에서는 아이언맨이 빌런 아니야? 어차피 각자 자기가 자기 삶의 주인공인데 내 입장에서는 내가 지금 최고의 히어로야."

"형 멋있다. 진짜 주관이 뚜렷하긴 하네."

"근데 난 솔직히 비서 길들이는 거 진짜 재미있었어. 무슨 게임 하는 거처럼 우리 말대로 다 하고, 복종하는 게 진짜 중독될 거 같 아. 빌런이면 어때. 이렇게 재미있고, 회사에서 인정도 받는데."

처음부터 우리의 목표가 누군가를 철저히 조종하고 괴롭히기 위함이었다면, 우리가 이렇게 모일 수 있었을까? 그 장난 같던 댓 글로 시작한 일들이 이렇게 커져버린 건 이 일이 재미있다는 다른 동기들은 물론 어쩌면 재욱까지도 전혀 예상하지 못한 결과였을 것이다.

후회

"야. 너희 CCTV 보고 있는 거 맞아? 뭐 없어?"

"없어."

"말이 안 되잖아. 잘 보라고. 볼펜이라도 가져가거나, 아님 근태
를 좀 일찍 찍거나? 회의실에 짱 박혀서 전화를 좀 오래 하거나? 그
런 사소한 거라도 없어?"

재욱은 조급해했다. 지금까지 모든 것을 자신의 계획대로 진행
해 왔지만, 그 결과를 감당할 각오는 없었던 것이다. 그는 예상치
못하게 닥쳐온 이 후폭풍을 냉정하게 감당하지 못하고 있었다. 하
지만 그렇다고 그를 제지하거나, 그의 말에 반기를 들 만한 다른
동기들도 없었다. 신나게 벌이던 불장난에 막상 집에까지 불이 옮
겨붙자, 모두 겁을 먹어버린 것이다.

"형! 진정해!"

"뭐? 내가 왜? 나 흥분한 거 아니야."

"형 생각을 해봐. 누가 회의실에서 전화 통화 좀 한 걸로 책잡힌다고 사람을 죽이냐고."

"오 과장은 처음부터 죽을 짓을 했냐? 우유 하나 아니야? 꼴랑 하나 가지고 간 걸로 뒤진 거잖아. 안 그래? 작은 것부터 쌓아가면 돼. 다 그런 거야!"

"말은 똑바로 해. 오 과장님이 죽은 게 아니야. 우리가 죽게 만든 거지."

나는 그의 행동을 막을 용기는 없었지만, 그의 말을 가만히 듣고 있을 기분은 또 아니었다. 그래서 그가 시키는 그 말도 안 되는 일을 하면서도, 재욱의 말에 괜히 딴지를 걸었다.

"넌 씨발, 도대체 뭐가 그렇게 불만이야! 어?"

재욱이 시키는 CCTV를 뒤지는 일 따위를 하며, 이 공간에 더 이상 머물러 있기 싫었다. 이미 나에게는 이 공간이 감옥 같아서.

"그러니까 거기까지는 가지 말았어야지. 제발 적당히 했어야지! 좀 작작 하지 그랬어!"

"왜 나한테만 그래? 나만 개새끼야? 나만 개새끼냐고!"

"아니. 나한테 하는 얘기야. 그리고 우리 모두한테 하는 얘기라고! 다들 좀! 씨발! 작작 하지 그랬어!"

술이 문제였다. 오 과장이 우리의 덫에 걸려들었던 날, 우리는 뭐가 좋았는지 모여서 술을 마셨다. 지금까지 동기끼리 모이는 술자리는 꽤 많이 있었지만, 그날은 뭔가 달랐다. 모두 살짝 미쳐 있었고, 조금씩 흥분되어 있었고, 이성의 줄이 풀려 있었다.

"야! 감사 팀장님이 법인카드 주셨다. 내가 우리 동기들이랑 술 마신다고 하니까 44기는 31기 아들 기수나 다름없다고 맘껏 마시라며 카드를 주셨다고."

6시부터 시작된 술자리는 끊임없이 이어졌다. 동기들은 오랜만에 모인 술자리에서 그동안에 있었던 일들을 다 쏟아내고 싶었던 것 같다. 모두 다 주량을 잊은 듯, 미친 듯이 마셨다.

"야. 3차는 술 사 가지고 내가 아는 데로 가자. 완전 아지트 같은 데가 있어."

나도 그랬다. 그나마 미친 악마들 사이에서 사람의 이성을 가지고 있다고 생각했지만, 나는 그냥 겁이 제일 많은 악마였다. 그래서 그들이 술김에 내뱉는 말들이 너무 무서웠다. 그게 다른 이에게 실제로 해를 입히려는 계획이어서가 아니라, 누군가에게 들릴까 봐. 누군가가 들을까 봐. 회사 근처에서 이어지고 있는 술자리에서 자꾸 비하인드에서의 일들을 입에 올리는 이 새끼들의 입을 다 꿰매버리고 싶었다. 그래서 할 수 없이 오랫동안 비워두었던 내 작업실로 이들을 데리고 갔다.

"오호…… 형……. 이게 다 뭐야?"

"나 원래 화가가 되고 싶었어. 그냥 그림이나 그리면서 살고 싶었는데……."

"그럼 여기가 형 작업실이야? 오, 멋있다."

나는 미술을 하고 싶었다. 그냥 그림을 그리는 게 좋았고, 내가 그린 그림을 보는 게 좋았다. 집안의 반대로 어쩔 수 없이 경영학과에 갔지만, 내가 들은 수업은 회화과 수업이 더 많았다. 나는 미친 듯이 과외를 해서 이 작업실을 얻었다. 오래된 건물에 있는 지하실일 뿐이었지만, 나에게는 하기 싫은 공부를 하게 해주는 숨구멍이었고, 내 존재를 확인시켜 주는 거울이었다. 취업에 성공하고 다시 또 그 안에서 나를 잃어가느라 몇 년 동안 와보지 못했지만, 월세는 한 번도 밀리지 않았다.

"작업실? 아니, 지금은 그냥 창고. 솔직히 말하면 이제는 쓰레기장. 어차피 세상에 나가지도 못할 쓰레기들만 가득 차 있는 곳이니까."

"오빠 뭔가 존나 철학적이야. 이러니까 진짜 예술가 같네."

동기들은 자기만의 아지트를 찾은 아이들처럼 신나 있었다. 내가 이곳 얘기를 꺼내자마자, 동기들은 편의점을 털어 왔다. 그러면서 밤새 술 마시고, 노래도 틀고, 춤도 추는 우리들만의 아지트로 삼자며 속 편한 소리만 늘어놓았다.

"예술가는 지랄. 그거 알아? 여기 우리하고 존나 잘 어울려. 해도 안 들어오는 이 쿰쿰한 지하실. 어두침침한 조명. 곰팡냄새. 좀 있다가 보면 벌레도 나오고, 쥐도 나와."

"악! 진짜? 징그러워. 나 쥐 진짜 싫단 말이야. 우리 딴 데 가면 안 돼?"

소영은 쥐가 무섭다며 민형의 뒤로 숨었지만, 나갈 생각은 없는 듯했다. 어차피 다들 너무 취해서 혼자 돌아갈 수 있는 사람도 없어 보였다. 재욱만 빼고.

"여기 너랑 진짜 잘 어울려. 내가 전 여친들 데려와 봤는데, 뭐라는 줄 알아? 여기가 지옥 같대. 추울까 봐 전기 난로를 미리 켜났더니, 붉은 빛까지 돌아서 진짜 지옥 같다고 하더라고. 우리랑 딱 맞지 않냐? 어둡고 축축하고 붉은 빛까지 진짜 지옥 같잖아."

재욱에게는 남들과는 다른 카리스마가 있었다. 그래서 우리들이 딱 정하지는 않았지만, 모두 재욱이 우리 동기 중에서 리더라고 생각했다. 그런 재욱이 그나마 불편해하는 사람이 있다면 나였다. 나이가 같아서 그런 것도 있지만, 내가 자꾸 자기와 대척점에 서 있는 느낌이 들어서라고 언젠가 말한 적이 있었다. 나는 굳이 그의 대척점에 서 있고 싶은 마음도 없었고, 그의 경쟁자가 되어 리더가 되고 싶은 욕심이 있는 것도 아니지만, 한 가지 확실한 건 있었다. 난 그에게 끌려 다닐 생각이 없었다.

"맞네. 지옥 같네. 넌 좆같고. 넌 뭔데 이렇게 자꾸 초를 쳐, 갑자기. 다들 업되어서 잘 놀고 있는데."

"누가 뭐래? 놀아! 놀라고. 너희 회사 근처 술집에서 비하인드 얘기하면서 웃고 떠드는 거 진짜 아슬아슬했거든? 여기는 어차피 아무도 없고, 아무 소리도 안 들리니까 맘껏 떠들라고 이 악마 새끼들아."

"아. 형 취했네. 재욱이 형. 시우 형이 취해서 그래. 싸우지 마요. 우리 기분 좋게 놀고 있었잖아. 솔까 악마면 어때? 우리가 재미만 있으면 됐지. 우리가 뭐 사람을 죽였나? 그것도 아닌데."

민형의 말에 아주 기분 나쁜 시선으로 나를 쳐다보고 있던 재욱의 표정이 불쾌한 웃음으로 변했다. 그의 머리에 무슨 생각이 떠올랐는지는 모르지만, 순간 그의 마음을 알고 싶지 않다는 생각이 들었다. 그게 뭐든 그의 입 밖으로 나와서 다른 사람들에게 퍼지지 않기를 바라고 있었다.

"좋은 생각인데?"

"뭐가?"

"죽음."

"뭐? 무슨 말이야?"

"야. 이쯤 되니까 궁금하지 않아? 우리가 통제하는 꼭두각시들이 어디까지 우리 말을 들을지?"

"뭐?"

"왜 궁금하잖아. 우리가 보통 누가 누구 말을 듣는다고 하면, 죽는시늉까지 한다고들 하는데, 과연 우리 마리오네트들은 어떨지? 정말 죽는시늉만 할지? 아니면 진짜 죽을지? 존나 궁금하지 않아?"

어두운 지하실에 순간 정적이 생겼다. 모두 취해 있었지만, 다 알고 있었다. 재욱의 말이 농담은 아니라는 걸. 그래서 다들 술에 잔뜩 취해 있으면서도 누구도 쉽게 소리를 낼 수 없었다. 나는 욕을 하려고 했다. 마음 같아서는 당장 달려가서 턱주가리부터 한 방 날리고 싶었지만, 몸이 움직이지 않았다. 그때 내가 생각도 못 했던 반응이 나왔다.

"나 존나 설렜어, 지금. 왜 떨리지?"

"뭐?"

"좀 지리지 않아? 누가 내가 시키는 대로 하는데, 그 수준이 죽음이야. 내 말을 듣고 죽는다고. 완전 소름 끼치지 않아? 나 지금 완전 흥분되는데?"

"아. 미친년!"

재욱은 지윤의 반응에 미친 듯이 웃기 시작했다. 처음에는 진심으로 웃겨서 나오는 호쾌한 웃음이었는데, 그의 웃음이 길어지면 길어질수록 음흉하게 바뀌었다. 이상한 표정을 지으며 웃고 있는 지윤과 그녀의 뒤에서 더 끔찍한 표정을 짓고 있는 재욱이 내 눈에 들어오자, 나는 구역질이 올라올 것만 같았다.

"그럼 하자. 진짜 죽으라고 해보지. 뭐."

"형! 진짜? 진짜 한다고?"

"뭐 어때? 설마 죽겠어? 그리고 죽으면 어때? 어차피 우리가 아무것도 안 했는데도 이렇게 악마 소리를 듣는데, 이왕 악마 소리를 들을 바에 진짜 악마 같은 짓을 해보는 것도 좋지 않아?"

혹시 누군가가 나도 모르게 술에 약을 탄 걸까? 살면서 마약도, 마약을 하는 사람도 실제로 본 적은 없었지만 약을 한 사람들이 어떤 표정을 짓고 어떻게 말을 하는지 지금 알 것만 같았다. 모두 정상이 아니었다.

"콜!"

"그래, 어차피 시작된 거 가보자!"

"어떻게 죽으라고 하지? 어디서 뛰어내리라고 해볼까? 무서워서 막 오줌 싸고 그러는 거 아냐?"

"아. 존나 더러워."

"그래도 진짜 재미있겠다."

나는 그들을 말리지도, 그렇다고 적극적으로 나서지도, 심지어 도망치지도 못했다. 그저 여전히 그들의 언저리를 말없이 배회하고 있었을 뿐. 광기 어린 눈빛으로 장난스럽게 사람을 죽이자는 이야기를 하는 그들을 보며, 나는 저들과 다르다는 확신이 들지 않았다. 그게 가장 무서웠다.

4

탈옥

"말도 안 되는데, 반갑네요."

"제가요?"

그녀는 알고 있었을까? 나도 이곳으로 오게 되리라는 것을? 지금까지의 상황을 잘 되짚어보면 그녀는 분명히 내가 당하고 있는 일을 알고 있었다. 그리고 아마 오늘 나에게 일어났던 일들도 어떤 이유에서건 그녀가 아주 적극적으로 개입했을 것이다. 그러니까 어쩌면 내가 이런 상황에 처했을 거라고 예상했을 것이다. 그리고 지금 나를 바라보는 저 표정만 봐도 그녀가 나에게 죄책감을 느끼고 있다는 것도 충분히 알 수 있었다. 나는 분명히 그녀에게 화가 났다. 하지만 지금 이곳에 서 있는 그녀의 모습을 보자, 분노보다는 안타까운 마음이 더 컸다.

"왜 여기에 있어요?"

그녀는 내 질문에도 그저 미안한 표정으로 나를 바라만 보고 있었다. 나는 그녀의 눈빛을 보며 다시 한번 물었다.

"죽으려고요?"

"네."

그 한 글자 안에 담긴 사연을 정확히 알 수는 없었지만, 그 안에 가득 스며 있는 아픔은 충분히 느껴졌다. 나와 같으니까. 나도 어쩌면 지금의 그녀와 같은 마음으로 이곳에 서 있을 수도 있었다. 그녀의 대답이 내 가슴을 너무 강하게 긁고 지나갔다. 그래서 나 역시 그녀와 크게 다르지 않다는 것을 말해주고 싶었다.

"저도요."

눈물이 쏟아졌다. 내 입에서 말이 끝나는 순간, 정말 아무것도 남아 있지 않다고 생각했던 내 몸에서 다시 눈물이 쏟아지기 시작했다. 그녀를 바라보며 우는 것 말고는 아무것도 할 수 없었다. 서로의 상황을 다 알고 있는 것처럼 느껴져서인지, 그녀도 아무 말 없이 나를 보며 울었다. 슬픔을 저울에 매달아 잴 수 있다면, 우리는 단 0.0001그램의 오차도 없이 정확히 같은 무게의 슬픔을 안고 있는 것만 같았다. 세상에서 오직 서로만이 서로의 고통을 알고 있다는 동질감으로, 그래서 지금 옥상에 같이 서 있다는 사실만으로도 서로에게 위안이 되고 있었다.

"미안해요."

한참을 울고 나서 겨우 말을 건네는 그녀를 나는 가만히 쳐다보았다. 그리고 내가 이곳에서 그녀를 본 순간부터 하고 싶었던 말을 꺼냈다.

"혹시 죽지 않아도 된다면."

"예?"

"지금 우리가 죽지 않아도 된다면, 어떻게 할래요?"

그녀의 눈빛이 흔들렸다. 바로 전까지만 해도 죽음을 준비하며 모든 희망을 버린 것 같은 표정이었지만, 아무런 근거도 없는 나의 말 한마디에 그녀의 눈빛은 미친 듯이 흔들렸다. 그녀는 죽고 싶지 않은 것이다. 아니 누구보다 살고 싶었다. 그런데 누군가에 의해 등 떠밀려 이곳에 서 있는 것뿐이었다.

"나는 하나도 안 지웠어요."

지금 이곳에 서서, 나와 같은 마음을 먹고 있는 사람이라면, 이 말을 이해할 거라 생각했다. 그가 지우라고 했던 그 모든 자료. 우리에게는 살기 위한 마지막 동아줄이었지만, 그에게는 자신의 악행이 드러날 증거였던 그 사진들.

내가 자료를 지우지 않았다는 말은, 동시에 정 비서가 나를 함정에 빠뜨렸던 자료들도 남아 있다는 뜻이었다. 그러나 그녀의 표정은 그런 것쯤 아무 상관 없다는 듯 조금씩 환해졌다.

"어떻게요?"

"피아 식별이라는 말 알아요? 군대에서 쓰는 말인데, 아군인지

적군인지 알아보는 것을 말해요."

"적군이요?"

"예. 제가 비하인드에서 저격당하면서 제일 힘들었던 것이 바로 피아 식별이 안 된다는 거였어요. 익명으로 수많은 사람이 나를 욕하고 있었고, 나에 대한 정보들이 여기저기서 돌아다니기 시작하자 바로 내 옆에 있는 동료도 못 믿겠더라고요. 사무실에 출근해서 인사를 하는 순간부터 화장실에 가고, 식당에 가고, 회의를 들어가거나 다른 부서에 잠시 업무상 들어가도, 나를 보는 모든 눈빛을 의심하고 있었으니까요. 정말 미치는 줄 알았어요."

그녀의 뺨 위로 겨우 멈췄던 눈물이 다시 흐르고 있었다. 아마 내가 말하는 것이 뭔지를 너무 잘 알기 때문이겠지. 회사에 있는 모든 사람이 나를 비난하는 것 같은 기분을. 회사에 있는 모든 사람을 의심해야만 하는 상황을. 그래서 회사에 있는 동안 언제, 어디를 가도 다 나를 공격하는 사람들이라고 느껴지는 상황을, 그녀도 알았다.

"그래서 처음에는 그 사람이 누군지, 나를 저격하고 있는 그 사람을 찾는 데 집중했어요. 밤새 잠도 자지 않고 비하인드의 댓글들을 뒤졌고, 나를 자꾸 공격하는 아이디의 다른 글들도 하나하나 다 찾아봤죠. 하루에 한 번씩 아이디를 바꿀 수 있다는 것을 알고 나서는 말투나 성향이 비슷한 다른 글들까지 모두 살펴보며 연구했어요."

그녀는 나의 말에 계속 눈물을 흘리며 대답했다.

"맞아요. 저도 그랬어요."

"그럼 알죠? 아무 소용 없다는 거. 그곳을 아무리 하루 종일 들여다보고 있어도 내가 알 수 있는 건 없었어요. 익명이라는 게 얼마나 무서운지 그때 알게 되었죠. 익명은 내 신분이 감춰져 있어서 솔직한 마음을 다 말할 수도 있지만, 말도 안 되는 루머를 퍼트리고도 철저하게 숨을 수 있는 거니까. 진짜 미치겠더라고요."

"맞아요……."

"그런데 그 저격이 공격이 되고, 나를 조종하다 못해 죽이려고 한다는 생각이 들자, 생각이 달라졌어요. 적이 누군지를 찾는 것보다 확실한 내 편을 먼저 확인해야겠다는 생각이 들었죠."

정 비서는 내 말에 놀란 듯 눈이 커졌다. 나는 그녀가 왜 그렇게 놀라는지 알 수 있었다. 누구든 그 상황에 마주하게 되면 평소엔 충분히 생각할 수 있었던 기본적인 사고들이나, 합리적인 판단이 되지 않았다. 심지어 너무 당연한 상식적인 것들도 전혀 떠오르지 않기 때문이다. 그녀는 아마 그 순간에 내가 그런 생각을 했다는 사실에 놀랐을 것이다.

"저도 똑같았어요. 정신 못 차리고 헤매고 있었고요. 계속 그대로 끌려다닐 뻔했죠. 그런데 어제, 갑자기 우리 아이가 출근하는 저를 꼭 안아주는 거예요. 나를 꼭 껴안으면서 아이가 이렇게 말하더라고요. '아빠, 나는 아빠 편이야. 아무리 힘들어도 내가 아빠를 사랑한다는 사실을 절대 잊으면 안 돼!'"

정 비서는 다시 펑펑 울기 시작했다. 아마 그녀도 그녀의 아이가 떠올랐을 것이다. 죽음을 준비하는 과정에서, 그녀의 아이도 그녀를 몇 번이나 잡았을 것이다. 직접 말을 하지 않아도, 수많은 추억으로 그녀의 각오를 무너트리고, 그녀의 마음을 흔들어놓고, 어쩌면 그녀에게 새로운 용기를 줌으로써 그녀의 죽음을 막아보려 했을지도 모른다. 그녀는 그 모든 것을 뒤로하고 이곳에 서 있는 것이다. 어쩌면 나는 지금 그녀의 마음을 아무리 같은 부모라고 하더라도 절대 이해하지 못할 것이라고 생각했다.

"죽음의 신호가 보이기 시작하는 순간, 아이의 그 말이 귓가를 맴돌았어요. 누군가가 나를 사랑하고 있다는 사실. 나에게는 확실한 내 편이 존재한다는 사실. 그래서 내가 어떻게 해서는 살아야만 한다는 이유. 그래서 찾았어요. 회사에서 내 편. 확실하게 내 편이라고 말할 수 있는 사람을."

"있었어요?"

"없는 것 같았어요. 적을 구분하는 것만큼 편을 고르는 것도 똑같이 힘들었어요. 어차피 후보군이 같으니까. 그래서 그냥 모험을 했죠. 어차피 죽음까지 결심했는데, 미친 척하고 지르자. 그래서 팀에서 가장 친한 김 대리에게 아무런 말도 하지 않고, 캡처한 대화 내용을 보냈어요."

"과장님 편이었나요?"

246

"예. 다행히도요. 저는 첫 메시지가 중요하다고 생각했거든요. 혹시라도 '이걸 나한테 왜 보내요?'라는 반응이라면 지금 이 상황에 대해 뭔가 아는 것이라고 생각했고, '이게 뭐예요?'라는 반응이면 확실하진 않아도 믿어보려고 했죠."

"그래서요?"

"그런데 둘 다 아니었어요. 그냥 바로 전화가 와서 이게 뭐냐고 따지더군요. 그래서 다 말했어요. 내가 지금 어떤 상황인지, 문제가 됐던 우유 사건부터 모조리요. 쉽지는 않았지만, 말하고 나니 정말 후련했어요. 그리고 내 말을 다 들은 김 대리는 저에게 바로, 자기 자리에 안 쓰는 휴대폰이 있으니 그걸 대신 쓰라고 하더라고요. 자신에게 메시지 보낸 것만으로는 내 마음이 안 놓일 거라고요. 아직 해지 안 한 폰이니, 거기에 비하인드 앱 깔아서 그걸로 소통하고, 지금 제 폰은 비상시에 쓰라고. 그래서 전 다 남아 있어요. 앱도 같이 열어둬서 모든 내용은 다 캡처해 두고 있었고요."

"진짜요?"

나의 말에 조금씩 정 비서의 표정이 밝아지고 있었다. 하지만 그런 와중에도 눈에는 눈물이 고여 한 방울씩 계속 떨어졌다. 내 말이 너무 반가우면서도 아직 믿기지 않는 듯 보였다. 어쩌면 그럴 수밖에 없을 것이다. 그녀는 나보다 훨씬 더 오랜 시간을 그에게 조종당하고 있었을 테니 말이다.

"그리고 김 대리가 비서님에 대한 것도 알아냈죠."

"네?"

"김 대리는 내 말을 듣자마자, 몇 달 전부터 동기 방에서 돌던 비서님의 소문이 떠올랐대요. 김 대리 동기 중에 그래도 비서님이랑 나름 친한 직원들도 있으니까요."

"무슨 소문이요?"

"비서님이 이상하게 변했다고요."

비서는 나의 말에 쓴웃음을 지었다. 자기 행동이 이상해 보일 거란 걸 알았지만 직접 누군가의 입을 통해 들은 적은 처음이지 않을까. 그녀가 몇 달 동안 그의 지시에 따라 했던 행동들은 당연히 정상적인 것들은 아니었고, 그것을 누군가가 눈치채는 것은 어쩌면 너무 당연했다.

"그렇죠. 다들 알았겠죠."

"예. 그랬다고 하더라고요. 몇 달 전부터 올이 나간 스타킹을 신고 다니기도 하고, 갑자기 이 사람 저 사람한테 친한 척하면서 밥을 먹자고도 하고, 가끔은 제일 맛없는 메뉴의 음식만 잔뜩 떠서 미련하게 먹기도 했다고요. 지금 생각해 보면 비서님이 왜 그랬는지 너무 쉽게 이해가 되지만, 모르는 사람들에게는 너무 이상해 보였겠죠. 김 대리는 제가 비하인드에서 협박을 당하고, 그래서 냉장고의 우유도 바꿨다는 얘기를 듣자마자, 비서님도 비슷한 상황인 것 같다고 말했어요."

그녀는 내가 하는 말을 가만히 듣고만 있었다. 어두운 밤이어서

248

그런지, 그녀가 아무런 대답도 하지 않자 지금 그녀가 짓는 표정을 읽기도 어려웠고, 그녀의 감정이 어떤지도 알 수 없었다. 그래서 나는 그저 내가 해야 할 말을 계속 이어갔다.

"그리고 오늘의 상황들을 보고 나니, 저도 확신이 들었죠. 비서님도 지금 저와 같은 상황일 거라는 것을. 그래서 그 새끼한테 자살을 유도하는 문자를 받았을 때, 어쩌면 비서님도 이곳으로 올 수도 있다고 생각했어요. 어딘가 높은 곳을 찾아 자살해야 한다면 적어도 그곳이 자신의 집은 아닐 것 같았거든요. 우리들은 각자 아이가 있는 부모니까요."

비서는 나의 말을 듣고 나서도 한동안 멍하니 서 있었다. 어쩌면 지금 내가 하는 이야기가 전혀 이해되지 않는 것일지도 모른다. 이미 너무 최악의 상황까지 몰려 있는 상태였으니 말이다. 그래서 나는 더 단순하게 말해야겠다고 생각했다.

"비서님. 우선 지금 제 말이 머릿속에 안 들어올 수도 있어요. 상관없어요. 대신 이 말 한마디는 꼭 들어야 해요."

여전히 나를 보며 멍하게 서 있는 그녀에게 조심스럽게 한 걸음만 다가가며 말을 했다.

"우리 이제 살 수 있다고요."

그녀는 나의 말에 그대로 주저앉아 버렸다. 힘이 다 빠져버린 것 같았지만, 묘하게 편안해 보였다. 아마도 그녀를 이곳까지 올라오게 해서 난간에 서 있게 만들었던 그 엄청난 공포와 극도의 긴장이 한 번에 다 빠져나간 듯했다. 그리고 잠시 후 그녀가 다시 큰 소리로 울기 시작했다. 세 살짜리 어린아이가 된 것처럼 큰 소리로 엉엉 울고 있었다. 그렇게 한참을 울고 나서야 조금은 편안하고 걱정스러운 표정으로 나에게 물었다.

"그럼 이제 어떻게 해요?"

"그래도 죽긴 해야죠."

"네?"

"우린 우선 죽어야 한다고요."

"아니, 제가 먼저 죽을 겁니다. 비서님 앞에서."

"그게 무슨 말이에요?"

"그놈이 왜 그렇게까지 하는지는 모르겠지만, 그는 우리가 죽기를 바라고 있어요. 그렇다면 그가 바라는 대로 사라져주는 것이 그를 안심시킬 수 있는 일이겠죠……. 그래야 우리가 그에 대한 정보도 얻을 수 있고요. 그런데 실은 그전에 더 중요한 게 있죠."

"뭔데요?"

"우선순위요. 우리한테 지금 그를 잡는 것이 더 급한 일인지, 우리가 다시 일상으로 돌아가는 것이 더 중요한 일인지. 우리는 그걸 정해야 해요. 그 우선순위에 따라서 우리가 할 일의 종류나 순서도 모두 달라질 수 있으니까요. 비서님은 어때요?"

그녀는 나의 질문이 너무 예상 밖이었는지, 아무 대답도 못 하고 어물거렸다. 그래서 나는 우선 나의 답부터 알려줬다.

"저는 당연히 일상으로 돌아가는 것이 훨씬 더 중요하고 급해요. 그놈을 잡는 것도, 그놈이 내가 받은 고통만큼 벌을 받는 것도 중요하죠. 하지만 그 일은 너무 오래 걸릴 거예요. 그리고 그 과정에서 우리는 더 많은 것을 잃어버리고, 지쳐버릴 수도 있죠. 그래서 저는 지금 당장 그놈을 잡는 것보다 나의 일상을 다시 찾는 것이 훨씬 더 중요해요."

"저도 당연히……."

"그렇다면 진짜 우리는 큰 각오가 필요해요."

점점 또렷해지는 눈빛을 보니, 그녀는 내가 구체적으로 말하지 않아도 아는 것 같았다. 우리가 결국, 이 함정에서 나와 각자의 일상으로 다시 돌아가기 위해서는 스스로 우리의 약점과 잘못을 다 밝혀야 한다는 사실을. 우리는 지금까지 우리의 잘못이 밝혀지는 것이 두려워서 이렇게 그에게 끌려다녔지만, 결국 우리의 끝은 해방이 아니라 죽음이었다. 그러니까 이 지옥에서 벗어나기 위해서는 스스로 용기를 내고 우리의 잘못을 모두 떨쳐내야만 했다.

"그래서 우리가 죽어야 하죠. 우리가 죽어서 그가 원하는 대로 일이 진행되고 있다고 생각하게 해야 하는 거예요. 그의 관심이나 경계가 좀 무너지면, 그때 우리는 지금까지 잘못들을 모두 해결해야죠. 그래야 그를 다시 마주했을 때, 전혀 무섭지 않을 수 있으니까요."

내 말에 그녀는 동의했다. 나는 그녀가 지은 죄가 어떤 건지 모르고 너무 쉽게 말을 했나 하는 생각도 했지만, 결국 나와 같은 선택을 하는 그녀를 보고, 지금은 우리 잘못의 크기가 중요한 것이 아니라는 것도 알았다.

"좋아요. 그럼 어떻게 해야 하는 거죠?"

"우선 제가 먼저 죽을 겁니다. 지금 이 약을 먹고요."

"예? 뭐라고요?"

그녀는 내가 주머니에서 꺼낸 약을 보고는 너무 놀라는 눈치였다. 그러고는 망설이지 않고, 내 손에서 그 약을 빼앗아 갔다. 나는 그녀의 행동에 당황했지만, 곧 내가 너무 급하게 말을 했다는 생각이 들었다. 그녀는 지금 죽음의 문턱에 서 있던 사람이었는데…….

"아. 물론 다 먹지는 않을 거예요. 허용치보다 조금만 더 먹을 거예요. 생명에는 지장이 없도록, 그리고 비서님께서 119랑 경비실에 연락만 해주시면 돼요."

"그게 무슨……."

"우선 제가 진짜 죽으려고 했다는 사실이 우리가 아닌 제삼자에게 보여야 해요. 물론 경비 반장님들은 비하인드를 안 하시지만, 김 대리가 비하인드에 올려줄 거예요. 비하인드에 글이 올라오고 직접적인 목격자가 있다면, 소문은 금세 퍼지겠죠? 그때 비서님께서 유서를 비하인드에 올리시는 겁니다."

"그럼……."

"그렇죠. 우리는 동반 자살을 한 것으로 소문이 날 거예요. 그리고 그놈은 그 말을 듣고, 방심하겠죠. 모든 것이 다 자기 뜻대로 돌아간다고. 그럼 그때 우리는 우리의 죄를 해결하는 겁니다."

순간, 정 비서의 눈빛이 변했다. 그리고 순식간에 나에게서 빼앗아 간 약통을 열어서 약을 입안에 털어 넣었다. 말릴 틈도 없이 약을 삼킨 정 비서는 그 자리에 쓰러져 버렸다. 예상 못 한 상황에 당황했지만 깜짝 놀라고 있을 틈도 없었다. 약을 삼킨 정 비서는 얼굴이 빨개지고, 숨을 쉬지 못했다. 나는 그녀의 뒤로 돌아가 상체를 안아 올려 등을 때렸다. 너무 두려웠다. 정말 그놈의 바람대로 누군가가 죽어버릴까 봐, 너무 큰 공포가 나를 짓눌렀다. 그 공포의 크기만큼 통제되지 않은 힘으로 그녀의 등을 때리자, 잠시 후 그녀는 한 움큼의 알약을 뱉어냈다. 나는 그녀가 숨을 쉰다는 사실에 안심하는 것도 잠시, 바로 그녀가 뱉은 수면제를 세어보았다.

"하나, 둘, 셋, 넷……."

떨리는 손으로 부서진 조각들을 맞춰봤는데, 아무리 찾아봐도 여덟 알밖에 없었다. 준비해 온 게 스무 알이니 열두 알은 그녀의 위속으로 들어가 버린 것이다. 나는 바로 구급차를 불렀다. 나는 그녀를 걱정하는 동시에 계획했던 일들을 떠올렸다. 약을 먹을 사람만 바뀌었을 뿐, 상황은 같았으니 말이다. 그래서 나는 잠시 후

요란한 발소리가 들리자 의식을 잃은 척 그대로 자리에서 쓰러졌다. 일부러 약통과 유서를 바닥에 떨어뜨렸다. 주황색 옷을 입고 있는 구조대원들이 들어와 누워 있는 그녀에게 응급처치를 하기 시작했고, 그사이에 경비 반장님들과 회사에서 야근하고 있던 사람들도 몇몇이 올라왔다. 그리고 나에게도 응급조치를 했고, 곧 나도 들것에 실려 구급차로 회사 근처에 있는 응급실로 옮겨졌다.

[대박 사건. 지금 우리 회사에 구급차 오고 난리 났음]

제목부터 자극적인 그 글은 김 대리가 쓴 것이 아니었다. 원래 계획이라면 김 대리가 지금쯤 나의 전화를 받고 글을 썼겠지만, 그 시간까지 남아서 야근하던 열정적인 직원들의 성실한 호기심 덕분에 김 대리에게 부탁했던 조작 글이 아닌 현장감을 담은 글이 비하인드에 올라온 것이다.

지금 우리 회사에 갑자기 구급차가 두 대나 들어와서 옥상으로 올라가다 경비 반장님 만났는데, 우리 회사 직원 두 명이 의식을 잃고 쓰러져 있었대. 구급대원들이 급하게 상태 확인하고 들것에 실어서 가는데, 가고 보니까 바닥에 웬 빈 약통이 뒹굴뒹굴하더라는 거지. 그럼 일부러 약을 먹고 자살을 시도한 거 같은데, 진짜 대박은 아무래도 O 과장님이랑 J 비서님 같대. 이거 막 뭐가 그려지지 않아? 둘 다 가정이 있는 유부남 유부녀고, 이미지도 완전 단정하고 가정적인 사람들 아니었어? 얌전한 강아지 부뚜막에 먼저 올라간다고, 안 그럴 거 같던 사람들이 갑자기 사랑에 불이 확 붙었나 봐. 그래서 막 절절한 사랑을 하다가 결국 회사 옥상에서 동반 자살을 한 거 아닐까? 이거 우리 창사 이래 최대 빅뉴스 아니야?

댓글은 정말 폭발적이었다. 우선은 이 상황이 너무 충격적이라는 반응들이 있었다.

Asfaf : 뭐라고? 우리 회사에서 사람이 죽었다고?

4fw45t : 두 명이 동반 자살? 그런 거 무슨 드라마에서나 나오는 얘기 아니야?

!!!!111!1 : 이거 내일 기사 나면 우리 회사 주식 또 곤두박질치는 거 아냐?

그중에는 우리를 미친 듯이 욕하는 반응들도 있었다.

%%%%67 : 아 완전 극혐.

#$@@@ : 회사에서 불륜을 했다고?

Sdgsdgsfs : 각자 다 가정이 있었으면 그 가족들은 무슨 죄임.

??:!??:!! : 왜 약 먹고 편히 죽었데? 떨어져서 죽지?

@#SREDd : 발정 난 짐승들 주제에 막상 죽으려고 올라가서 보니 겁먹은 거지 뭐.

$#$뜨$러우 : 와 설마 쇼만 하고 안 죽은 거 아냐?

)(**(***(: 안 죽을 만큼만 먹고 우리 사랑을 막지 말아 달라 개소리 시전 그런 거?

그 와중에 추리하고 분석하는 댓글들도 달렸다.

!@!@#@@@ : 근데 이거 떨어져서 죽은 거 아니고 약 먹고 죽었는데, 구급차에 실려 갔으면 백 퍼 산 거 아니야? 살았네.

뻐쪼뻐쪼쪼쪼 : 이거 혹시 둘 중에 한 명이 겁나서 자기가 약 먹자마자 지가 신고했을 수도?

~~!~!!~! : 아. 간통죄 좀 부활하면 안 되나? 이런 연놈들 어디 처넣을 방법 없지?

하지만 그중 내 시선을 가장 잡아끈 건 이런 댓글들이었다.

2000% : 어느 병원으로 갔대?

4000% : 갈 때 의식은 있었대?

Gogogogo : 그게 언제쯤이래? 실려 갈 때 의식은 전혀 없었대?

68asdasahkf : 먹은 지 얼마나 된 거지?

456gyy : 주변에 휴대폰은 없었대?

100개가 넘는 댓글 중에 이 댓글들만 유독 반응이 달렸다. 놀람이나 충격, 분노보다는 불안함과 궁금함이 더 크게 느껴졌다. 나는 이게 그놈이라고 생각했다.

응급실에 도착하자마자 정신을 차린 듯 일어나 구급대원에게 약을 먹지 않았다고 설명했다. 절차상 신원 확인을 하는 동안, 틈틈이 비하인드 댓글을 확인하며 정 비서의 상태를 물었다. 다행히도 그녀는 나보다 먼저 도착해서 바로 위세척을 했고, 잠시 후 의식 돌아왔다.

"우선 드신 약은 위세척을 통해서 모두 제거되었습니다. 걱정 안 하셔도 됩니다. 아마 갑자기 의식을 잃으신 것은 약의 효과라기보다는 정신적으로 극도의 스트레스를 받아서일 가능성이 큽니다. 남자분처럼요. 지금 들어가는 링거만 다 맞으시면 댁으로 돌아가셔도 됩니다."

나는 의사가 돌아가자마자, 바로 그녀에게 다그치듯 물었다.

"뭐 하는 거예요? 그걸 왜 비서님이 드세요? 예? 진짜로 잘못됐으면 어쩌려고 그랬어요!"

"나 그 약 먹고 못 죽는다는 거 알아요. 그거 수면제도 아니고 수면 유도제잖아요. 처방전 없이도 살 수 있는 흔한 약."

"……."

"6개월째 먹고 있어요. 매일 밤 그 새끼를 생각하면 잠이 안 와서 먹곤 했거든요. 그래서 알았어요. 그까짓 약 먹어봤자 안 죽는다는 거요."

"……그런데 왜 먹었어요?"

"뭐라도 해야 할 것 같아서요. 나는 그놈을 이길 생각도, 반항할 생각도 못 하고 있었는데, 오 과장님은 그사이에 다시 돌아갈 방법도 찾아놓으시고, 그놈을 잡을 생각도 하고 있는데요. 그래서 제가 하는 게 낫다고 생각했어요."

나는 그녀의 말에 아무런 대답도 하지 못했다. 그녀에게서 어서 이 상황을 벗어나고 싶다는 욕망은 확실히 느꼈다. 그래서 나는 지나간 일보다는 앞으로 해야 할 일에 대하여 급하게 말을 하기 시작했다.

"우선 시간이 없어서요. 아까 말한 것처럼, 우리는 빨리 우리의 죄부터 씻어야 합니다. 저는 지금 바로 대표님께 갈 생각인데, 비서님은 어쩌실래요? 남편분에게 먼저 가시는 게 좋을까요?"

정 비서는 고민하는 것 같았지만, 어쩔 수 없이 남편에게 먼저 가야 한다고 생각하는 것 같았다.

"네, 저는 우선 남편부터 만나서 먼저 오해를 풀어주는 게 좋을 듯……. 어?"

"왜요?"

무엇인가 떠오른 듯 정 비서가 말을 하다 멈추었다. 그녀의 표정으로 봐서는 아주 중요한 것인 듯했다.

"저요, 지금 바로 비서실에 가봐야 할 것 같아요. 거기에 제가 대화 내용 캡처한 걸 출력해 놓은 게 있어요. 그것만 보여주면 남편도 금방 다 믿을 거예요."

"출력을 해뒀다고요?"

"예. 우리 8층 청소해 주시는 이모님이 저랑 진짜 친한데, 워낙 대기업에서 근무를 많이 하셨던 분이라, 가끔 뜬금없는 조언을 해 주시곤 하시거든요. 예전에 한 번, 저한테 그러셨어요. '진짜 중요한 자료는 저장만 하지 말고, 꼭 출력해 두라고. 쓸데없는 짓 같아 보여도 어느 순간 그게 널 살려주는 목숨 줄이 되기도 한다고.' 그래서 제가 이상한 메모가 오는 순간부터 그 메모랑, 비하인드 대화까지 캡처해서 출력도 해놨었거든요. 어느 순간 무슨 의미가 있나 싶어서 그만뒀는데, 그걸 진짜 까맣게 잊고 있었어요."

잊고 있던 자료가 머릿속에 들어오자마자 비서는 너무 흥분한 나머지 택시를 잡으려고 하고 있었다. 하지만 지금 그녀가 회사로 가는 것은 안 된다. 나는 택시를 잡으려고 도로로 향하는 그녀의 팔을 잡고 막아섰다.

"잠깐만요. 지금 회사에 가면 안 돼요. 이미 비하인드에 우리 둘이 불륜으로 동반 자살을 했다고 난리가 났단 말이에요. 그 상태에서 혹시라도 누가 보기라도 하면 다 끝이에요."

"그럼 어떻게 해요?"

나는 잠시 생각에 잠겼다. 김 대리에게 부탁해서 그 자료를 가지고 와달라고 해도 되지만, 지금 상황에 김 대리가 비서실에 서랍을 뒤지는 것은 오히려 또 더 나쁜 빌미가 될 수도 있다고 생각했다. 그렇다면 누가 그곳에 가야 제일 이상하지 않을까? 그때, 방금 들었던 8층 청소 이모님이 생각났다.

"8층 청소 이모님, 비서님이랑 많이 친해요?"

"네……. 거의 친이모보다 더 잘 챙겨주시곤 했어요."

"그럼 어때요? 비서님 편이라고 확신할 수 있어요?"

나의 질문에 정 비서는 조급하게 움직이던 몸을 가만히 멈추었다. 아마 하나하나 관계들을 되짚어 보고 있는 것 같았다. 김 대리에게 연락하기 전의 나처럼. 아마 예스도 노도 쉬운 답은 아닐 것이다. 지금 우리의 상황이 평소 같았으면 쉽게 내렸을 답도 어렵게 만들었다. 그 빌어먹을 비하인드가 우리를 이렇게 만들었다.

"사실…… 제일 처음 의심한 사람이 그 이모님이긴 해요. 워낙 저랑 가깝고, 제 모든 걸 다 아시는 분이니까. 그런데 아무리 그래도 제가 회사에서 믿을 수 있는 사람도 그분밖에 없어요. 저는 이모님이 제 편이라고 생각해요."

"그럼 그분께 부탁하시죠. 지금 당장 전화해서 그 자료를 가져다가 퀵으로 보내달라고 하세요. 우리는 바로 대표님 댁으로 가서 그 퀵을 받는 걸로 하고요."

"그럼 남편은요?"

"우선 이동하면서 제가 가진 자료로 설명하시고요. 퀵 받고 나서 사진을 찍어서 보내든지 하시죠. 이제 저희한테 증거가 많아졌어요. 함께 살아왔던 가족들이라면 분명히 믿어줄 겁니다. 우리가 먼저 그들을 믿어보죠."

"예. 우선 알았어요."

그녀는 바로 이모님에게 전화를 걸었다. 지금 어디냐고 물어보니, 마침 내일 아침 일찍 회의가 있어서 미리 숙직실에 와 있다고 했다. 정 비서는 이모님께 지금의 상황을 모두 설명했다. 그리고 정중하게 부탁했다. 이모님은 다행히도 기꺼이 그렇게 해주기로 했다. 맞았다. 다행히 이모님은 비서의 편이었다. 누군가가 나의 적이 아니라는 것, 확실한 나의 편이 있다는 사실이 이렇게 감사하고 든든한 일인지. 우리 둘 다 이 일을 겪기 전에는 절대 알 수 없었다. 나는 정 비서가 전화를 끊자마자 바로 택시를 잡았다. 그리고 그녀에게 대표님의 집을 기사에게 설명해 달라고 말했다.

"제가 대표님 집을 모르면 어쩌려고 했어요?"

"그럼 전화해서 물어봐야죠."

"전화한다고요?"

"그럼요. 지금부터 대표님한테 다 말하고 용서를 빌어야 하는데 이 시간에 전화하는 게 대수일까요? 무조건 전화하고 찾아가야죠. 말 나온 김에 찾아가기 전에 전화부터 드려야겠네요."

나는 비서에게 말을 하고 나서, 회사 연락망에 올라가 있는 대표님의 전화번호로 전화를 걸었다.

"여보세요?"

"대표님 늦은 시간에 죄송합니다. 기획팀 오 과장입니다."

"예. 괜찮아요. 어차피 안 자고 있었어요. 회사에 뭔 일이 좀 터졌다고 해서 보고를 받는 중이었습니다."

"혹시…… 무슨……."

"회사 옥상에서 누가 자살 시도를 했다던데, 제가 지금 보고받기로는 오 과장님이랑 정 비서라고 하더군요. 그런데 이렇게 과장님이 전화한 거 보니, 뭔가 보고가 잘못된 것 같고요."

"보고 내용은 맞습니다. 저희가 구급차를 타고 응급실까지 갔다가 나왔으니까요."

"그래요? 그럼 제가 알아야 할 다른 뭔가가 있는 건가요?"

"예. 그런데 그보다 먼저 해주실 것이 있습니다."

"뭐죠?"

"지금 저희 동반 자살에 대한 소문이 언론을 타지 않도록 조치 부탁드립니다."

"당연하죠. 오 과장이 부탁하지 않아도 이미 조치를 취했습니다. 그건 여러 가지로 제가 곤란해지는 상황이니까요. 그것 말고 또 있나요?"

"일단은 그것뿐입니다."

"그럼 제가 더 알아야 할 건 있고요?"

"예. 있습니다. 다만 통화로 말씀드리기가 그래서 그런데 너무 늦었지만, 댁으로 좀 찾아뵈어도 될까요? 워낙 급한 일이라…….."

"예, 괜찮습니다. 오세요. 무슨 일인지 저도 궁금합니다."

나는 계획을 세우면서도 대표님이 전화를 받지 않을 수 있다는 걱정과, 이렇게 늦은 시간에 전화해서 찾아간다는 행동을 그가 이해할 수 있을 것인가에 대한 걱정이 있었다. 하지만 이런 나의 걱정과는 다르게 그는 놀라지도, 당황하지도, 기분 나빠 하지도 않았다.

"예. 감사합니다. 댁은 제가 알고 있고요. 지금 택시를 타고 가고 있는데, 한 20분이면 도착할 것 같습니다."

"예, 기다리고 있겠습니다."

우리는 대표님의 집으로 향했다. 이 모든 상황을 끝내기 위해, 우리의 잘못부터 모두 이실직고하고 잘못을 빌 생각이다. 지금 우리의 행동이 과연 옳은 것인가에 대한 확신은 전혀 없었다. 이 수렁에 빠진 순간부터 우리에게 선택지는 없었으니까. 하지만 지금 돌아보면 그에게 끌려다니면서 어쩔 수 없다는 핑계를 대고 도망갔던 것도 모두 우리의 선택이었다. 용기가 나지 않아서 회피만 하던 삶들. 그래서 우리는 이번 선택이 어떤 결과를 낼지 두렵지만, 결과보다는 스스로 용기를 냈다는 사실에 더 집중하기로 했다.

개 버릇

"야. 나 찾았어."

"뭔데?"

"이 사람 좀 이상하지 않아?"

소진의 목소리에 우리는 모두 깜짝 놀라서 몰려들었다. 소진이 가리키고 있는 손가락 끝을 보니, 청소 이모님 한 분이 정 비서의 자리에서 무언가를 찾는 듯 서랍을 뒤적거리고 있었다. 우리는 그 장면을 보자마자 재욱의 눈치를 보기 시작했는데, 재욱은 그런 우리의 시선이 느껴졌는지, 밝은 표정으로 웃었다.

"봐봐! 하니까 이렇게 일이 풀리잖아."

조금은 어리바리한 동선이 진짜 모르겠다는 표정으로 물었다.

"뭐가 이상한 건데? 청소 이모님이 청소하시는 건데?"

"뭐?"

"넌 진짜 이게 뭐가 이상한지 모르겠어?"

"어⋯⋯."

동선의 말에 답답함을 느꼈는지, 민형이 뒤에서 설명하기 시작했다.

"형! 당연히 이상하지! 왜 청소 이모님이 서랍을 뒤져? 청소는 안 하고? 지금 저게 청소하는 거야? 그냥 서랍을 뒤지는 거잖아. 뭘 찾으려고!"

"아냐! 그것도 그건데, 일단 이 시간에 청소하러 비서실에 갔다는 것부터가 더 수상해."

그제야 동기들의 말을 이해한 동선은 눈을 크게 뜨고 CCTV 화면을 보았다. 그런데 그때, 청소 이모님이 더 이해 못 할 행동을 했다.

"야. 저 아줌마 뭐야?"

"어떻게 저기를 열지?"

CCTV 속에서 청소 이모님은 비서실 옆쪽에 있는 캐비닛을 열고 있었다. 비서실에 있는 캐비닛에는 비밀번호를 눌러야 하는 도어 록이 달려 있었다. 그리고 더 놀라웠던 것은 그 안에 있는 사과 상자만 한 금고도 쉽게 열었다는 것이다.

"뭐야? 이거 너무 이상한데? 어떻게 저 아줌마가 저길 다 열어?"

"잠깐, 저 아줌마 비서랑 완전 친하지 않았어? 뭔가 둘이 있는 투 숏을 많이 봤던 거 같은데⋯⋯."

"맞아. 저 아줌마 비서랑 완전 친해. 내가 보니까 저 아줌마가 먹을 것도 해다가 바치더라고."

"뭐야. 그럼? 비서가 저 비밀번호를 알려준 거야? 아님 그냥 저 아줌마가 몰래 비밀번호를 알아낸 건가?"

그때, 갑자기 차분해진 재욱이 기분 나쁜 미소를 지으면서 나지막이 말했다.

"상관없잖아."

"뭐?"

"야. 기억 안 나? 저 금고. 대표가 오 과장한테 줬던 봉투가 저기 있었던 거잖아."

"맞다. 그랬던 거 같아. 그런데 왜?"

"바보냐? 저거 절도 아냐? 저 금고가 비서 거겠냐? 대표 거지. 지금 저 아줌마 대표의 비밀문서가 담긴 금고를 턴 거라고. 이해 안 가?"

"아, 그렇구나……."

"너희 다 닭대가리냐? 머리가 안 돌아가?"

"야! 김재욱!"

재욱은 뭐가 초조한지, 갑자기 흥분해서 화를 내고, 동기들을 조롱했다. 그런 모습에 놀라 재욱에게 소리를 질렀지만, 재욱은 오히려 더 크게 화를 냈다.

"생각을 좀 하라고! 지금 저 아줌마가 한 행동은 그냥 단순히 편의점에서 사탕이나 하나 집어 오는 수준이 아니라고, 저 안에 뭐가 들어 있을 줄 알고? 아니 뭐가 들어 있든지 간에, 저 아줌마는 지금 국내 최고의 기업 대표의 금고를 턴 거라고! 이제 이해가 돼? 우리는 지금 그 상황을 실시간으로 봤고, 저장도 한 거라고. 그럼 지금 저 아줌마를 경쟁 기업에 기밀을 팔아먹는 산업스파이라고 몰고 가도 아무도 뭐라 할 수 없는 상황 아니야?"

그제야 동기들은 재욱의 말을 이해했다. 하지만 표정은 아까보다 더 안 좋아졌다. 이유는 당연히 재욱의 태도였다. 재욱은 그 자리에 있는 동기들을 철저히 무시하고, 비난했다.

"근데 저 아줌마, 비서랑 원래 친해. 그럼 좀 알 수도 있는 거 아냐? 아니면 죽기 전에 뭘 부탁했던가."

"청소 아줌마가 비서실 직원 반찬 챙겨다 주는 게 상식적이냐? 그거 만드는 재료비며 공수가 얼만데? 그 정도면 진짜 정성 아니야?"

"정성이지. 잠깐, 그러면 혹시 진짜 친정 엄마 아니야?"

순간적으로 동기들은 드라마에서나 나올 법한 출생의 비밀 따위를 상상했다. 하지만 재욱은 여전히 차갑고 날이 선 채로 대답했다.

"아니야. 지난번에 사내 직계 가족관계 조사했을 때 없었어."

"우리 회사 그런 것도 해?"

"했어! 그것도 대표 지시로. 그러니까 다 아는 거지 뭐."

"여튼 그럼 친인척 관계도 아닌데, 저렇게까지 챙긴다……."

"그럼 이거 혹시?"

재욱의 눈이 반짝이기 시작했다. 뭔가 머릿속에 떠오른 것이다.

"지금 비서는 응급실에 실려 갔어. 물론 비하인드에도 글이 많이 올라왔지만, 저 아줌마가 그걸 봤을 리가 없잖아? 하지만, 그때 같이 올라갔던 경비 반장님이 지금 회사에 남아 있는 아줌마에게 말했을 수도 있지. 그런데 이 상황에서 아줌마가 이 시간에 비서실에 와서 금고를 뒤진다……. 뭘까?"

"혹시? 비서한테 무슨 약점이라도 잡힌 거 아냐?"

재욱의 말을 듣고 민형도 비슷한 생각을 했는지, 재욱의 말을 민형이 받았다. 재욱은 민형이에게 다가가 헤드록을 걸며 말했다.

"그래, 그나마 이 새끼만 대가리가 돌아간다니까! 야 빙신들아! 당연한 거 아니야? 이 시간에 청소 아줌마가 비서 금고를 뒤지는데, 그것밖에 더 있겠냐고! 저게 원한이나 증오, 분노의 감정이 아니면 움직일 일이겠냐고!"

"진짜?"

"봐, 그래야 말이 되잖아. 저 아줌마가 뭔가 꼼짝 못 할 약점을 비서한테 잡혔고, 그 약점 때문에 힘들게 청소 일 하면서 자기 시간을 쪼개서 도시락이나, 밑반찬까지 싸다 바치는 거지."

"그런데 그년이 지금 자살을 시도했고, 저세상으로 갈지도 모르는 상황이니, 당연히 뒤지겠지! 그년 책상을 다. 그래서 자신의 약점을 없애려 하는 거지."

"대박. 그거 진짜면 그년도 이미 쌍년 아니야? 우리한테 욕할 게 아니었네."

"그럼 진짜 노비문서라도 찾나?"

나는 입을 닫았다. 내가 보기에도 단순한 친분으로는 불가능한 일들이었고, 심지어 지금 이 상황에 저런 행동을 한다는 것 자체가 너무 이상해 보였기 때문이다. 다만 마음에 걸리는 것은 지금 CCTV로 보이는 행동에 거침이 없다는 점이었다. 보통 이런 경우, 주변을 두리번거리거나, 불안한 행동들이 보여야 하는데 청소 이모님의 움직임은 전혀 그렇지 않았다. 마치 처음부터 거기에 찾던 것이 있다는 사실을 알고 있거나, 본인의 행동이 절대 문제가 되지 않을 거라는 확신이 있는 것처럼. 그래서 나는 더 불안했다. 여기에도 뭔가 어두운 진실이 있는 것만 같아서. 하지만 나를 제외한 동기들은 모두 그것까지는 생각하지 못하고, 다시 흥분 상태로 돌아가고 있었다.

"그럼 이제 어쩌지?"

상황은 파악했는데, 무엇을 해야 할지 알 수 없어 그들은 주춤거렸다. 오 과장과 정 비서가 정말 자살 시도를 했다는 데서 온 충격도 영향이 있으리라. 더 깊은 곳으로 들어가면 안 된다는, 어쩌면 본능의 목소리를 듣고 있을지도 몰랐다. 하지만 재욱은 달랐다. 그는 이 상황에도 거침이 없었고, 조급했다. 고민할 시간도 아까운 듯했다.

"이제 시켜야지! 저 아줌마한테 가서 주인님 좀 죽이고 오라고!"

"진짜? 저 아줌마가? 과연 그 말을 들을까?"

"듣게 만들어야지."

"뭐?"

"시발. 내가 진짜 하나하나 다 설명해야 해? 생각해 봐. 지금 오 과장은 우유 한 통에 자살했다고. 근데 지금 저 아줌마는 절도야. 엮으면 산업스파이로 몰 수도 있다고.! 그리고 이게 감방으로 끝 날 거 같아? 민사 걸리면 그냥 바로 알거지 되고, 빚더미에 앉는 거 라고! 그런 카드를 두고 지금 뭐 하고 있는 건데? 어? 우리가 지금 그럴 때냐? 이 빙신들아!"

재욱의 말은 옳았지만, 아무도 내키지 않는 듯했다. 적극적으로 나서지 않는 동기들을 바라보는 재욱의 표정이 점점 더 험악해졌다.

"아! 진짜 병신 쪼다 새끼들! 졸았냐? 언제는 재미있네, 지리네 별 지랄을 하더니. 다 꺼져 병신들아. 겁나면 다 꺼지라고! 나 혼자 할 테니까."

재욱은 완전히 통제 불능이었다. 단순히 다른 동기들처럼 걱정과 두려움, 어쨌든 위기를 극복할 수 있는 거라는 기대 때문에 흥분해 있는 상태가 아니라, 뭔가에 쫓기는 듯한 느낌이었다. 그래서 평소에는 한 번도 보이지 않았던 아주 거친 모습이 드러났다. 그런데 나는 그게 재욱의 본모습인 것 같았다. 극한의 상태에서만 드러나는 진짜 모습. 오히려 저 모습을 보고 나니 지금까지 그가 보였던 모든 모습이 가식처럼 느껴졌다. 그래서였을까. 이제는 정말 말려야 한다고 생각했다.

"야. 너 왜 그래? 적당히 해!"

"적당히? 지금 넌 적당이라는 말이 나와? 아직 상황의 심각성을 전혀 파악하지 못하고 있구나? 너희 비하인드 댓글 못 봤지?"

재욱의 한마디에 동기들은 누가 먼저랄 것도 없이 휴대폰을 들었다. 나도 비하인드에 들어갔다. 오 과장과 정 비서의 동반 자살 글에 이상한 댓글이 달려 있었다.

dkfnose : 나 좀 들은 게 있는데. 저 둘, 불륜이 아니라 누군가한 테 협박받은 거라던데. 어떤 악마 새끼가 약점 잡고 계속 가지고 놀았다고.

글을 확인한 동기들은 입 밖으로 아무 말도 꺼내지 못했다. 아니 말이 아니라, 숨도 쉬지 못하고 있었다. 그 댓글 한 줄이 자신들에게 올가미가 되어 목에 걸린 것 같았다. 들여다보면 그 글에는 아무것도 특정되어 있지 않았다. 그저 루머, 카더라, 근거도 없는 헛소문일 뿐인데 그 말이 우리들의 심장을 조여왔다. 재욱이 우리중에 앞장서던 사람이어서였을까? 댓글을 읽고 나니, 지금 재욱의 이상한 행동들이 겁먹은 강아지의 울음소리로 들렸다.

"하자. 이제 다른 방법도 없잖아."

"그래. 이제 진짜 어쩔 수 없어."

"그래! 그리고 우리도 이제 나름 전문가 아니야?"

"우리부터 살아야지."

사람은 간사했다. 근거 없는 댓글 하나였는데, 칼끝이 자신의 턱밑에 다다랐다고 생각하자 동기들은 단단해졌다. 고민도 동정도 없었다. 오로지 자신이 살아야 한다는 단 한 가지 목표. 그것으로 다시 똘똘 뭉치기 시작했고, 그 중심에는 재욱이 있었다.

"근데 저 아줌마가 비하인드를 할 것 같지는 않은데……. 그러면 이제 어떻게 해야 하지?"

지금까시의 먹잇감들과는 너무 달랐다. 하던 대로 할 수 없어서 다르게 접근해야 한다는 사실이 우리를 더 조급하게 만들었다. 지금 우리에게는 시간도, 마음에 여유도 없었다. 모두 초조한 마음에 발만 동동거리며, 무엇인가 방법을 생각해 내기 위해 머리를 쥐어짜고 있었는데, 그때 재욱이 갑자기 전화기를 들었다.

"야. 비서실 내선 뭐야?"

"내선?"

"어! 빨리!"

"잠깐만……. 458이야."

재욱은 아무 말도 없이 바로 전화를 걸었다. 그리고 나머지 동기들은 침도 삼키지 못한 채 재욱의 행동을 지켜보고 있었다. 재욱이 내선으로 전화를 걸자, 잠시 후 금고를 살피던 아줌마의 행동이 순간 멈추는 것이 보였다.

"받아요…… 아줌마……."

"받으시라고……."

CCTV는 잠시 정지 상태인 것처럼 보이더니 아줌마가 수화기를 들었다. 그리고 한 5초의 정적이 흘렀다. 그 순간 우리는 우주에 떠 있는 것만 같았다.

"여보세요?"

"누구세요?"

아줌마의 목소리가 들렸다. 아줌마의 목소리가 들리자 누군가가 딸꾹질을 했다. 겁을 먹은 걸까? 한 번의 딸꾹질 후에는 아무 소리도 안 나는 것이 아마도 본인도 놀라 손으로 입을 막고 겨우겨우 참고 있는 듯했다. 재욱은 다시 한껏 목소리를 깔면서 아줌마에게 말을 걸었다.

"아줌마. 거기서 뭐 해요?"

재욱은 아주 비열한 표정으로 아줌마에게 말을 건넸다.

대표

　대기업의 대표이사답게 대표님의 집은 강남의 고급 주택가에 있었다. 조금 오래되어 보이지만, 한결같이 비싸 보이는 집들을 지나가다 보니 5층 짜리 고급 빌라가 나타났다.

　"저 앞에서 세워주세요."

　나와 비서가 택시에서 내리자, 이미 집 앞에 나와 있는 대표님의 모습이 보였다. 그는 가볍게 외투를 입고 있었는데, 우리를 보자마자 자신의 차에 타라고 했다.

　"집에서 할 얘기는 아닐 것 같아서. 바로 옆에 내가 자주 가는 바가 하나 있는데 거기서 얘기하시죠. 괜찮죠?"

　"예."

　우리는 말없이 대표님의 차에 타고 그가 말한 바로 향했다. 바의 위치는 정말 가까워서 차에 탄 지 3분도 되지 않아 도착했고, 대표님은 익숙한 듯, 발레 기사에게 차를 맡기고 지하에 있는 바로 들어갔다. 나와 비서는 그때까지도 아무런 말도 하지 못한 채, 그저 그의 뒷모습만 보며 얌전히 따라갔다.

"오늘 술 마실 자리는 아니고, 그냥 조용히 얘기만 하다 가도 되죠?"

"예. 대표님. 그럼요."

지배인은 대표님의 말에 바에서 가장 깊숙이 위치한 룸으로 우리를 안내했다. 대표님이 먼저 들어가 가운데 자리에 앉았고, 우리는 나란히 건너편 소파에 앉았다. 그는 지금까지 조급해하는 모습을 전혀 보이지 않았지만, 우리가 자리에 앉자 너무 오래 기다렸다는 듯이 바로 본론으로 들어갔다.

"지금 회사에 무슨 일이 벌어지고 있는 거죠?"

"네……. 맞습니다."

"기다리면서 비하인드를 좀 봤더니, 아주 난리던데……. 지금 제 앞에 계신 분들이 불륜을 저지르고 동반 자살 시도를 했다고. 이미 둘은 그곳에서 죽어도 싸다는 분위기예요."

"예. 그럴 겁니다."

"놀라지도 않고, 당황하지도 않는다는 것은 인정한다는 건가요? 아니면 감수하겠다는 건가요? 그것도 아니면 오해라고 말하고 싶어서 온 건가요?"

대표님은 차분하고 냉정하게 질문을 해나갔다. 취조하는 분위기는 아니었지만, 우리는 우리도 모르게 취조를 받는 사람들의 자세가 되어 있었다. 하지만 그것은 아마도 지금부터 자백해야 할 우리의 잘못들 때문인지도 모르겠다.

　"우선 저희는 불륜이 아닙니다. 그러니까 당연히 동반 자살을 할 이유도 없고요."

　"그럼 지금 이 사건은 어떻게 해석하면 되는 거죠? 혹시 두 분이 모두 일부러 꾸민 건가요?"

　나는 역시 대표님이 상황을 파악하는 머리나 감이 좋다고 생각했다. 솔직하게 털어놓기로 한 것은 옳은 선택이었다.

　"맞습니다. 그 동반 자살은 제가 일부러 꾸민 거고요. 이유는 우리 회사에 있는 누군가를 속여야만 하기 때문입니다."

　"회사의 누군가요?"

　"예. 저희는 지금 사내 직원에게 비하인드를 통해서 협박받고 있습니다."

　나는 궁금했다. 과연 대표님은 내가 전화를 하고 이곳까지 오는 동안 무슨 생각을 했을까? 진짜 불륜으로 오해하고 있었을 수도 있고, 뭔가 우리들이 큰 잘못을 저지르고 거기서 시선을 돌리려고 이런 일을 벌였다고 생각했을 수도 있을 것이다. 그런데 과연 그가 여기까지 생각했을까? 우리가 말해도 증거가 없다면 아무도 믿지 못할, 이 말도 안 되는 상황을 말이다. 역시나 대표님은 너무 놀라 아무 말도 하지 못하고 있었다. 그리고 잠시 후 대표님이 나에게 물었다.

"협박이요?"

"예. 그놈은 저희가 저지른 잘못을 약점으로 삼아서 저희를 마음대로 조종하고 있었습니다."

"예? 아니 도대체 지금 무슨 말을 하는 겁니까?"

그때 때마침 아까 불렀던 퀵 배달 기사에게 전화가 왔다.

"잠시 전화 좀 받겠습니다."

"예. 받으세요."

나는 퀵 기사에게 배송 위치가 바뀌었다고 말한 뒤, 바 주소를 알려주었다.

"죄송합니다. 지금부터 저희가 드릴 말씀과 연관된, 꼭 보셔야 할 증거라서요."

나는 우선 내 휴대폰에 있는 사진들을 보여주며 우리의 상황부터 설명했다. 불과 며칠 안 되는 사이에 겪은 일들에 대표님은 아주 큰 충격을 받은 것 같았고, 그중에서도 사건의 발단이 겨우 우유 한 통이라는 것에 가장 놀라는 것 같았다. 내 사건을 설명하는 동안, 정 비서의 대화가 출력된 서류가 도착했다. 그때부터 그녀는 자료들을 보여주며 자신의 이야기를 시작했다. 아무래도 내 사건보다는 비서의 사건이 더 오랫동안 이어져 왔고, 그에게도 직접적인 연관이 있었기 때문에 더 심각하게 느끼는 것 같았다. 대표님의 표정은 비서의 말을 들으면 들을수록 점점 더 어두워졌다.

"비서님도 시작은 겨우 간식이라고요?"

"아니요. 그건 문제가 안 될 걸 알았어요. 진짜 휘말리기 시작한 건 매뉴얼이었죠. 이 대표님께 보내드린 업무 매뉴얼이요."

대표님은 비서의 그 말에 씁쓸한 미소를 보냈다. 그러고는 소파에 기대고 있던 상체를 세우며 비서에게 말했다.

"비서님 입장에서는 충분히 힘들었을 것 같아요. 내가 뭔가 회사의 중요한 기밀을 유출한 것 같기도 하고, 그로 인해 직업 윤리적으로 죄책감도 컸을 것 같아요. 근데 그거 알아요? 이 대표님 아직도 우리 회사 고문이세요. 이 대표님께서 가신 회사도 저희 창업주님 오랜 친구분께서 하시는 곳이고. 그래서 분명히 문제가 되는 행동이긴 했지만, 생각보다 큰 문제는 아니었을 겁니다. 적어도 이렇게 목숨이 왔다 갔다 할 정도는 절대 아니었을 거고요."

정 비서는 고개를 푹 숙였다. 입을 더 떼지 못하는 그녀의 모습에 내가 말을 덧붙였다.

"저희도 이제 겨우 알게 된 것입니다. 막상 밝혀져도 우리의 걱정보다는 큰일이 아닐 수도 있다는 것을. 그런데 막상 그 상황에 빠져버리면 정상적인 사고가 정말 멈춰버리더라고요. 심지어 같은 회사 동료들이 있는 비하인드에서 수많은 글이 일제히 자신을 비난하면 도저히 버틸 방법이 없습니다."

"과장님과 비서님을 탓하고 싶지 않습니다. 아마 저도 누군가

맘먹고 턴다면, 두 분과는 비교도 되지 않았을 테니까. 누구나 위로 올라가면 올라갈수록 더 불안하고 피가 마릅니다. 누가 내 등에 칼을 꽂을까? 누가 내 약점을 쥐고 흔들까? 뒤에서 나를 욕하는 사람은 또 얼마나 많을까? 그래서 저도 비하인드를 자꾸 보게 되었던 거고요. 신경을 안 쓴다, 안 쓴다 해도 절대 무시할 수 없죠. 게다가 저에게는 회사의 여론이라는 명분도 있었으니까. 그런데 이제는 다른 문제입니다. 그 여론이 특정인들에게 종속되어서 회사를 흔들려고 한다면 말은 달라지죠. 자. 그럼 제가 어떻게 해드릴까요? 이 시간에 여기까지 왔다는 것은 저에게 뭔가 원하는 것이 있다는 말이겠죠? 회사 차원에서 신고나 고소를 하고, 수사에 들어가게 하면 될까요?"

나는 생각보다 호의적인 대표님의 태도에 준비한 말을 꺼내기가 훨씬 쉽겠다는 생각이 들었다. 그래서 뜸 들이지 않고 내가 바라는 것들을 말하기 시작했다.

"제 생각에 고소나 신고가 큰 의미는 없을 겁니다. 지금 저희는 표면적으로 봤을 때, 증명할 수 있는 직접적인 피해 사항이 없습니다. 자살을 시도하지도 않았고, 상해를 당하거나, 자해하지도 않았습니다. 그렇기 때문에 물리적인 피해 사항이 없죠. 물론 분명히 그들의 공갈 협박으로 인해 정신적인 피해를 본 것이 맞지만, 공식적으로 가해자를 특정하기 어렵습니다. 따라서 대표님께서 회사 차원으로 뭔가 조치를 취한다고 해도 경찰이나 검찰에서 해줄 게 없을 겁니다."

"비하인드에는 다 있는 거 아니에요? 과장님이나 비서님을 협박한 대화로 그 아이디를 특정해서 신상정보를 요청하면 생각보다 쉽게 잡을 수 있는 거 아닌가요?"

"안 해줄 겁니다. 피해 상황도 확실하지 않은데 아이디의 신원을 공개해 달라는 요구를 비하인드에서 받아줄 리도 없겠지만, 설사 해준다고 해도 그것을 공식적으로 요청한 대표님도 큰 비난을 받으실 겁니다. 직원들은 숨기고 싶거든요. 자신들이 그런 곳에 쓴 말들을……"

"맞네요. 비하인드에서 줄 리도 없고, 준다고 해도 전 공개할 수도 없겠네요. 만약 내가 비하인드 CEO라도 그냥 배 째라고 할 거 같아. 피해 사실이 명확하지 않은 다른 회사 문제로 자신의 사업을 접을 수는 없으니까요."

대표님은 이제 우리가 이곳에 온 진짜 이유를 말하겠다고 생각했는지, 표정을 가다듬었다. 죽음을 생각할 만큼 고통받았던 직원들을 위해 자신이 해줄 것이 있다면 뭐든지 해주겠다는 듯이. 그런 그의 표정에서 나는 작은 위안을 느꼈다.

"그래서요……"

"그래서요?"

"우선 저희를 징계위원회에 회부될 수 있도록 해주십시오. 지금까지 들으신 저희 잘못에 대해 정식으로 심사받고 그에 합당한 징계를 받고 싶습니다."

대표님은 나의 말에 표정이 싹 변했다. 마치 내 생각을 눈치챘다는 듯 나의 눈을 지긋하게 바라보고 있었다. 그러고는 잠시 천장을 보며 생각하더니, 겨우 말을 하기 시작했다.

"우선 흠부터 털고 가겠다?"

"예. 그래야 저희가 싸울 수 있습니다."

"아니, 근데 지금 상대가 누군지도 모르는데 뭘 어떻게 싸우겠다는 거죠? 차라리 제가 개인적으로 해커라도 고용해서 뒤져볼까요?"

농담인지 진담인지 모를 그의 장난스러운 말에 나는 마음이 더 놓였다. 우리에게는 지금 이 순간이 너무 지치고 힘들고 수치스러울 수도 있지만, 대표님은 그런 우리를, 잘못을 저지른 사람으로도, 피해를 당한 사람으로도 대하지 않았다. 그의 그런 태도가 우리를 좀 더 편안하게 해주었다.

"괜찮습니다. 저희는 상대가 누군지는 모르지만, 상대가 무엇을 원하는지. 뭘 제일 싫어할지는 알고 있으니까요. 그래서 저희는 저희 나름대로 싸워보려고요."

"그럼 진짜 그게 끝인가요? 저는 더 해드릴 것이 없나요?"

"아니요. 아까 말씀드린 것처럼 비록 아무것도 저희 뜻대로 되지는 않겠지만, 그래도 회사 차원으로 고소를 해주시고, 경찰도 압박해 주세요."

"그리고 그걸 언론에 흘려달라……?"

"예. 그게 회사 이미지에 영향을 준다면 정말 죄송합니다. 하지만 꼭 필요합니다. 그들이 특정되지 않는다고 하더라도, 자신들의 사건이 뉴스에 오르락내리락한다는 것만으로도 그들은 아마 힘들게 살 거니까요. 저희가 그랬던 것처럼요."

내 말에 대표님은 우리를 바라봤다. 그의 눈빛은 뭔가 아까에 비해 더 깊어지고 슬퍼진 것 같은 느낌이 들었다.

잠시 생각할 시간을 달라고 말한 대표님은 시선을 돌려 뭔가를 계산하는 것처럼 한참을 혼자 생각에 잠겨 있었다. 그러다 머릿속에 떠오른 게 있는지 휴대폰을 켜서 보더니, 이내 뭔가를 깨달은 것처럼 되뇌었다.

"이놈이 미쳤나? 아주 간덩이가 배 밖으로 나오다 못 해 하늘 꼭대기에 있네."

항상 나는 1등이었다. 학창 시절, 성적표에 처음으로 등수가 표시되던 순간부터 대학교를 졸업하던 마지막 성적표까지 모든 성적표의 석차 칸에는 항상 1이라는 숫자만 적혀 있었다. 처음엔 세상에서 가장 행복하다는 듯 기뻐해 주시던 부모님도 1등이라는 숫자가 계속 이어지자, 이제는 그 숫자가 너무 당연하다는 듯 대했다. 어느 순간부터 나는 1이라는 숫자에 강박이 생겼다. 충분히 공부했다고 생각하는 시험에서도 항상 극도로 예민해진 상태로 시험을 보곤 했다.

"야. 빨리 깨버려야 해. 네가 언제까지 1등일 거 같은데? 어차피 언젠가는 밀린다니까. 그때 너무 대미지가 커서 다 망가져 버릴 수도 있어. 그 말도 안 되는 부담감 따위는 하루빨리 깨버리라고. 이번 시험에 딱 한 과목만 밀려 써보라니까. 알았지?"

초등학교 때부터 항상 붙어 다니던 불알친구가 고1 중간고사 전날 했던 말이다. 어쩌면 그때 말 같지 않은 소리라고 웃어넘기지 말고, 딱 한 문제만이라도 일부러 틀렸어야 했다. 나는 그놈이 했던 말에 깊이 공감해서 더 불안한 마음이 들었고, 일부러 틀리는 대신 기필코 모든 시험에서 1등을 하고야 말겠다는 엉뚱한 목표를 세워버렸다.

그리고 나는 정말 석차가 나오는 시험에서 모두 1등을 했다. 우리 동네에서는 유명한 신동이었고, 학교에서도 알아주는 공붓벌레였다. 그렇게 우리나라 최고의 대학에 입학했고, 과 톱으로 졸업해서 국내에서 가장 잘나가는 대기업에 입사했다.

그사이에 그 친구는 겨우겨우 수도권 대학의 비인기 학과에 입학했다. 대학 입학 후 그놈과 나의 관계는 학창 시절 교실에 붙어 있던 대학 순위표에서 우리 학교와 그의 학교의 갭 만큼이나 멀고 어색한 사이가 되어버렸다.

이후 소식을 듣게 된 건 전혀 뜻밖의 곳이었다. 내가 주임으로 승진을 하던 날, 그놈은 인터넷 포털사이트의 메인 페이지에 등장했다.

[지잡대 나온 스펙 꽝 스타트업 CEO. 창업 3년 만에 1,000억 투자금 유치]

"숫자는 중요하지 않아. 숫자 옆에 쓰여 있는 내 이름이 훨씬 더 중요하지. 나는 내 이름 앞에 있는 숫자에 연연하는 삶을 살지는 않을 거야. 내 이름이 더 가치 있게 느껴지는 삶을 살고 싶어."

지방에 있는 대학에 입학하기 위해 기숙사로 들어가기 전날. 동네 편의점에서 맥주를 마시며 그놈이 했던 말이었다. 그리고 그는 정말 자신의 이름 앞에 붙어 있는 숫자보다 훨씬 더 어마어마한 숫자를 자신의 이름 뒤에 붙여버렸다. 그 기사를 읽는 순간, 내가 느꼈던 감정이 무엇인지 정확히 알 수 없었다. 차라리 단순한 질투였다면 훨씬 더 쉬웠는지도 모르겠다. 하지만 나에게 피어난 감정은 그렇게 단순한 것이 아니었다.

그때부터였다. 나는 습관처럼 그놈의 사업에 관련된 다양한 공부를 하기 시작했고, 나 역시 더 그럴싸한 숫자를 만들어야겠다고 각오를 다졌다. 그렇게 나는 점점 더 교활한 악마가 되었다.

동기들이 단순히 흥미를 위해 비하인드를 이용하고 있을 때, 나는 훨씬 더 큰 계획들을 세웠다. 외삼촌이 감사 팀장이 되자마자 나는 외삼촌을 통해 회사의 기밀문서들을 모두 보았다. 그리고 정비서를 조종할 수 있게 되었을 때, 나는 구체적으로 그 정보들을 활용하기 시작했다.

[엄마. 지금이야. 우리 회사 주식 다 팔아. 알았지? 그리고 조만간에 매

수 타이밍 오니까, 내가 사라고 하면 다시 사요. 알았지?]

[아버지, 어디서 돈 더 구할 데 없어요? 진짜 확실한 거라니까요!]

회사의 특허권 때문에 진행 중이던 소송이었는데, 회사에서 내부적으로 항소를 포기한다는 정보를 알게 되었고, 그 기사가 나기 하루 전에 가지고 있던 주식을 모두 팔았다. 그리고 회사 주가가 3분의 1이 되었을 때, 가능한 모든 자본을 투자해서 주식을 다시 사들였다. 그리고 그다음부터 회사에서 새로운 특허를 취득하거나, 신제품 출시 계획, 심각한 컴플레인 발생이나, 해외 바이어와의 계약 정보들을 통해서 가지고 있던 자산들을 늘려가기 시작했다. 동기들은 자신들의 복수를 위해 우리가 열 명의 직원을 공격했다고 알고 있지만, 사실은 전혀 달랐다. 나는 내 투자 수익을 위해서 영향을 끼칠 만한 직원들을 공격한 것이다. 해외 계약 일정을 늦추기 위해 해당 프로젝트 담당자를 날리기도 했고, 신제품 출시를 당기기 위해 까다롭게 검토하는 해당 팀장을 계열사로 보내기도 했다. 나는 그렇게 내가 원하는 대로 회사 프로젝트들의 스케줄을 조정했고, 그 결과 우리 가족은 수익률 1,000퍼센트를 달성해 냈다.

"아들, 수익률이 1,000퍼센트야. 이제 그만해도 되지 않을까? 우리 이제 건물이나 사서 편하게 살자."

"엄마. 기다려봐. 내가 진짜 마지막으로 제대로 한 건 할 테니까. 그때 다 팔고 어디 해외로 가서 살자."

나는 정신이 나가 있었다. 그놈의 그림자를 쫓기 위해, 수단과 방법을 가리지 않고 숫자에 집착했고, 뻔히 보이는 위험들을 무시한 채 앞만 보고 질주하고 있었다.

!!!!111!1 : 이거 내일 기사 나면 우리 회사 주식 또 곤두박질치는 거 아냐?

이유는 딱 이거였다. 다음 달에 회사에서는 지금까지 주식 거래에 이용했던 정보들에 비할 수 없이 큰 계약을 하게 된다. 이미 내부적으로 사전 준비를 모두 마친 상태였고, 지난주에 최종적으로 특허까지 나서 정말 언론에 발표될 일만 남았다. 회사의 레벨이 한 단계 올라간다고 할 만큼 큰 계약을 코앞에 두고 가지고 있는 모든 자산을 때려 박아 우리 회사 주식을 사 모아야 했다. 근데 문득 그런 생각이 들었다. '지금 회사에서 사건이 하나 터져준다면, 그래서 다만 10퍼센트라도 주식이 폭락한다면 내가 다음 달에 벌어들일 수익이 더욱 커질 텐데……' 하는 생각이었다.

나는 외삼촌이 카드를 줬다는 핑계로 동기들을 모았고, 일부러 분위기를 몰아 계획을 실행하기로 했다. 회사 건물에서 불륜 커플의 동반 자살은 우리 회사가 하루 종일 뉴스에 거론될 만큼 큰 사건이니까. 꼭 필요한 일이었고, 이제 다음 달이면 나는 부자가 돼서 이 회사도 이 나라도 떠날 것이다. 이왕이면 나의 약점이 될 만한 사람들도 이번 기회에 다 없애버리는 것이 좋겠다는 생각도 있었다.

아직까진 내 예상과는 조금 다르게 흘러가고 있지만, 두려운 것은 없었다. 이제 정말 다 왔으니까.

재욱은 CCTV를 보면서 비서실으로 전화를 걸었다.

"아줌마. 거기서 뭐 해요?"

"누구세요?"

"나? 누굴까요?"

재욱은 살짝 광기 어린 눈빛으로 소름 끼치게 웃었다. 재욱에겐 지금이 목표를 이루기 위한 마지막 관문이었다. 그런데 찜찜하게도 전화를 받는 아줌마의 목소리가 너무 차분했다. 차갑게 느껴질 만큼.

"글쎄요?"

재욱은 자신의 예상과는 다른 반응에 조금은 당황했지만, 겨우 그 정도로 자신이 당황한 모습을 보여서는 안 된다고 생각했다.

목소리를 가다듬고 그는 시작과 같은 태도와 말투로 대화를 이어 갔다.

"아줌마 내가 질문했잖아. 거기서 뭐 하냐고?"

"제가 여기서 찾을 게 좀 있어서요."

"아, 그래요? 그게 뭔데?"

"제가 말해야 하나요?"

"말해야 할 걸요? 아마도."

"싫은데……."

침착하려 했지만 재욱은 점점 더 당황하고 있었다. 지금까지 자신이 다루던 사람들과는 첫 대응부터 너무 달랐다. 물론, 재욱보다 훨씬 더 긴 삶을 살아온 내공일 수도 있었다. 재욱을 더 흥분하게 만든 것은, 청소 이모님은 재욱과는 반대로 차분하고 냉정해지고 있다는 사실이었다. 반드시 오 과장과 정 비서를 죽여야 하는 재욱은 조급해질 수밖에 없었다. 혹시라도 그들이 살아서 사건의 전모가 밝혀지게 된다면, 이젠 재욱 혼자만의 문제가 아니었다. 재욱의 부모는 그의 말에 따라, 가지고 있는 모든 자산을 다 팔았을 뿐만 아니라, 제2, 제3의 금융권에 사채까지 빌려서 현금을 마련해 놓은 상태였기 때문이다. 그러니 지금 재욱의 머릿속에는 빨리 그들이 죽어서 회사의 주식이 폭락하고, 그사이에 주식을 몽땅 사들인 후에 다음 달에 폭등할 미래에 관한 생각뿐이었다.

그 행복한 미래엔 필수적으로 오 과장과 정 비서의 죽음이 전제로 깔려 있었다. 그래서 재욱은 더 집요하게 아줌마를 압박하려 했다.

"우와. 우리 아줌마 카리스마 쩌네. 분위기 파악은 못 하고."

"분위기 파악이요?"

"예. 분위기 파악이요. 내가 지금 어떻게 알고 전화했을까?"

아줌마는 순간, 고개를 돌려 CCTV를 찾았다. 그녀를 비추는 CCTV는 고개만 살짝 돌려도 너무 잘 보이는 곳에 버젓이 달려 있었다.

"저긴가요?"

"그치! 잘 찾네! 거기 빨간색 깜빡이는 불 보이죠? 그게 CCTV예요. 심지어 이건 야간 적외선 촬영도 되고요, 30배 확대도 되는 최신형이라고요. 아줌마."

능청스러운 내용과 달리 재욱의 목소리는 점점 떨렸고, 손 안쪽에는 땀이 차기 시작했다. 그리고 그런 신체적 반응은 눈에 보이지 않는 곳부터 서서히 번져 나갔다.

"그래요?"

"그게 다예요? 지금 아줌마가 거기서 하고 있는 짓이 다 찍히고 있다고요. 모조리."

"아. 그렇구나."

재욱은 이제 가만히 서 있기조차 힘들었다. 자신만이 이 모든 상황을 통제하고 해결할 수 있는 사람이라고 생각했는데, 정작 청소 이모님과의 대화에서는 뭐 하나 제대로 먹히고 있다는 느낌이 들지 않았다.

"이 아줌마 봐라. 아직도 감이 안 와요? 지금 아줌마가 하고 있는 건 범죄라고요. 범죄. 근데 알아요? 범죄도 레벨이 달라요. 청소 아줌마가 대표 비서실 금고를 뒤져서 서류를 빼돌렸다. 이건요. 단순한 절도가 아니구요, 산업스파이로 몰릴 수도 있는 문제라고요!"

"그런가요?"

어떤 말을 해도, 전혀 흥분하지 않고 차분하게 흘려버리는 상대에 그는 화를 넘어 어느새 불안과 공포까지 느끼고 있었다. 속으로 괜찮다고 끊임없이 되뇌었지만, 바람과는 다르게 그의 상상력은 안 좋은 방향으로만 끝을 모르고 뻗어 나갔다.

"아. 무식해서 용감한 건가? 아줌마 파견직이죠? 그래서 겁이 없는 거예요? 몰라도 너무 모르는 것 같긴 하네. 아줌마 이거 진짜 큰일이라고요. 지금 아줌마가 하는 짓은 우리 회사 같은 대기업에서 제일 싫어하는 범죄라고요. 그래서 정규직이든 계약직이든 회사에서 형사로 걸면 감방 가는 건 기본이고, 민사로 걸면 아줌마 3대가 갚아도 이자도 못 갚을 어마어마한 빚이 생길 거라고요! 알아요?"

"어? 저 정규직이에요. 이번에 4급 사원 됐는데."

"예? 뭐라고요?"

그녀의 말에 재욱은 헛웃음을 지었다.

"아줌마가 4급 정사원이라고요? 그러면 우리랑, 나랑 같다는 거 잖아! 씨발 아······."

대화의 주도권은 당연히 청소 이모님에게 완전히 넘어갔다. 재욱이 하는 말은 아무런 힘도 없었고, 그는 자신이 원하는 대답을 제대로 들은 적도 없었다. 주도권을 잡고 있는 청소 이모님이 대화의 흐름을 완전히 뒤흔드는 동안 재욱은 더 궁지에 몰렸다는 느낌을 받을 수밖에 없었고, 그래서 평소의 재욱이라면 절대 하지 않았을 만한 치명적인 실수를 하고야 말았다. 첫 번째 실수는 '우리'라고 말해서 복수의 인물인 걸 알린 것과, 두 번째는 4급 사원이라는 직급을 노출한 것이다.

잔뜩 당황해 말을 잇지 못하는 사이 청소 이모님은 재욱의 실수 따위는 신경도 쓰지 않는 듯 가볍게 대화를 이어갔다.

"괜찮아요. 계속 말해봐요."

"뭐요?"

"그래서요. 제가 잘린다고요?"

"그래요. 지금 아줌마가! 이 밤에! 금고를 뒤지고 있다는 사실을 회사에 말하면! 아줌마는 진짜 다! 끝이라고요."

"아. 그렇군요. 그래서요?

재욱에게는 더 이상 여유를 찾아볼 수 없었다. 어느새 대화에서 의도적으로 하던 밀고 당기기나, 심리적 압박 따위는 생각도 하지 못하고, 급하게 본론으로 들어가서 자신이 원하는 것을 얻어낼 생각밖에 없었다. 그리고 그런 조급한 마음은 그대로 상대에게도 전달되고 있었다.

"뭐?"

"제가 뭘 어떻게 하면 좋겠느냐고요?"

어느새 청소 이모님이 질문을 하고, 재욱이 대답을 하는 상황이 되었다. 뒤에서 듣고 있는 동기들은 참을 수 없을 만큼 불안하고 답답했지만, 여전히 누구 하나 선뜻 나서는 사람이 없었다.

"아…… 저 그게……. 지금 우리 회사에서 누가 좀 안 좋은 선택을 했어요."

"누가요?"

"저…… 그게 그러니까. 그 자리 주인인 정 비서랑 기획팀 오 과장이랑요. 둘은 원래 그렇고 그런 사인데…… 둘이 너무 사랑을 하다 보니까, 어쩌다가 옥상에서 동반 자살을…… 했어요."

재욱은 청소 이모님에게 살인을 지시하기 위해 설명을 하는데, 이상하게도 무엇인가 부탁하는 것 같은 말투가 되어 있었다. 그리고 그런 재욱에게 그녀는 여전히 냉정하고 차분한 말투로 대답했다.

"그래서요? 괜찮데요?"

재욱은 그녀의 말 한마디 한마디가 자신을 저 깊은 땅속으로 조금씩 끌어당기는 것 같다고 생각했다.

"아니 그게 괜찮으면 안 되거든요……."

"왜요?"

"몰라요. 우선 됐고. 그래서 아줌마. 지금 아줌마가 이러고 있는 거 걸리고 싶지 않으면, 우리가 시키는 대로 해요. 알았어요?"

재욱도 지금 자신이 하는 말이나 행동이 얼마나 어설프고 어린 아이가 떼쓰는 것처럼 보일지 느낄 수 있었다.

"예. 알겠어요. 뭘 해주면 되는데요?"

그나마 이 대화가 다른 동기들에게 들리지 않는 걸 재욱은 다행으로 생각했다. 차라리 그들에게 들렸으면, 그랬다면 이성을 완전히 잃은 재욱과 달리 누구라도 나서서 이 상황을 정리할 수 있었을지도 몰랐다.

"가서 그 비서랑 오 과장님을 죽여요!"

"뭐라고요?"

"그 둘을 좀 죽이고 오시라고요. 지금 아줌마가 거기서 금고를 뒤지고 있는 것도 다 그 비서 년한테 약점 잡혀서 그런 거잖아요. 그러니까 이 기회에 죽여버리고 오시라고요!"

재욱은 아무렇지 않은 듯, 마치 빵 심부름이라도 시키는 것처럼 가볍고 쉽게 말했다. 하지만 그를 비롯한 뒤에 서 있던 동기들의 표정이나 마음은 절대 그렇게 가벼울 수 없었다.

"제가요?"

"예!"

"무슨 약점이요?"

할 말이 없는 게 당연했다. 아줌마가 약점을 잡혔을 거라는 것도 온전히 자신들만의 추측이었다. 재욱은 순간적으로 더 당황했고, 그 당황을 숨기기 위해 목소리만 더 크게 높였다.

"아 씨발! 그냥 좀! 가서 그 연놈들 좀 죽이고 오라고요!"

청소 이모님도 이번만큼은 바로 대답하지 않았다. 그 침묵이 재욱과 동기들의 피를 더 바싹 마르게 했다.

"그래요……? 알았어요. 제가 죽일게요."

"예? 진짜요?"

"예. 제가 죽일게요."

그녀의 대답은 단 한 번도 재욱의 예상과 같은 적이 없었다. 그래서 자신이 원하던 대답을 했는데도 불구하고 뭔가 찝찝하고 불안한 마음이 들었다. 하지만 재욱은 그 마음을 감춘 채, 동기들에게 청소 이모님의 대답을 전했다.

"야! 한대! 자기가 죽이겠대!"

너무 마음을 졸여서였을까? 청소 이모님의 대답을 전하는 재욱의 목소리는 신난 어린아이의 목소리 같았다. 전하는 메시지의 내용과는 전혀 달랐다.

"진짜?"

재욱은 격하게 고개를 끄덕이고 바로 다시 수화기를 들었다. 하지만 뒤에서 재욱의 통화를 계속 듣고 있던 동기들은 이제 확실히 느낄 수 있었다. 지금 뭔가 분명히 잘못되고 있다는 사실을.

"그래서 어디로 가면 되는데요?"

총체적 난국이었다. 그들은 오 과장과 정 비서가 자살 시도를 했다는 말에 모두 정신이 나가 있었다. 그래서 그들이 어느 병원으로 실려 갔는지, 현재 상태는 어떤지, 아무것도 확인하지 않은 채 죽여야 한다는 마음만 앞섰다. 심지어 재욱은 자기 가족의 전 재산은 물론 사채까지 걸려 있는 중대한 사항이었기 때문에 더 정신이 없었다. 청소 이모님의 질문은 재욱을 아무것도 못 하고 굳어버리게 만들기에 충분했다.

"뭐 어떻게 죽이면 되는데요?"

당연히 어떻게 죽여야 하는지도 생각하지 못했다. 상대가 새로운 질문을 할 때마다 재욱은 점점 더 영혼이 사라지는 것 같았다. 그때 수화기 너머로 웃음소리가 들렸다. 재욱은 자신이 뭔가 잘못 들은 것으로 생각했다. 그러나 곧 웃음기가 섞인 청소 이모님의 목소리가 들렸다.

"저기요!"

"예?"

"나 그쪽이 누군지 아는데?"

"예?"

그 순간 재욱은 자신에게 협박당하던 오 과장이 떠올랐다. 비하인드에 오 과장의 글이 처음 올라왔을 때, 그의 심정이 이랬을까?

"새로 온 감사 팀장님 조카시죠? 김재욱 씨?"

설마 설마 했다. 그녀가 자신의 존재를 안다고 이야기했을 때도 그냥 허풍을 떠는 거라고 생각했다. 하지만, 그녀는 자신이 오 과장에게 했던 것과는 다르게 뜸도 들이지 않고, 쉽게 오픈해 버렸다.

그래서 더 무섭고 혼란스러웠다. 그녀는 나의 존재를 어떻게 알았지? 삼촌과의 관계는 또 어떻게 안 거지? 여기까지 아는 건 우리 동기들밖에 없는데? 혹시 이 안에 저 청소 이모님이랑 아는 사람이 있는 건가? 재욱의 머릿속은 스스로 답을 찾을 수 없는 질문들로 가득 차고 있었다. 그리고 상대는 그런 재욱의 상태는 전혀 관심도 없다는 듯이, 또 쉽게 답을 말해줬다.

"청소하다 보면 참 들리는 게 많아요. 특히, 내가 이런 대기업 밥을 오래 먹다 보니, 내 귀를 스쳐 가는 수많은 정보 중에서 나한테 득이 될 만한 것들은 또 기가 막히게 캐치하거든요. 그런데 마침, 며칠 전에 참 기가 막히는 전화 통화를 좀 듣게 됐고요. 이런 건 좀 써먹을 데가 있겠다 싶어서 녹음도 해놨는데, 우선 좀 들어볼래요? '야. 이번 정보 확실한 거니까 동기들 시켜서 확실하게 작업하고. 비서한테는 대표 약점 좀 더 확실하게 잡아 오라고 해. 이거 혹시라도 대표가 눈치채면 다 끝이라고. 그러니까 우리도 보험은 들어봐야 할 거 아니야? 안 그래?'"

익숙한 목소리와 내용이었다. 감사 팀장 자리에 있는 자신의 삼촌이 저에게 했던 말이 왜 수화기 건너에서 들려오는지 이해가 안 됐을 뿐. 재욱은 지금 이 대화가 자신의 미래에 어떤 영향을 줄 수 있을지 바로 파악할 수 있었다. 이제 정말이지 죽을 것 같았다. 겁이 나고, 온몸이 떨렸다. 몸이 돌처럼 딱딱하게 굳어가는 느낌이었는데, 그 느낌과는 다르게 피부에 있는 모든 구멍에서 땀이 솟구치는 것 같았다. 그런 그를 지켜보던 동기들도 당황하고 있기는 마찬가지였다. 항상 리더로서 냉정하게 모든 의사 결정을 주도하던 그가 평소와는 다르게 흥분하던 모습을 보인 것도 불안했는데, 지금은 또 아무 말도 하지 못하고 그대로 굳어 있는 것이다.

"야."

"야."

청소 이모님이 정신이 나가 있는 재욱을 계속 불렀다.

"야. 대답해."

재욱은 정신을 차리지 못한 상태에서 자신도 모르게 공손히 대답을 했다.

"네."

"너 내가 정규직이 어떻게 됐는지 알아? 이게 내 사원증의 색깔을 바꾼 거야."

재욱은 단 한마디도 할 수가 없었다.

정 비서와 나는 대표님의 집에서 나와 각자의 집으로 향했다. 분명히 아침에 나온 집이었지만, 마치 오랜 여행을 갔다가 다시 집에 돌아온 기분이 들었다. 다행히 아내는 여전히 아무렇지도 않은 척, 나를 웃으며 맞아주었다. 하지만 처음에만 겨우 웃었을 뿐이지, 내가 아내를 끌어안자 나를 꼭 마주 안고 한참을 울었다.

"그냥 다 말하지……. 처음부터 다, 다 말을 하지……."

"그러니까…… 그럴 걸……."

그게 뭐라고. 그깟 우유 한 통으로 생긴 오해를 처음부터 모두 털어놓을 수 있었다면 아무 일도 일어나지 않았을 텐데. 깊은 후회 속에서도 지금 아내를 안고 같이 울 수 있다는 사실이 너무 감사했다. 아내와 나는 서로를 보듬어 안고 한참을 울었다. 마음 같아서는 아이도 깨워 같이 안고 싶었지만, 곤히 자는 얼굴을 보는 것으로 아쉬움을 달래기로 했다.

"다 끝났어?"

"어. 거의."

"왜? 아직 뭐가 남은 거야?"

"응. 이제 진짜 인사를 해야지. 나는 그만 나가겠다고."

알쏭달쏭한 내 말에 아내는 고개를 갸웃거렸지만 더 이상 묻지도 않았다. 그저 다시 웃고 있는 내 얼굴만 바라보았다. 옷을 갈아입고 나오는 사이 아내는 욕조에 물을 받아 놨다며 따뜻한 물에서 목욕을 하라고 했다. 나는 그곳에 앉아 다시 한번 생각들을 정리했다. 내가 보내온 시간을 떠올리면 떠올릴수록 정말 모두 꿈만 같았다. 너무 현실같이 선명하고 길었던 꿈.

정말 오랜만에 몸에 있는 묵은 때까지 다 벗기고 나서야 욕실에서 나왔다. 그리고 소파에 앉아 비하인드에 마지막 글을 올렸다.

[죄송합니다. 카페테리아에서 우유를 가지고 갔던 기획팀 오기태 과장입니다]

나는 차분하게 그동안의 일들을 적었다. 작은 시작이었지만, 그로 인해 내가 했던 행동들과 잘못들을 모두 적었다. 대표님과의 관계를 밝히는 것은 피해가 갈 수도 있어서 빼려고 했지만, 대표님은 나에게 모든 것을 말해도 된다고 문자를 보내왔다. 그래서 나는 그 동안 있었던 일 중에 그 어느 하나도 빼놓지 않고, 그대로 다 적었다. 내가 올린 글이 너무 충격적이었던 건지, 아니면 내가 올린 시간이 너무 늦어서인지, 그 글에는 아주 오랫동안 댓글이 달리지 않았다. 다만, 글 제목 옆에 있는 눈 모양의 아이콘에 달린 숫자는 아주 빠르게 올라가고 있었다.

나는 글 마지막 단락에 이런 말을 썼다.

저는 아주 부족한 사람입니다. 스스로는 보통의 평범한 사람이라고 생각했지만, 이번 일로 지금까지의 삶을 되돌아보니 정말 부족한 것도 많고, 부끄러운 것도 많았습니다. 그런데 저는 그 부족하고 부끄러운 모습들을 참 잘 숨기며 살아왔더라고요. 아무도 모르니까 그래서 상관없어, 라고 말이죠. 하지만 이 일을 겪으면서 저는 처음으로 알게 되었습니다. 나를 바라보는 시선들 중에서 가장 무서운 시선은 바로 내가 나를 바라보는 시선이라는 것을 말입니다. 저는 여전히 부족한 사람이지만, 이제 아주 조금이라도 나아져 보려고 합니다. 그래서 숨기고 싶은 나의 모습이 줄어들었을 때, 제 약점이 남들에게 알려진다고 하더라도 그다지 겁먹지 않을 정도가 되었을 때, 그때가 되어서야 비로소 제 마음속의 지옥이 사라지는 것이니까. 그래서 저는 아무도 탓하지 않겠습니다. 이 공간도 분명히 이 공간만의 의미와 가치가 있었고, 누군가는 이 앱을 통해 큰 도움을 받을 수도 있겠죠. 다만, 저는 이 글을 마지막으로 떠나려 합니다. 그동안 본의 아니게 물의를 일으켜서 정말 죄송합니다. 부디 모두 행복하시기를 바랍니다.

PS. 혹시라도 저처럼 이곳에서 글들에 상처받고 계신 분들이 있다면, 고민하지 마세요. 앱은 조용히 삭제하면 그만입니다.

나는 마지막 글을 올리고, 글 제목 옆에 올라가는 숫자를 한참 바라보았다. 댓글을 달지 않고 올라가는 저 숫자들이 나를 응원해 주고, 위로해 주는 사람이라고 생각했다. 그러니까 이제는 정말 모두 끝이 났다는 생각이 들었다. 나는 그 글을 읽은 사람이 400명을 넘어섰을 때, 조용히 휴대폰에서 비하인드 앱을 지웠다.

얼마의 시간이 흐른 뒤에 댓글이 하나 달렸다.

Sdtgfsdfgv : 저도 탈옥합니다.

그리고 그 댓글을 따라서 수많은 댓글이 달렸다고 여전히 시끄러운 내 편 김 대리가 말해주었다.

Rgswrfw : 탈옥합니다.
56wfv : 탈옥합니다.

Bhrtvbg : 탈옥합니다.

0d9fgcsakj : 탈옥합니다.

52d4fged : 탈옥합니다.

000df0fd0f0 : 탈옥합니다.

!@@#@@#@E : 탈옥합니다.

+R_SDFPDF : 탈옥합니다.

SDTGWERY()E%YO : 탈옥합니다.

>>>F>FF>F : 탈옥합니다.

ZDFSEDFDSFv : 탈옥합니다.

$%#$%$%$: 탈옥합니다.

}SDF}SD}FSD : 탈옥합니다.

"이놈이 미쳤나? 아주 간덩이가 배 밖으로 나오다 못 해 하늘 꼭 대기에 있네."

대표는 정 비서와 오 과장에게 자신의 휴대폰을 보여줬다. 그가 보여준 화면에는 누군가의 주식거래 내역이 보였는데, 대표는 그 주식거래 시점들과 정 비서가 출력해 놓은 자료들을 비교하면서 설명하기 시작했다.

"얼마 전에 금감원에서 넘어온 자룝니다. 아무래도 우리 회사에서 내부자 정보를 이용한 주식거래가 있는 것 같다는 내용이었죠. 그 당시 금감원에서는 꽤 큰 금액의 거래가 회사의 주요 이슈 사항들에 맞게 진행되었다는 사실에 의심을 하고 있었습니다. 그래서 우선 내부적으로 먼저 조사를 해달라고 요청이 들어왔습니다. 왜냐하면 공식적으로 부당 거래를 했다고 의심되는 용의자의 지위가 너무 낮았기 때문이죠. 그래서 금감원에서는 해당 당사자가 그 정도의 정보를 취급할 권한이 있는 사람인지에 대한 조사와 혹시 차명 거래일 수도 있다는 가정하에 신입사원을 이용해서 부당이득을 취하는 사람이 있는지, 선 조사 요청이 온 상황이었거든요. 그런데 지금 비서님 자료를 보니까 아주 딱 맞네요."

정 비서와 오 과장은 대표의 휴대폰 화면에 떠 있는 사람의 이름을 봤다. 그들은 그 이름을 보고도 자신이 보는 이름이 맞는지 몇 번이나 다시 확인했다. 아무리 봐도 누군지 떠오르지 않는, 조금도 익숙하지 않은 이름이었기 때문이다.

"왜요? 친한 사람입니까?"

"아니요. 모르는 사람이어서요."

"저도요."

"됐습니다. 그럼 더 편하겠네요. 기억도 하지 말고 잊으세요……. 이놈에 대해서는 제가 알아서 처리하도록 하겠습니다. 이렇게 구체적인 증거가 나온 이상, 비하인드에서도 저희한테 정보 제공을 거부할 수 없을 겁니다. 제가 혹여나 언론에라도 흘리면 진짜 자신들의 사업에 영향을 미칠 수 있으니까요. 아마 조용히 처리해 줄 겁니다. 그 증거까지 공식적으로 확보하면, 가볍게 넘어가진 않을 테니, 그러니까 이제 정말 걱정 마세요……."

오 과장은 이제 다 끝났다는 생각이 들었지만, 막상 사건의 전말이 드러나자, 생각보다 허무했다. 특히 범인이 벌어들인 돈이 보통의 직장인들에게는 생각도 못 해봤을 만큼의 큰 금액이기는 했지만, 누군가의 생명을 위협할 만한 괴롭힘의 이유가 결국 이 정도 돈이었다는 사실이 너무 씁쓸했다.

"결국 돈이었나요?"

"글쎄요. 과연 돈만이었을까요? 실은 저 자료를 받기 전에 다른 정보도 들었습니다. 새로 올라온 감사 팀장이 내 뒤를 파고 있다는 말을요. 뭐 당연히 그 일 때문에 비서님이 바쁘셨다는 것도 알고는 있었습니다. 그래서 지켜보고 있었죠. 뭘 어떻게 하려고 그러나 궁금해서요. 누군가 내 뒤를 파고 있다는 사실을 알고 있으면, 방어는 생각보다 어렵지 않거든요. 그리고 지금 생각해 보면, 각자가 원하는 것이 따로 있었던 것 아닐까요? 이놈은 논을 넓이 벌고 싶었던 것이고, 감사 팀장은 여론을 통해 권력을 얻고 싶었던 것이고요."

비서는 대표의 말에 고개를 숙였다. 이미 모든 잘못을 고백했다고 생각했지만, 그래도 다시 드러나는 과거는 그녀의 얼굴을 붉히게 했다. 하지만 대표는 그런 비서의 상황은 관심 없다는 듯이 무심한 표정으로 말을 이어갔다.

"두 분도 이렇게 원하시는 것이 있지 않습니까. 저도 두 분께서 고생하신 만큼 원하는 것을 해드릴 생각입니다. 징계도 마음의 짐을 내려놓을 수 있는 수준에서 진행해 드릴 거구요. 검찰에 고발은 회사 차원에서 해가 되지 않는 선으로 진행하도록 하죠. 그리고."

마지막 말을 하고 그는 다시 사람 좋은 미소를 보였다. 오 과장은 순간 소름이 돋았다. 지금 대표의 미소는 이미 본 적이 있다. 처음 갔던 대표실에서.

"그리고 저도 원하는 것이 있습니다. 두 분께."

"원하는 것이요?"

"예. 그건 천천히 알려드리지요. 우리가 앞으로 함께할 일은 참 많으니까요."

　재욱은 오 과장이 글을 올린 지 일주일 만에 구속되었다. 그리고 얼마 후 대표는 비하인드를 통해서 공식적으로 관련 자료를 받았다고 연락했다. 그로 인해 공채 44기가 그동안 저지른 일에 대한 모든 내막이 밝혀졌다. 그러나 이 모든 상황을 계획한 것도 재욱이고, 실제로 정 비서와 오 과장을 협박했던 계정도 재욱의 것이었을 뿐만 아니라, 심지어 재욱에게는 다른 동기들과 달리 너무 실질적이고 명확한 의도가 있었기 때문에, 이 사건의 모든 책임은 재욱이 지게 되었다.

　다른 동기들은 참고인 조사만 받고 사건은 종결되었다. 다만, 대표는 회사 차원에서 그들을 그냥 둘 수는 없다고 했다. 그래서 공채 44기를 불러 이렇게 말했다고 한다.

　"이 사건의 전말이 회사에 알려지게 되면 결국은 외부적으로도 알려질 수밖에 없습니다. 그럼 지금 당신들이 한 일로 인해, 우리 회사는 더 큰 손해를 보겠지요. 그래서 이번 사건은 지금 상황에서 더 키우지 않고 종결할 것입니다. 다만, 공채 44기는 전원 1년 동안 감봉하겠습니다. 그리고 징계성 인사 조치도 티가 나지 않게 순차적으로 발령이 날 것입니다. 물론 퇴사하셔도 됩니다. 다만 저는 자신의 잘못에 책임지지 않고 퇴사하는 인원에 대해서는 최대한 그 앞길을 막을 생각입니다. 잊지 마세요. 지금 사건을 이렇게 종결하고자 하는 것은 더 큰 피해를 막으려는 것이지, 당신들을 용서하는 게 아니라는 것을요. 그러니까 모두 감당하십시오. 제가, 회사가, 당신들 스스로가 충분하다고 느껴질 때까지요."

그리고 회사에서는 재욱에 대해 민사소송을 진행하지 않기로 했다. 어차피 부당한 방법으로 얻은 모든 수익금은 법적인 절차를 받게 되므로 더 이상 나올 게 없다는 계산이었다. 그리고 감사 팀장은 명확한 징계 조치 없이 지방 사무소로 발령이 났다. 내부적으로는 또 많은 논란을 불러일으켰지만 대표는 아무런 해명도 없이 자기 생각대로 회사 내부를 정리하고 있었다. 그들에게는 약속한 대로 오 과장은 감봉 3개월, 정 비서는 6개월의 정직이라는 징계를 내렸다.

이번 사건의 정리 과정에서 가장 이상했던 건, 8층의 청소 이모님이 소리 소문 없이 회사에서 사라졌다는 것이다. 이모님은 오 과장의 글이 올라오던 날부터 회사에서 보이지 않았는데, 아무도 그분이 사라진 것을 인지하거나 이상하다고 느끼지는 않았다. 그저 새로운 비서와 함께 새로운 청소 이모님이 온 것이라 생각했다.

그런데 얼마 후, 오 과장은 정말 의외의 장소에서 청소 이모님을 만나 인사할 수 있었다. 회사 건물 1층에 있는 편의점이었다. 퇴근 길에 아내의 부탁으로 우유를 사러 들어갔던 그곳에서 카운터에 앉아 있는 청소 이모님을 딱 마주한 것이다.

"이모님. 어떻게 여기에 계세요? 제가 얼마나 찾아 다녔는데요. 정 비서님도 서운하다고 난리였어요. 지금까지 어디 계셨던 거예요? 이제 여기서 일하시는 거예요?"

오 과장은 놀라기도 하고, 반갑기도 한 마음에 이것저것 질문이 많았다. 그런데 청소 이모님은 대수롭지 않다는 듯이 편하게 대답했다.

"아. 저도 좀 바빴어요. 뭘 좀 처리하느라……."

"개인적인 볼일 때문에 못 오셨던 거예요? 그것 때문에 잘려서 이제 여기서 알바하시고요?"

"아니요. 제가 지금 여기서 일하는 건 맞는데, 예전이랑은 좀 다르거든요."

"예? 달라요? 뭐가요?"

"여기 제 거예요. 이제 제가 사장입니다. 그러니까 자주 이용해 주세요."

청소 이모님의 표정이 밝았다. 오 과장은 자신과 정 비서를 위해 고생해 준 그녀가 잘 지내고 있는 것 같아서 다행이라고 생각하면서도 지금 이 상황이 왠지 찜찜하게 느껴졌다. 항상 무표정이던 청소 이모님의 표정이 너무 달라진 것과, 그녀가 편의점 사장이 된 것에 자신이 모르는 비하인드가 있는 것만 같아서였다. 하지만 오 과장은 생각했다. 어차피 세상에서 일어나는 모든 일을 다 알 수는 없다. 결국 중요한 것은 자신이 모르는 비하인드 스토리보다 눈앞에 보이는 현실이었다. 생각을 정리한 오 과장은 이모님에게 밝게 웃으며 인사했다.

"야. 비하인드 봤어?"

"당연. 진짜 대박. 미친 거 아냐?"

"그니까. 나는 무슨 깜짝 카메라인 줄. 이게 진짜 우리 회사에서 일어난 일이라고?"

"사람이 어쩜 그렇게까지 악랄할 수 있지?"

"진짜 악마 같아."

"아니, 악마들이야."

공채 46기들은 함께 저녁을 먹고, 카페에 모여서 수다를 떨었다. 이제 입사 2개월 차인 그들에겐 회사에서 일어나는 사소한 일도 아직까진 대단한 일 같았다. 심지어 어젯밤에 블라인드에 올라온 기획팀 오 과장의 글은 회사 밖에서도 사람들이 알고 물어볼 정도로 큰 이슈였다.

"뭐?"

"악마 하나가 아니라 악마들이라고."

"민지야, 너 뭐 알아?"

"나? 나야 당연히 완전 알지!"

민지는 지금 동기들이 말하는 사건의 전말을 다 알고 있었다. 만난 지 얼마 안 된 동기들에게 이런 얘기를 다 해줄까 말까 고민이 되었지만, 지금 민지에겐 동지가 필요했다.

"나 남친이랑 깨진 거 알지?"

"어. 완전 미친놈이라며? 왜, 다시 붙었어?"

"아니. 그 새끼가 악마야. 그리고 그 새끼 친구들까지 해서 악마 새끼들이야."

"무슨 말이야?"

"얼마 전에 깨진 새끼, 44기였거든."

"뭐? 우리 회사 44기? 누구?"

"김재욱!"

"대박!"

"미친년."

"우와. 함민지. 대박이네! 어째 너만 고급 정보가 차고 넘친다고 했더니 다 이유가 있었구만!"

"아. 이거 열받네."

"뭘 이런 걸로 열받아. 내가 지금부터 더 엄청난 걸 알려줄 건데."

처음에는 공채 선배가 남자 친구였다는 사실을 공유하지 않았다는 데 묘한 배신감을 느꼈지만 지금부터 더 흥미로운 이야기를 들려준다는 말에 항의하는 목소리가 사그라들었다. 이제 막 2개월 된 병아리들에게는 두근거리는 일이었나 보다. 순간의 배신감보다는 앞으로의 흥미진진함이 그들을 민지의 이야기로 끌어들였다.

"뭔데?"

"지금 그 비하인드 사건! 44기가 단체로 벌인 짓이야."

"뭐? 진짜? 넌 어떻게 알았어?"

"내가 그 새끼한테 가끔 노트북 빌려 쓰고 있었거든. 근데 갑자기 노트북을 그냥 가지라는 거야. 자기는 이제 새로 살 거라고. 근데 그 빙신이 카톡 로그아웃을 안 하고 준 거지. 그래서 그냥 호기심에 몇 개 들어가 봤는데, 그 개새끼가 진짜 말도 안 되는 짓거리를 하고 있었더라고."

"헐 대박."

"44기들 진짜 미친 게, 자기들끼리 짜고 비하인드 여론을 조작해서 그 과장님이랑 비서님 노예로 만들고, 가지고 논 거야! 오 과장님 글 보니까 한 사람 짓이라고 생각하는 것 같은데 전혀 아니야. 44기가 단체로 했으니까 그분들이 진짜 꼼짝을 못 한 거지."

"씨발. 욕 나와."

"심지어 이것 봐. 그 사람들 죽으라고 이 기사까지 보냈더라."

민지는 자신이 캡처해 두었던 메시지를 동기들에게 보여줬다. 동기들은 막연하게 들었던 이야기보다 직접적인 증거를 보여주자

각자의 분노가 차오르는 듯했다.

"진짜 악마들이네."

"인간도 아니야! 진짜! 아 개새끼들!"

"잠깐. 생각해 보니까 오 과장님이 그분 아니야? 우리 면접 때, 대기실 멘토?"

"맞아. 비서님은 우리 대표 면접 때, 떨지 말라고 청심환 챙겨주신 분이고."

인연이 그랬다. 46기들이 공채 시험을 보던 날, 면접 대기실에서 지원자들에게 회사에 대해 간단히 설명해 주던 사람이 오 과장이었다. 그날 오 과장은 단순히 대기실 관리만 한 것이 아니라, 지원자들의 긴장을 풀어주기 위해 말을 건네기도 하고, 자신의 면접 경험을 이야기하면서 조언을 해주기도 했다. 심지어 정 비서는 마지막 대표 면접 전에 최종 후보들에게 청심환도 챙겨줬었다. 피해자들이 전혀 안면이 없던 사람들이었다고 해도 충분히 화가 날 일이었지만, 자신들에게 잘해주었던 사람들이라고 생각하니까 민지의 이야기를 듣던 46기들은 가슴속에 분노가 두 배가 되는 기분이었다.

"근데 44기 아무 일 없잖아? 그냥 이렇게 회사 다니는 거야?"

"내가 최근에도 단톡 글을 좀 봤는데, 재욱 그 새끼는 비서한테 받은 자료로 주식까지 해서 구속됐다고 하고, 하필이면 협박했던 메시지도 다 그 새끼 계정만 사용해서 나머지 직원들은 풀려났다고 하더라고. 그래서 걔들은 복직해서 출근하고 있는데."

"그래도 정말 그대로 끝이라고? 이렇게 아무렇지 않게?"

"아. 난 복도에서 44기 만나면 그냥 못 지나갈 거 같은데?"

동기들의 분노를 차분하게 관찰하고 있던 민지는 이대로 끝나는 것이 너무하다는 반응을 기다렸다는 듯이 웃으며 조심히 말을 꺼냈다.

"그니까. 이렇게 가만두면 안 되지?"

"왜? 뭘 어쩌게?"

"지금 우리도 잡았잖아. 44기 약점. 그리고 또 44기가 몸소 알려주셨지. 비하인드에 몇 명의 연합만 있으면 언제든지 여론 조작이 가능하다는 거."

"얘도 정상은 아니야."

"뭐 어때? 원래 후배들이 선배들 하는 거 보고 배우는 거지. 안 그래?"

"그래서 뭐?"

"우리도 하자고."

"진짜?"

"난 좋아!"

"넌 왜 갑자기?"

"그냥! 나 갑자기 악마들이 지옥에 떨어지면 어떤 표정을 짓는지 너무 궁금해졌거든."

"아, 이 또라이들."

그리고 얼마 후, 비하인드에 새로운 글이 올라왔다.

[새로운 지옥에 오신 걸 환영합니다.]

더 비하인드

2023년 6월 21일 초판 1쇄 발행

지은이 박희종
펴낸이 박시형, 최세현

책임편집 김혜정　**디자인** 이정현
마케팅 권금숙, 양근모, 양봉호, 이주형　**온라인마케팅** 신하은, 현나래
디지털콘텐츠 김명래, 최은정, 김혜정, 서유정　**해외기획** 우정민, 배혜림
경영지원 홍성택, 김현우, 강신우　**제작** 이진영
펴낸곳 팩토리나인　**출판신고** 2006년 9월 25일 제406-2006-000210호
주소 서울시 마포구 월드컵북로 396 누리꿈스퀘어 비즈니스타워 18층
전화 02-6712-9800　**팩스** 02-6712-9810　**이메일** info@smpk.kr

쌤앤파커스(Sam&Parkers)는 독자 여러분의 책에 관한 아이디어와 원고 투고를 설레는 마음으로 기다리
고 있습니다. 책으로 엮기를 원하는 아이디어가 있으신 분은 이메일 book@smpk.kr로 간단한 개요와 취
지, 연락처 등을 보내주세요. 머뭇거리지 말고 문을 두드리세요. 길이 열립니다.